「俺は大切なものを守るためなら身を惜しまない。
この国の全ては俺のものだが、
お前は特別大切にしてやる」
クラウス・グランガルド
グランガルド王国の国王。
他国から恐れられるほど冷酷無常だが、その手腕は確か。
王妃をとる気配すらなかったが、
悪女と呼ばれるミランダに興味を抱く。

「ッ、ふふっ、なんですかそれは。
もう少し女性に好まれる表現があったのではないですか」
恩着せがましい物言いにミランダが思わず吹き出すと、
眉間に皺を寄せ、ムッとした顔をする。
まあ怖いとからかう形の良い唇をなぞるように親指で触れられ、
頬を染めたミランダを見遣ると、
クラウスは意味ありげな笑いを浮かべた。
ミランダ・ファゴル
ファゴル大公国の第二大公女。
クラウスの側妃として召し上げられる。
ある事件から“稀代の悪女”と言われている。

contents

Keikoku Akujo no Hakarigoto

傾国悪女のはかりごと
初夜に自白剤を盛るとは何事か！
六花きい
Illustration
藤未都也

Illustration 藤未都也

Design モンマ蚕（ムシカゴグラフィクス）

プロローグ

「なんじゃこりゃあぁぁあぁッ！」

とあるのどかな昼下がり、野太い叫び声が邸内に響きわたる。

午睡でも貪ろうかと伸びをしていたファゴル大公国の第二大公女ミランダは、何事かしらと溜息《ためいき》をつき、物憂げに自室の扉へと目を向けた。

廊下の奥からドタドタと重い足音が近付いたかと思うと、次の瞬間勢いよく扉が開き、父であるファゴル大公が飛びこんでくる。

「ミランダ！　ミ、ミミ、ミランダァァァ──！」

「お父様、うるさ……せめてノックくらいしてくださいな。着替えていたらどうするおつもりですか？」

溜息混じりの小言は、まるで聞こえていないらしい。

ファゴル大公はそのまま大股で近付くや否や、ミランダの左腕をガシリと掴《つか》んだ。

過去二回程、振り切って逃走に成功しているため、同じ轍《てつ》は踏まないぞと目が語っている。

「おおおまえ、親に向かってうるさいって……まぁいい、今はそんな話をしている場合ではない。

「いいか？　お、落ち着いて聞け。いや、まずこれを見てほしい」

まずはお前が落ち着けと言いたいが、一目で分かる上質な紙に嫌な予感しかしないミランダは、無言で封書を受け取った。

赤い蠟《ろう》に押された紋章は、グランガルド王国のもの。

従属国であるファゴル大公国へ宛てられた、宗主国グランガルドからの封書である。

「お父様、もしや貢納品を横領したのがバレたとか……」

「馬鹿者！　そんなわけがあるか！」

あらぬ疑いをかけられ、ファゴル大公が気色ばむ。

それもそのはず、宗主国への貢納品横領は即死罪である。

仮に露見しようものなら、一両日中に首と胴が離れること間違いなしだ。

「貢納品と引き換えに守護してもらっているのですよ？　ゆめゆめ、お忘れなきよう」

「分かっとるわ！　本当に口の減らない……」

なおも父がブツブツと文句を言うのでミランダがひと睨《にら》みすると、腰が退《ひ》けたのか、ヒュッと言葉を呑《の》み込《こ》んだ。

敗戦によって従属協定を結んだ国は、毎年自国の歳入額から二割をグランガルドに納める取り決めとなっており、従属国であるファゴル大公国もまた然《しか》りである。

上納時の輸送代や人件費もまた財政を圧迫し、従属国を苦しめていたため、よもやと思ったがそこまで落ちぶれてはいないようだ。

ファゴル大公国の在する中央大陸は、じつにその面積の七割を四つの大国で占めており、グランガルドもその一つである。

常に小競り合いを繰り返すこの四大国は、二百年以上前に大帝国アルイーダが滅びた際、十字に引かれた国境線によって大きく分断され、四つの独立国となったことが始まりである。

複数大国と国境を接し、常に侵略の危機にさらされていたファゴル大公国は、同盟や従属協定を結ぶことで国としての存続を保っていた。

「先触れなく届いたのを見るに、正式な勅令ではないのでは?」

ミランダはそう言うと、訝《いぶか》しげに封書を裏返す。

そもそもグランガルドは先代国王が身罷《みまか》り、代替わりをしたばかり。

激しい後継者争いの末、新王として即位した第四王子クラウスの戴冠式には、ファゴル大公国の使節団も参列し、遅滞なく祝辞を述べたはずである。

——にもかかわらず突然届いた、謎の封書。

心当たりもない上に、ファゴル大公の反応を見る限り吉報でないことは明らかである。

「うう、読みたくない……叶《かな》うなら使者ともども葬り去りたい」

封を開けるのもためらわれ、汚いものをつまむように二本の指で端を持つ。

顔の前でピラピラと左右に振りながら、ミランダは希望的観測を口にした。

「そうだわ、きっと偽物よ! お父様、燃やして無かったことにしましょう!」

「残念ながら、もう遅い。畏《かしこ》まって拝受した上、受取サイン済みだ。使者も急ぎ国へ帰った後だから、無かったことにはできないぞ。まったくお前はなんてことを……御託はいいから早く読め！」

「……急《せ》かされると余計に読む気がなくなります」

だがこれ以上粘ると、機嫌を損ねて面倒なことになりそうである。

仕方なく読み進めたミランダだったが、しばらくして中盤の一文に釘付《くぎづ》けになった。

『これより三年にわたり、倍の貢納品を納めること』

「……は？」

ファゴル大公国のみならず、どこの従属国も財政ギリギリの状態で貢納品を納めている。

そのような状態で一方的にこのような触れを出したが最後、各国が武装蜂起するのでは？

思わず顔を上げてファゴル大公と視線を交わすと、早く続きを読んでみろと急かされる。

『但し、王位継承権を持つ未婚の子女を無期限で居留させる場合は』

ん？

王位継承権を持つ、未婚の子女？

嫌な予感に汗をにじませながら、さらに読み進め、但し書きの途中で再度目を留《と》めた。

『これを特免し、これより三年にわたり貢納品は不要とする』

「……はぁ？」

目をむいて倒れそうになるミランダを見下ろしながら、ファゴル大公は顎をしゃくり、さらに続きを読めと促してくる。

『なお、子女の身柄の引き渡し後は貴人に係るすべての権利を剝奪し、またその処遇について、以降の国家関係には影響を及ぼさないものとする』

つまり誰に下賜されようが、はたまた傷つこうが死のうが、文句をいう権利はないということだ。

さらにいうと、どんな扱いを受けても今までどおりの関係を維持し続けてね、破ったらどうなるか分かるよね？　という強者目線の脅し文句である。

あまりに理不尽な要求に、ミランダは目をむいて絶叫した。

「なんじゃこりゃあぁぁぁあぁッ！」

とあるのどかな昼下がり、邸内に響きわたるミランダの叫び声。

ファゴル大公は愛娘《まなむすめ》の反応に、そうだろう、そうなるだろうと満足げに頷《うなず》く。

ミランダはひとしきり叫んだ後、ふと我に返り——そして父娘《おやこ》はしばし見つめ合った。

で、誰が行くの？

……私でしょ!!

第一章．技術者の街クルッセル

大公宮から南へ馬車を走らせ、国境を越えてグランガルド王国内へ入る。

さらに進むこと丸二日を過ぎたあたりで人工物が消え、景色が自然物一色に替わった。

整備されているとは言《い》い難《がた》い砂利道に馬車が上下を繰り返すが、そんなことも気にならないほどミランダは興奮し、窓から身を乗り出すようにして外を眺めていた。

「ねぇ見てアンナ！　すごいわ、あんなに遠くまで水が流れていく！」

遠くそびえたつ山々の間を縫うようにして、脈々と流れるニルス大河川。

随所から合流し、数千キロにも及ぶこの大河川は、グランガルドから大陸の南西に位置する砂の大国ガルージャまでを縦断し、海へと流れ出る。

「ええと、確かこのあたりに……」

ふと思いついたように呟《つぶや》いて馬車の座面を持ち上げると、ミランダは片腕を突っ込んでゴソゴソと何かを探り、硬質紙で綴《と》じられた書類のようなものを取り出した。

「これはね、アルディリアの国王陛下から拝領した河川図なの」

四大国の一つで、北東に位置するアルディリア。

姉のアリーシェ大公女がアルディリアへ王妃として嫁いだ際、諸々《もろもろ》の事情で拝領したものの一つである。

二百年以上前から存在するこの河川図は、時が経《た》ち、様変わりしているところはあるが概《おおむ》ね近しく、まだまだ役に立つと聞いている。

「こんなに素晴らしい景色、馬車から眺めるだけなんて勿体《もったい》ないわ」

ミランダは馬車を停《と》めさせて勢いよく飛び降りると、嬉《うれ》しそうに河川図を開いた。

風になびく髪は陽《ひ》の光を浴びて黄金に輝き、大公国一と謳《うた》われる美貌は、同性である昔馴染《むかしなじ》みの侍女アンナでさえ見惚《みほ》れるほどである。

いつもならば慎みがないと眉をひそめるところだが、これから待つであろう宗主国グランガルドでの主人の暮らしに思いをめぐらせ、アンナは薄く涙を浮かべた。

「……これだけの大きな河川が氾濫したら、甚大な被害が発生しそうですね」

「築堤や河道幅の調整に加え、ダムの建設……雨季になると度々氾濫を起こすから、みな国を挙げてインフラ整備に取り組んでいるそうよ」

なかでも本流が各領地をまたぐグランガルドの土木技術は、周辺国と比しても極めて高く、国内に設けられた堰《せき》や水門等も、過去の降水量に基づき毎年見直しをおこなっていると聞く。

「そういえばここから程近い場所に、技術者の街クルッセルがあったわね！」

いかにも今思いついたかのようにミランダは語るが、河川図を持ち出すあたり、最初から計画していたであろうことはバレバレである。

「素晴らしい装飾品もあるのだとか。持参した髪飾りがちょうど壊れてしまって……困ったわ、これでは恥ずかしくてグランガルド国王陛下に拝謁出来ないわ」

壊れた髪飾りの真偽のほどは不明だが、常日頃から一度言い出したら聞かない性格であることを承知している御供《おとも》の面々は、諦めの眼差《まなざ》しをミランダへと送った。

「謁見日まではまだ余裕があるはず……目的地を変更し、クルッセルに宿泊します。隊を二分し、貢納品を積んだ馬車はそのまま王宮へ向かいなさい」

本日一番の笑顔で命じられた突然の進路変更に、どうしたものかと皆、思案顔になる。

「秘密裏の訪問とするため、街の手前で徒歩に切り替えます。宿泊は領主館ではなく、街の宿で結構。アンナと私を同室とし、隣室に護衛騎士を待機させなさい」

有無を言わさぬ口調で命じられ、護衛騎士長は諦めたように目を伏せた。

「……承知しました。隊を再編制し、安全な経路が確保でき次第出発致します」

予定のルートとは大きく外れるが、こうなっては仕方ない。

なにより、ミランダはひとたび機嫌を損ねたら最後、何をしでかすか分かったものではないのだ。

幼いころからミランダの護衛を務めてきた護衛騎士長は、居並ぶ騎士達《たち》と溜息《ためいき》混じりに視線を交わし、クルッセルに向けて早馬を飛ばした。

無理を言っているのは重々承知の上。要求を受け入れてくれたことに感謝しつつ、ミランダは再び景観の美しさに顔を綻ばせる。

グランガルドが誇る技術者達の街クルッセル。

いつか訪れたいと思っていたが、このような形で実現するとは思わなかった。

人質という立場上、余程のことがない限り、今後グランガルド王宮から生きて出ることは難しい。

そんなことはミランダ自身が一番よく分かっている。

これがクルッセルを見られる、人生最後の機会かもしれないのだ。


——クルッセルの街に到着した頃には日も傾き、木造りの簡素な家々に温かな灯がともる。

早馬を飛ばし、過分な接待は控えるよう間違いなく通達をしたはずだが、何かあっては国際問題になると領主に頭を下げられ、ミランダはしぶしぶ領主館に泊まることを承諾した。

「堅苦しい接待を抜きにして、私は楽しみたかったのに！」

「突然の来訪にもかかわらず、快く受け入れてくださったのですから、良《い》いではありませんか」

ミランダの髪をつげ櫛《くし》で梳《す》きながら、アンナがなだめるように優しく言葉をかける。

「もっと長く滞在できればよかったのに……一泊じゃとても足りないわ」

このような状況下でなお、普段と変わらず元気いっぱいのミランダ。

この街で一体何をする気なのか……アンナは自分以外には聞こえないほどの小さな声で、そっと願う。

「目立たず、何事もなく、無事に明日を終わらせることができますように」

——そして、翌朝。

御多分に漏れず、アンナの願いは打ち砕かれることとなる。

＊＊＊

土木チームに属する職人達が一堂に会し、何事かとざわつきながら組合長を待つ。

いつもなら怒号が飛び交い、作業のために若い衆が忙《せわ》しく走り回る時間だが、今朝に限っては大事な客が来るとのことで、仕事を中断して集会所に整列をしていた。

ほどなくして職人組合の組合長シヴァラクが、開け放たれた正面扉から入ってくる。

その後ろにミランダが続くが、身体《からだ》が小さいため、シヴァラクの背にすっぽりと隠れ、職人達からはほとんど姿が見えない。

そしてミランダの傍らには侍女のアンナと、護衛の騎士達がものものしく控えていた。

「とある片田舎の領地から、お忍びで来訪したご令嬢だ。設計現場の見学を希望されているため、本日はうちで預かることになった。忙しい時期に申し訳ないが、土木チーム長のサモアに対応をお願いしたい」

突然の指名を受け、四十前後の髭《ひげ》もじゃの男、サモアが不満気に舌打ちをする。

「シヴァラク組合長、そいつは無理な話だ。もうすぐ雨季に入るから、洪水対策を講じるのに俺達は手一杯……貴族の嬢ちゃんを接待している暇はない」

なおも話を続けようと口を開いたシヴァラクを遮り、サモアは大股で歩み寄った。

敬意のカケラもないサモアの態度に、ミランダの護衛騎士長はピクリと片眉を上げる。

「それに土木チームだけじゃなく、あらゆる工房が併設されているこの建物は、いわば職人達の聖域。そうやすやすと遊び半分のシロウトを招き入れるワケにはいかねぇな」

「サモアお前なんてことを……⁉」

シヴァラクが慌ててたしなめるが、サモアは気に留《と》める様子もない。

続けて二人の職人達が歩み寄り、大きな身体をまるで街のゴロツキのように斜めに傾けると、ミランダのすぐ隣に立つ侍女のアンナに影が差した。

「職人には職人なりの『しきたり』がある。俺は一番の古株だが、ここにいるのは全員その『しきたり』にならい、認められた連中だ。クルッセルの職人達は皆、家族同然……そしてここは俺達の大事な家だ。部外者が気安く入れると思うなよ」

顔に大きな傷のある白髪交じりの男が、険のある表情で凄《すご》みを利かせる。

続けて歩み寄ったうちのもう一人、職人達の中でもひときわ体格の良い青年が、不敵な笑みを浮かべながら威勢よく言い放った。

「まぁ嬢ちゃんには一生かかっても無理な話だ。お貴族様だろうが平民だろうが、このクルッセルの街では関係ねぇ。分かったらとっとと帰ることだな！」

青年の言葉を受けて、そこかしこから同意の声があがり、集会所内は一時騒然となる。

仁王立ちで腕組みをしながら威圧する三人の男と、その後ろで野次を飛ばす職人達。

あまりに不遜な態度に、一触即発……護衛騎士長が前へ出ようとしたその時、鈴を転がすように軽やかな笑い声が空気を震わせた。

この状況で何がおかしいのかと驚く職人達の視線の先――シヴァラクの後ろから、ミランダがひょっこりと顔を覗《のぞ》かせる。

突然現れた目も覚めるような美少女に驚き、職人達は皆、ゴクリと息を呑《の》んだ。

「ふふ、せっかく来たのに今すぐ帰れだなんて、聞けない相談だわ！」

職人達の圧に震える侍女とは対照的に、怯《おび》えるでもなく戸惑うでもなく……なおもクスクスと笑いながら、ミランダは一歩前へ出た。

「皆様、はじめまして。ミニャンダ・アニョルと申します。父はしがない片田舎の男爵ですので、ご存知の方はいらっしゃらないかと存じますが、本日はよろしくお願い致します」

しんと静まりかえり物音ひとつしなくなった集会所に、ミランダの声が響きわたる。

片田舎の男爵令嬢という触れ込みなのに、まるでどこぞの姫君のような美しいカーテシーを披露され、職人達は呆然《ぼうぜん》と立ち尽くした。

「それにしても困ったわ、見学を断られてしまうとは」

頬に手を当て、悩ましげに告げるミランダの瞳が、職人達を順々に捉えていく。

「だ、だから俺達には『しきたり』が……」

やっとのことで言葉をつむいだまでは良かったが、鋭い視線でミランダに射貫《いぬ》かれ、サモアは汗びっしょりになったシャツを身体に貼り付かせた。

下級貴族のご令嬢のはずなのに何故《なぜ》か圧倒され、誰一人として声を発することができない。

「このままだと、いつまで経っても埒《らち》が明かなそうね。……それではその『しきたり』、とやらに従えばよいのかしら？」

「何を言って――⁉」

ちょっと脅せば、諦めて帰ると思っていたのだろう。

まさかの発言にどよめく職人達。

険しい顔で一番の古株だと宣《のたま》った男は、驚きのあまり、ポカンと口が開きっぱなしになっている。

「……お手柔らかに、お願いしますね？」

平民が着るものに近い質素な生成《きな》りの白いワンピース姿。

ミランダがにこりと微笑《ほほえ》んだ瞬間、光輝を放つ宝石を見るがごとく、職人達がまばゆげに目を細める。

やわらかな微笑みを向けられ、思わず耳まで赤く染めたサモアはもはや抗《あらが》う気力を失い、俯《うつむ》きがちに頷《うなず》いたのであった。

＊＊＊

集会所の中央に丸テーブルが置かれ、ミランダとサモアの二人がテーブルを挟み、相対するように座している。

そしてその周りをぐるりと、クルッセルの職人達、そして侍女や護衛騎士達が取り囲んだ。

「条件は、全部で三つ。通常クルッセルの職人組合に入る際は、三ヵ月の試用期間を経て、条件を二つ以上クリアする必要がある。まず第一に、『高度な知識』。こと専門分野に関しては、そこらの学者にも引けを取らないと皆自負している」

テーブル越し、至近距離でミランダを目の前にした途端、土木チーム長サモアが緊張のあまりそわそわとして落ち着きを失《な》くしたため、代わりに一番の古株が険しい顔で説明をする。

（土木チームの最年長、強面《こわもて》のローガンです。とにかく気難しい男なので注意してください）

シヴァラクがミランダにそっと耳打ちをすると、ミランダは心得たように頷いた。

「だがさすがに、職人同様の『知識』を嬢ちゃんに求めるのは酷な話。であれば次に『技術力』……と、言いたいところだが、これも素人には酷ってもんだな」

興味本位で職人達の聖域に足を踏み入れようとした、浅はかな男爵令嬢。

そんな思いでいるのだろうか、取り囲む職人達から、さざめくような笑いが起こる。

ナメきった職人達の態度に耐えかね、我慢の限界とばかりに護衛騎士長が剣の柄《つか》に手を伸ばしたのを、ミランダが軽く目で制した。

「最後は、『強靱《きょうじん》な精神力』。新しいモノを創る際は、常に失敗がつきものだが、加えてあらぬところから横やりが入ることもある」

「……商業組合の連中には、いつも苦い思いをさせられているからな」

サモアがポツリと不満を漏らすと、「まぁ仕方ない」とローガンが歩み寄り、その肩にポンと手を置いた。

「本来であれば二つ以上の条件を満たす必要があるが、その心意気に免じて、一つでいい。嬢ちゃんの一番得意なものを選ばせてやる」

「酒でもいいぜ！　ちょうど新酒の時期だ‼」

先程も話しかけてきた体格の良い青年が声を張り上げると、居合わせた職人達から笑いが起こる。

「どうだ？　呑み比べをして小一時間頑張れたら、合格点を出してやってもいいんじゃないか？」

青年の提案に、どっと沸き立つ職人達。

その勢いに押され、とってつけたようにサモアからも許可が下りる。

（あの男はジェイコブ。喧嘩《けんか》っぱやく問題ばかり起こしますが、ああ見えて腕は確か。若手職人のホープです。……ですが、土木チームはいずれも酒豪ぞろい。『酒』はお勧めしません）

ちょいちょい合いの手を入れて、解説してくれる組合長のシヴァラク。

厳《いか》めしい風貌に反し、実はとても面倒見の良い男のようだ。

「……お待ちください」

善は急げとばかりにジェイコブが酒を取りに行こうとしたその時、ミランダが遮るように声をかけた。

「シヴァラク様にお伺いしたところ、なんでも土木チームの皆様は、大層な酒豪ぞろいなのだとか。偶然ですが、私もお酒にはかなり自信がございます！」

ミランダが大威張りで腕を組むと、嫌な予感がしたのだろうか、侍女のアンナと護衛騎士長の顔が途端に強張《こわば》る。

「今の時期であれば、大陸で一番強い蒸留酒が出回っているはず。シヴァラク様、『イリタス』をあるだけ、樽《たる》ごと持ってきてくださいますか？」

「イ、イリタス⁉」

職人達がどよめくのも無理はない。

穀物を主原料とした、大陸で最も強いとされる酒『イリタス』。

蒸留を繰り返し、度数を高めたこの酒は少しの火気で炎が上がることもあり、そのまま口にすると喉が焼けきれるように熱く痛むほどである。

「ルールはひとつ。同量の『イリタス』を呑み、先に潰れたほうが負け、ということにしましょう」

職人達の『しきたり』に従っていたはずが、酒の種類を指定した上、勝敗のルールまで勝手に決め、いつの間にやら自分のペースに巻き込んでいくミランダ。

だがこの可愛《かわい》らしい男爵令嬢が、まさかの『イリタス』で呑み比べ勝負をするという楽しいイベントに、職人達はもはやお祭り騒ぎである。

「酒代は、後で領主様に支払っておきますね……」

やはりこうなってしまったかとアンナが呟き、護衛騎士長は諦めたように溜息を吐《つ》いた。

＊＊＊

「ぐっ、くそぅ……」

興奮した職人達の輪が次第に小さくなり、いつの間にか手が届きそうなほど近くにいる。

大盛り上がりで声援を送られるが、いかんせん酒が強すぎる。

そもそもストレートで呷《あお》るような酒ではなく、薄めに割って楽しむ酒のはず。

七杯を喉に流し込んだところで、ぐらぐらと景色が揺れてきたのだが、驚くことに目の前の男爵令嬢は、顔色一つ変えずに平然と飲み干していく。

ドン、と八杯目のグラスをサモアがテーブルに叩《たた》きつけたところで、ミランダが外にある日時計へと目を向けた。

「あまり時間もないので、一気に参りましょう。大きなグラスを二つと、水差しをお願いします」

当たり前のように職人達へ指示を出すと、なぜか皆言われるがまま、その命令に従ってしまう。

ミランダは倍以上に大きくなったグラスを鼻歌混じりに受け取ると、『イリタス』をなみなみと注《つ》ぎ、ゆったりとした仕草で喉へと流し込んだ。

「サモア様の分は、私が注いで差し上げます」

まるで紅茶でも飲んでいるかのように優雅に飲み干した後、サモアのグラスを手に取り、『イリタス』を少量注ぎ入れる。

そして別途持ってこさせたピューターの水差しを手に取り、グラスへと水を追加した。

「あまり無理をなさらないでくださいね？　小、小、小、小一時間頑張れたら、勝ちをお譲りしてもよろしいのですよ？」

先程のジェイコブの発言を逆手に取り、ミランダがニコリと微笑むと、職人達の熱気と興奮が集会所を満たしていく。

「おいおい、どうしたサモアチーム長！　ナメられてるじゃねぇか!!」

「いいぞ嬢ちゃん、頑張れ！」

声援とともに、いつの間にかミランダ優勢……可愛らしい令嬢が髭面《ひげづら》のおっさんを叩きのめす姿がお気に召したのか、皆ミランダに加勢するようにヤジを飛ばしている。

「ぐぅ……裏切り者どもめ、お前らあとで覚えておけよ……!!」

ギリギリと歯噛《はが》みしながら、ミランダが手ずから注いだ大きなグラスを手渡される。

ここはストレートで……と本当は言いたいところなのだが、正直もう限界。

本来であれば果実水などで割って飲む酒を、平然と飲み干していくミランダが規格外なのである。

口に含む気になれず、グラスを握り締めたまま、サモアがテーブルの上に頭を横たえていると、今度はこぽこぽと涼しげな水音が耳へと届いた。

「……そういえば、この水差しもクルッセルの代表的な工芸品の一つでしたね」

ピューターの水差しからミランダのグラスに向かって、やわらかな弧を描くように水が落ちていく。

なかなか空かないサモアのグラスとは対照的に、透きとおった水はミランダの唇を湿らせながら、ゆっくりと喉の奥に流れていった。

「以前流通していた水差しには鉛が含まれていて、その毒性にいち早く気付いたのがクルッセルの職人組合の皆様なのだとか」

ふぅ、と一息ついた後、サモアがまだ飲み干していないにもかかわらず、再度自分のグラスへ『イリタス』をなみなみと注いだ。

「鉛を除去して純度の高い錫《すず》と混ぜ、金属の配合率を変えることで現在の形になったそうですね」

加工性に優れ、装飾も容易なことから、クルッセルが誇る工芸品の一つとして世に出回っている。

得意気に頬をゆるめる職人達……つい先程までガラ悪く威嚇していた青年ジェイコブも、嬉しそうに目を輝かせた。

「それにクルッセルの街をひとたび出ると、その価格は倍ほどに跳ね上がるのだとか」

「……商業組合のせいだ。土木チームの中には、宝飾品や工芸品を手掛ける職人もいるが、手取りはわずか。悔しいが職人組合の力は弱く、買い叩かれても文句が言えない立場にある」

グラスを握り締めたまま頭をもたげ、苛立《いらだ》ちを隠そうともせず、サモアはギリッと歯噛みする。

他の職人達も、よほど腹に据えかねているのだろう。

皆一様に口をつぐみ、眉間にシワを寄せている。

ミランダは少し考えるように視線を上向けた後、サモアに向かい居住まいを正した。

「大手商会が名を連ねる商業組合が、大きな力を持つのは仕方のないこと。サモア様の仰《おっしゃ》るとおり、職人組合は泣き寝入り……一方的に値付けをされるのが通例です」

販路を持たない職人組合は、どんなに良いものを作ったとしても安値で買い叩かれてしまうのだ。

「私の知る限り、グランガルドにある商業組合のうち、他国と貿易ができるほど大きいものは一つしかありません。つまりクルッセルの工芸品を輸出する際、どうしても独占契約になるため、競争力が働かないのです」

喉が焼けるほどに強い酒をまた呷り、『イリタス』が入っていた瓶が空になったのを確認すると、ミランダは今度は樽から直接グラスへと酒を注いでいく。

「そこで御提案なのですが、実は私、ファゴル大公国にちょっとしたツテがございまして」

話しているうちに楽しくなってきたのだろうか。

ミランダはグラスを片手に立ち上がると、くるりと舞うように回転し、後ろで声援を送っていた職人達へと目を向けた。

「属国であるファゴル大公国との商取引は、従属協定の中でも正式に認められていたはずです。大公国には余分な税を払ってでも、クルッセルと取引をしたいと願う商会は少なくありません。物に限らず、技術支援の形でも引く手あまたでしょう」

力強く紡がれる言葉に惹《ひ》きつけられるように、職人達の瞳が熱を帯びてくる。

サモアもまた、呑み比べをしていることをしばし忘れ、ミランダに見入った。

「別の取引先ができれば競争力が生まれ、理不尽に買い叩くことは難しくなります。『高度な知識』に裏打ちされた確かな『技術力』は、評価されてしかるべき。既存の取引先である商業組合から、多少の反発があるかもしれませんが……」

そんなもの、たいした問題ではないとでも言うように、ミランダはクスリと微笑んだ。

「『強靱な精神力』で跳《は》ね除《の》ければいい話。そもそもグランガルドの国王陛下は、属国を含む他国との商取引を推奨しています。いかがでしょう、ファゴル大公国との取引は私が保証致します。不当な値付けを強要する商業組合に、あらぬところから、横やりを入れてやりませんか？」

先程の会話を組み入れたミランダの流れるような提案に言葉もなく、シンと押し黙る職人達。異論がないのを確認し、シヴァラクが一歩前へ出た。

「こちらのご令嬢が、ファゴル大公国に確かなツテを持っているのは事実だ。もし好条件を提示してもらえるのなら、我々にも一考の余地がある」

ミランダがファゴル大公国の第二大公女であることを、予め《あらかじ》領主から聞かされていたシヴァラクは、その提案の実現可能性について言及する。

勿論《もちろん》、良い条件を提示いたしますと得意満面のミランダに、サモアは思わず吹き出し……机に両手を突いて立ち上がると、降参するように頭を下げた。

「くっ……ははは！　ダメだ、まるで勝てる気がしねぇ!!　三つある条件のうち、一つだけ満たせばいいなんざ、嬢ちゃん相手に失礼な話だったな。酒も然りだが……いや、たいしたもんだ。いいだろう、今日は思う存分、見ていってくれ」

参ったと笑うサモアの敗北宣言に、職人達の歓声が集会所を埋め尽くす。

「すげえぞ嬢ちゃん！　若いのに大したもんだ!!」

「どうだ、いっそのことクルッセルの職人になってみないか!?」

大盛り上がりの集会所。ミランダは口直しに果実水を手渡され、嬉しそうに口を付けた。

「……そういえば、国王陛下はかなり戦に長《た》けた方と伺っておりますが、皆様はどのような印象をお持ちでしょうか」

「拝謁したことはないが、ひとたび逆らえば一族郎党、皆殺しにするほど恐ろしいお方らしい」

「何せ国王になるために、兄王子を二人弑《しい》したからな……自らの欲望の為《ため》には親族の死すらも厭《いと》わない冷血漢。他国にも恐れられ、狂王の二つ名を冠するくらい残酷な一面があるのは確かだ」

ここだけの話だが、と職人達は前置きをした上で、グランガルドの国王クラウスが、いかに冷酷非情で恐ろしい人間かを教えてくれる。

「とはいえ、俺達が特段、何か被害を受けたということもない。世間の評判は悪いが、生活も安定し概ね満足している。だが側妃どころか、正妃を娶《めと》られる気配すらないのは、悩みの種だな」

シヴァラクが心配そうに告げると、確かに、と取り巻く職人達が頷いた。

「評判が悪いと言えば、先日属国になったファゴル大公国の第二大公女もなかなかじゃないか？　姉妹への虐待に加え、実姉の輿入《こしい》れ先であるアルディリア国王との醜聞。苛烈な性格も相まって、連日のように悪行を耳にするほどだ」

「あそこまで悪名高いと、陛下同様、縁付きたいと願う者は少ないだろうなぁ。噂《うわさ》で聞くところによると、陽に輝くような金の瞳に、金の髪。ちょうど嬢ちゃんのような……」

そこまで言って、何かに気付いたようにクルッセルの職人達は顔を強張らせた。

ファゴル大公国に確かなツテのある男爵令嬢『ミニャンダ・アニョル』。

さらにグランガルドには少ない、陽に輝くような金の瞳に、金の髪。

いやいやまさか……。

第二大公女でありながら、大公位継承権第一位。

次期大公かもしれない少女を目の前にして、やりたい放題だった職人達の額に、じわりと汗がにじむ。

「……私と似ているだなんて、なんだか怖いわ。間違われないよう気を付けなくてはいけませんね」

可愛い仕草で、困ったように眉尻を下げる……気品あふれる、疑惑の男爵令嬢。

「そ、そうだな、悪女に似ているだなんて、いい気分はしないもんな。だがこれだけの才媛であれば、もう嬢ちゃんとは呼ばず、ミニャ、ミニャンダ様？　と呼んだほうがいいんじゃねぇかな」

「いや、すまなかった嬢ちゃ……ええと、ミ、ミニャンダ様？」

出会った頃の不遜な態度はどこへやら。

挙げ句、しっとりと上目遣いで見上げられ、取り囲む職人達の空気がほわんと桃色に染まる。

すっかり掌握されたクルッセルの職人達は、疑惑の男爵令嬢ミニャンダを前に、わたわたと落ち着きなく――その一挙一動に振り回されながらも、嬉しそうに話しかけている。

「……なぁにが、『なんだか怖いわ』ですか。あれほど息巻いていたゴロツキ達が、すっかり殿下に掌握されて……こうなると思ってましたよ」

「あまりに不遜な態度に、途中何度叩っ切ろうと思ったことか。だが結局こうなるとは……さすがというか、やはりというか……」

人質になるために宗主国グランガルドに来たはずなのに。

相変わらずのミランダに、勝手知ったる侍女のアンナと護衛騎士長は視線を交わし、はぁと小さく息を漏らしたのである。

＊＊＊

（SIDE：クルッセルの技術者　職人組合長シヴァラク）

グランガルド王国で、最高峰の職人と技術者達が集う街クルッセル。

その中でも大陸有数の知識と技術を持つものだけで構成された、総勢三十五名から成る土木チームは、チーム長のサモアを筆頭に昔気質《むかしかたぎ》の職人が多い。

自分の仕事に誇りを持ち頑固で実直、気に入った仕事は損得を無視してまで請け負う職人気質……といえば聞こえは良いが、その実、納得のいかない仕事は腕を切り落とされても拒否するような、偏屈者揃《ぞろ》いである。

だが権力におもねることのない気高い職人魂は、組合長シヴァラクの誇りでもあった。

そんな彼らが繁忙期に仕事を中断され、突然お忍びで訪れた貴族令嬢の接待を命じられる。

怒り狂い、ストライキを起こしてもおかしくないこの状況に、シヴァラクは昨夜から何も喉を通らず、胃をキリキリ痛ませながら集会所で演説を行った……はずだった。

案の定、職人達は怒り狂い、街のゴロツキよろしく貴族令嬢に絡みまくった……はずだったのに。

「まぁ！　護岸に植樹を？　高低差がある場合は、どうされるのですか？」

「そこは耐風性のある低木で、護岸構造に支障のないよう……」

作業場に響く可愛らしい声と、懇切丁寧に答える髭もじゃのチーム長サモア。

ほんのりと頬が薄紅に染まっているのは、今朝方の酒がまだ残っているからだと思いたい。

……お前は誰だ。

「流出防止措置はどう講じるのですか？」

「ははははぃッ！　越流堤や排水門からの距離を踏まえ、水深や流速などを鑑み判断しますぅッ！」

多少つっかえつつ元気良く答えたのは、若手職人のホープであるジェイコブ。

仕事は出来るが手の付けられない荒くれ者。

先日も酔っ払いと殴り合いの喧嘩をし、減給処分になったばかりである。

……お前も誰だ。

「この辺りの屈曲部で土堤防が決壊したら、大規模な浸水被害があるのでは？」

「危ないのはここです。水位上昇により洗掘《せんくつ》が生じ、堤防が決壊しやすい場所ですが、上流にダムがありますのでその水門を閉めることで流量はある程度は調節可能です」

「なるほど……よく考えられていますね」

「はっはっは、まぁ三十年前はその仕組みが無くて、度々決壊していたんですがね。俺を怒らせたら最後、水門を開いて辺り一面沼地にしてやりますよ！」

顔に大きな傷のある男が言うや否や、作業場が朗らかな笑い声に包まれる。

あの男は確か、無愛想でいつも眉間に皺《しわ》をよせているチーム最年長、強面のローガンでは⁉

……え、笑ッ？　あのローガンが笑っているだと⁉

しかも気の利いたジョークまで⁉

部外者が気安く入れると思うなよ、とか格好良く宣言していたのは一体なんだったんだ⁉

「様々な工夫をされているのですね！　水害が少ないのは、ひとえに皆様の努力と技術の賜物《たまもの》だわ」

感心したようにミランダが褒めると、彼女を囲むように控えていたむさくるしい男達が、嬉しそうに顔を見合わせる。

「……本当にすごいわ！」

再度褒められ、顔を真っ赤にして喜ぶ髭もじゃのサモア。

天に向かって大きくガッツポーズをする、荒くれ者のジェイコブ。

設計机の下で小さくサムズアップしたのは、強面のローガン……？

そして疑惑の男爵令嬢ミニャンダ（仮）は、お忍びで訪れたはずなのに、全然忍ぶ気配がない。

お貴族様が遊び半分で見学を申し出たのかと思いきや、王都の役人でも理解に時間がかかる王国内の地形や河川、施工法などを瞬時に理解し、的確に質問を返しているところを見ると、前提知識は勿論のこと、頭の回転がとにかく速いのだろう。

先程の思い切りの良さに、際立つカリスマ性……加えてあの見た目であれば、職人達が傾倒するのも頷ける。

初めは交流に消極的だった職人達も、人好きのするミランダの笑顔に引き寄せられるように次々と輪に加わり始め、気付けば皆仕事をほったらかしにして、彼女の一挙一動に反応しながら嬉しそうに会話に参加している。

人質として王宮へ向かうはずが、旅程を変更して来訪した上、あれよあれよという間に自分の要望を通し、そして今、クルッセルが誇る職人チームを瞬く間に籠絡してしまった……!!

予め領主からミランダの正体を聞かされていたシヴァラクは、ぐっと拳を握りしめる。

さすがは稀代《きたい》の悪女、ミランダ・ファゴル。

人心を掌握するのはお手の物、というわけか。

……商業組合にかかわる提案は確かに素晴らしかったが、それはまた別の話。

俺は、俺だけは絶対に騙《だま》されないぞとシヴァラクは強く心に誓う。

シヴァラクが通常時の倍の速度で激しいツッコミを入れている間、護衛騎士達は常に警戒を怠らず、辺りに目を配っている。

そしてアンナは楽しそうなミランダを見遣《みや》り、もうどうにでもなれと諦めたように呟いた。

＊＊＊

（SIDE：侍女アンナ）

「ねぇ、アンナ。やっぱりもう一泊……」

「駄目です！　絶対に、ダメですッツ!!」

作業場で過ごした時間が、余程楽しかったのだろう。シヴァラクは途中で退席してしまったが、軽食をつまみながら夕方近くまで職人達との時間を楽しんだミランダは、名残惜しそうに領主館を後にする。

「そもそもあんな……あんなに強いお酒を呑み比べだなんて、一体何を考えていらっしゃるのですか？　どれほど殿下を心配したか、お分かりですか⁉」

「でもねアンナ。それほど強くないとはいえ、私は『治癒』の加護持ち。『イリタス』を割らずにそのまま飲むと、あまりの強さに喉がピリリと軽い火傷《やけど》のようになるでしょう？　だから毒と同様、口に含んだ瞬間に無害化されて、澄んだ水のようになるのよ」

つまり平然と『イリタス』を呑んでいると見せかけて、実は無害化された水を飲んでいただけだった、という話である。

ただ、適度に酔える程度の酒であれば健康にも良いため、毒とはみなされず、無害化されずに体内に取り込まれてしまうのが難点だ。

丸く収まったのだからもういいでしょうとアンナをたしなめ、クルッセルとの取引を開始するよう父のファゴル大公に言伝《ことづて》をした後、揺れる馬上でのんびりと街の様子を目に収めた。

乗ってきた馬車は街の外に置いてきたため、行きは護衛を引き連れての徒歩だったが、帰りは領主が馬を出してくれた。

追加の護衛が付いた大所帯となり、この御一行様は何者かと住人達が振り返る。

「見て！　土木チームの方々だわ！」

護衛騎士長の馬に同乗していたミランダは、街の出口付近に人だかりを見つけて目を輝かせた。

ミランダに向かって手を振る、むさくるしい職人達。

用事があると途中退席した、組合長シヴァラクまでいる。

「最後にお礼が言いたいの。少しだけ馬から降りてもいいかしら？」

駄目だと言いたいところだが、昼間の楽しそうな様子を覚えているため無下にも出来ず、「少しだけですよ」と護衛騎士長が許可を出し、ミランダを馬から降ろした。

「ミニャンダ様――！」

サモア、ジェイコブ、ローガンを先頭に、職人達がミランダのもとに駆け寄る。

ああ、そういえば男爵令嬢『ミニャンダ・アニョル』の設定だったわとアンナが考えていると、同じくミランダに駆け寄ったシヴァラクが一礼し、震える指で細長い箱を差し出した。

「これは……？」

護衛騎士長が警戒して前に出ようとしたため、ミランダは手で控えるように示し、アンナが代わりに箱を受け取る。

何かしらと首を傾《かし》げながら蓋を開け、二人で中を覗き込んだ。

中に入っていたのは、サファイアを飾り玉にあしらった銀製の玉 簪《かんざし》。

昨日領主館に着いた際、護身用に作製が可能か、ミランダ直々に領主へ相談したものである。

クルッセルで製作されたものはすべて刻印が彫られ、品質が保証されたブランド品として市場に流通する。

このため、何かあった際に製作元が割れないよう、刻印を彫らないことを条件に受けてくれないかとミランダが必死に説得し、昨夜領主自ら職人に打診をしてくれたと聞いている。

出立まで日がない上に、間に合うかは保証できない。

街で一番腕の良い職人が、三年前の流行《はや》り病で思うように指先が動かなくなってしまったため、製作の可否についても確認が必要だと聞いていた。

ハッとしてシヴァラクの手を見ると、箱を差し出した時同様やはり指先が震えている。

玉簪を手に取り、しばらく無言で見つめていたミランダは、小さな両手でその震える指先を包み込んだ。

「……無理をしたのでは？」

気遣うように声をかけると、シヴァラクは得意げに胸を張る。

ミランダの手の中には、品のある玉簪と、シヴァラクの震える指先。

一見なんの変哲も無い銀製の玉簪だが、ひねると下半分が外れ、中に先端が尖《とが》った棒状の真鍮《しんちゅう》が入っている仕込み簪である。

高度な技術を必要とするため、自国での製作は間に合わなかった。

長さもなく、命を奪えるほどのものではないが、御守り代わりに持っていたかった。

「……ありがとう」

ミランダは目を潤ませ、指先を握る両手を美しい口元に引き寄せると、皮膚が固くなった皺だらけの指先に、そっと口付けをする。

一瞬の静寂の後、サモアがシヴァラクの背中を力任せに叩き、周りを囲んでいた男達が一斉に、わぁっと沸き立った。

「ありがとう！　また来るわ!!」

歓声の中ミランダは再び馬に乗ると、みんなに見えるように大きく手を振る。

「絶対に、また来てくださいッ!!」

「ずっと待ってます!!」

「殿下ァ――ッ！」

「ミニャンダ様、道中お気を付けて!!」

……どさくさに紛れて、今殿下って言ったやつ誰だよ。

こっそりツッコミを入れた護衛騎士長に、まぁいいではないですかとアンナが微笑む。

美しい夕焼けが広がり、西の空が赤く染まった。


興奮冷めやらず賑《にぎ》やかな男達の真ん中で、シヴァラクは呆然と立ち尽くしていた。

ミランダが指先に口付けをしたその時、感覚がほとんどなかったはずの指先に、ふと温かいものが流れ込むのを感じ……そして今、指先の震えは止まっている。

シヴァラクはおよそ三年ぶりに感覚の戻った指先へと、力を込めた。

関節が、軋《きし》む様に動き出す。

「う……う、うおぉぉぉおおおッツ!!」

叫ぶシヴァラクに、なんだどうしたと笑いながら男達が肩を組む。

――指先は、もう震えなかった。

第二章．傾国悪女は、洗いざらいすべてをぶちまけた

「危うく間に合わないところだったわ」

王都に向かう道中、熱病が流行《はや》っているという噂《うわさ》を聞きつけ、あと一日で到着というところで、進路変更を余儀なくされてしまった。

やむを得ず、ぐるりと大きく迂回《うかい》した結果、王宮入りしたのはなんと謁見当日の早朝である。

「……なんにせよ、早く終えて休みたいのだけれど」

『謁見の間』隣に設けられた控室で、ミランダは疲れたようにポツリと漏らす。

立場上難しいだろうとは思っていたが、やはり自国から連れてきた侍女や護衛を留め置くことは出来ず、別れの挨拶もそこそこに引き離されてしまった。

到着した順に拝謁が許されるとのことで、ミランダは本日最後の三番目。

グランガルドを宗主国と仰ぐ、四つの従属国から一人ずつ……ミランダを含め四人いるはずだが、最後の一人は王都手前で熱病にかかり療養中らしく、未《ま》だ王宮入りできていないようだ。

しばらく待たされた後、迎えに来た赤毛の騎士に一人目が連れ出される。

ソファーにもたれながらミランダが目を瞑《つぶ》っていると、突然ざわめきと怒号が飛び交った。

カァンと二つの金属がぶつかり合う音が聞こえ、そのうちの一つが床に落ちたのだろうか、控室まで反響する。

騒然としているため話の内容まではよく分からないが、バタバタと慌ただしい足音が続き、半刻《はんとき》程で静かになった。

状況から察するに、国王に拝謁していたはずの一人目が斬られたようである。

程なくして恐怖に震える二人目が呼ばれ、しばしの静寂が訪れた。

今度は無事に謁見を終えられそうだと安心していたのも束《つか》の間《ま》、静けさを破るようにドサリと重さのある音が壁越しに聞こえ、ざわめきと共にまたしても慌ただしい足音が続く。

「一体なんなのよ……」

不穏な気配に溜息《ためいき》を吐《つ》き、ミランダは疲労で気怠《けだる》い身体《からだ》をソファーから起こした。

いっそこのまま走って逃げてやろうかと、あらぬ考えが頭を過《よ》ぎったところで呼ばれ、控室を後にする。

「……クソッ、なんで俺がこんな雑用を」

使い走りのような仕事を任されたことが気に入らないのだろうか。

赤毛の騎士はミランダを先導しながら、ブツブツと不満をこぼしている。

……華々しく戦争で活躍するばかりが、騎士ではないというのに。

兄達《たち》を弑《しい》し、第四王子の身で王位を簒奪《さんだつ》した現国王クラウス――逆らう者は容赦しない恐怖政治を敷いていると聞いていたが、騎士の態度を見るに比較的自由な思考が許されているようだ。

もしかしたら噂に聞くような人物ではないのかもしれないと思い始めたところで、『謁見の間』に着き、王の御前へ否応《いやおう》なしに引き立てられる。

大国に相応《ふさわ》しい豪華絢爛《ごうかけんらん》な『謁見の間』に入ると、一人目のものだろうか、室内中央のちょうど人が跪《ひざまず》くであろう場所に大きな血溜《ちだ》まりがあった。

二人目はコレを見て失神し、倒れこんだのだろう。

斜め四十五度、前方に散る形で派手に血しぶきが飛んでいる。

……斬るなら斬ったで拭きなさいよね。

考えを巡らしながら小さく溜息を漏らすと、ドレスの裾が血に浸るのをものともせず、ミランダは膝を床につけた。

温度を失《な》くした血溜まりの中、簡素なドレスが鮮やかな朱色で染め上げられる。

静かに平伏するミランダを玉座から見据え、グランガルド国王クラウスはゆったりと足を組んだ。

「面《おもて》を上げよ」

鋭い目つきと厳《いか》めしい面差しが相まって、強国の王にふさわしい威圧感が漂う。

ミランダは真《ま》っ直《す》ぐにクラウスを見つめると、凛《りん》とした声で口上を述べた。

「ファゴル大公国、第二大公女のミランダ・ファゴルが、陛下に拝謁いたします」

月の光を集めたかのごとく輝く金の髪と瞳。

透き通るような白い肌は、整った目鼻立ちをさらに際立たせ、見るものを魅了する。

つんと澄ました表情が気位の高さを窺《うかが》わせるが、花開くようにふわりと微笑《ほほえ》むと一転、春の陽射《ひざ》

しのような暖かさがミランダからあふれ出す。

国境を越えて轟《とどろ》く悪女の名に相応しく、傲慢で醜悪なその姿を一目見てやろうと息巻いていた列席者達は、女神と見まごうばかりの微笑みを向けられ……諸侯から衛兵に至るまで、その場にいた誰もが一様に息を呑《の》んだ。


――空気が、変わる。


玉座から無感動な視線を向け、頬杖《ほおづえ》を突くクラウスと視線が交差する。

……『狂王』の二つ名を冠するくらいだから、覚悟はしていたけれど。

微笑みの裏でつぶさに観察しながら、ミランダはやれやれと心の中でぼやく。

一人目が何をしたかは知らないが、まさか謁見初日に血溜まりの中、跪く羽目になるとは思ってもみなかった。

怯《おび》え、泣き叫ぶ姿が見たかったのだろうか。

ミランダの反応が御期待に添えなかったようで、クラウスの顔つきが険しくなる。

「お前が噂の第二大公女か……未婚の子女は、末の娘だけだったはずだが?」

抑揚のない冷ややかな声音に、再び場の空気が張り詰める。

「どのような噂かは存じませんが、『婚姻契約を結んだことのない子女』ということであれば、私も条件に当てはまります」

「……」

「それに我が妹は年若く、このような重責を担うにはあまりに力不足でございます故、不肖ながら私が参りました」

怯える様子もなく、淀《よど》みなく答えたミランダが気に入らないのか、苛立《いらだ》ったように赤毛の騎士が身動《みじろ》いだ。

王の御前で落ち着きのないその姿を視界の端に留《と》めたミランダが、なぜ帯剣していないのか不思議に思っていると、不快げに眉をひそめたクラウスが徐《おもむろ》に立ちあがる。

そしてそのまま壇を降りると、ゆっくりと腰の剣を引き抜いて言った。

「立て」

抜き身の剣を瞳に映し、命ぜられるがまま立ち上がると、重くなったドレスの裾から赤い雫《しずく》がぽたぽたと垂れ落ちる。

整った精悍《せいかん》な顔立ち――だが感情を感じさせない冷淡な瞳にミランダが映り込む。

剣尖《けんせん》を喉元へ突き付けるその男は見上げるばかりに背が高く、小柄なミランダの前に立つと、歴戦で鍛え上げられた体軀《たいく》はより一層大きく感じられる。

「何を企《たくら》んでいるかは知らんが、この国で生き残りたくば人質以上の価値があると証明してみせろ」

一人目は死に、二人目は気を失った。

さて三人目はどうなることかと、居並ぶ諸侯達が緊張の面持ちで見守る中、クラウスは突き付けた剣尖をわずかに動かす。

刃先が浅く喉の皮膚を裂き、細く白い首を一筋の血が伝った。

「……仰せのとおりに」

ドレスを朱に染め上げ、剣を突き付けられてなお平静を保つミランダの斜め後ろから、赤毛の騎士が「ファゴルの魔女め」と小さく悪態をつく声が、微《かす》かに耳へと届く。

余程ミランダが気に入らないのだろう。

国王のみならず、諸侯衛兵に至るまで悪評が知れわたっているらしい。

蔑み、忌避、嫌悪……醜聞にまみれたミランダには、どれも慣れた感情で気にもならないが、そもそも赤毛の騎士はこの場での発言を王に許されてはいない。

人質であるとはいえ、他国の貴賓に対する不遜な態度……即死罪になってもおかしくない状況に、どう対処するのかとクラウスに目を向けた瞬間、彼はミランダに突き付けた切っ先を翻した。

そのまま大きく一歩踏み込むと、勢いよく振り下ろす。

一閃《いっせん》、肩から胸にかけて肉が裂け、鮮血がミランダの頰に飛ぶ。

声を発することもできず、ぐしゃりと崩れ落ちる赤毛の騎士に興味を失ったのか、クラウスは諸侯達へと視線を這《は》わせた。

「覚えておけ。グランガルドにある全ては、等しく俺のものだ」

――この国に来た以上、お前もまた例外ではない。

最後はミランダにだけ聞こえるよう低い声でささやくと、クラウスは謁見の間を後にした。

稀代《きたい》の悪女と評され、その名を轟かせたファゴル大公国第二大公女、ミランダ・ファゴル。

この後、自ら人質志願したグランガルドで名ばかりの側妃に召し上げられた上、初夜に自白剤を盛られるというクラウス主催のサプライズイベントに突入するとは、さすがのミランダも思いも寄らなかったのである。

＊＊＊

（SIDE：宰相ザハド・グリニージ）

長期にわたる支配から脱しようとする従属国の動きが活発になり、さらにはそれに連動するように、国内でも不穏な動きが相次いで報告される。

頭の痛い状況に、グランガルドの宰相ザハドは思案に暮れていた。

「此度《こたび》の施策は、俺の治世を盤石にできそうか？」

山積みの書類に埋もれながら、クラウスが面白そうに問いかける。

今回の従属国にかかわる施策は、今一度両国の力関係を知らしめ、先の時代に国力の衰えたグランガルドを当代国王クラウスの名のもと、盤石にするためのものであった。

「お戯れを……この程度で盤石になるなら苦労はありません」

「そうか？　ジャゴニ首長国が早速動き始めたところを見ると、まずまずと言ったところか」

「従属国はともかく、国内でも不穏な動きが見られます。当日の王宮警備は第四騎士団にあたらせましょう。うまく炙《あぶ》り出《だ》せれば良いのですが、それとは別に……」

ザハドは疲れたように溜息を吐き、報告書を手渡した。

「ファゴル大公国は、かの高名な第二大公女を寄越すそうです。新たな悩みの種にならなければよいのですが」

遠くグランガルドにまで届く、耳を疑うような悪行の数々。

『稀代の悪女』と評される彼女は、不思議なことに国内外で評価が二分する。

「ミランダの姉であるアルディリア王妃のもとにも間諜《かんちょう》を潜りこませたが……報告者によってこれほど評価が分かれる者も珍しいな」

「真偽のほどはお会いしてからですね。陛下も世間では『狂王』扱いですから」

「好きに言わせておけ。侮られるくらいなら、そのほうが俺にとって都合が良《い》い」

悪評など気にもしないと言い放ち、報告書を熱心に読み進めるクラウスへ、ザハドは困ったように目を向ける。

度重なる戦争により、歪《ゆが》んだ国境線に押される形で領土が狭まり、東側以外の三方を、他の三大国に囲まれるまでに追い込まれたグランガルド。

四大国の一つでありながら衰退の憂き目に遭った祖国を、瞬く間に強国へと押し上げたのは、ひとえにクラウスの尽力による。

「陛下の偉業が正しく世に理解されないのは、甚だ遺憾です」

クラウスは不満げなザハドをチラリと見遣《みや》り、喉の奥で押し殺すように笑うと、「理解など不要だ」と事も無げに呟《つぶや》いた。

「またそのようなことを……」

第四王子でありながら王位継承争いに名乗りを上げ、累々たる屍《しかばね》の山を築き、血にまみれた冠を戴《いただ》くグランガルドの『狂王』クラウス。

陽が昇る前から執務机に向かい、必要とあらば自ら戦地に赴くことも厭《いと》わない。

目が回るほど多忙な中、地方監察官から上がってくる細かい報告書にまで目を通す彼が、実は世間で噂されるような血に飢えた王ではないことを知る者は少ない。

「それで、『稀代の悪女』とやらはどうされますか？」

「悪条件にもかかわらず自らグランガルド行きを志願したところを見ると、世間の悪評通りではなさそうだ。次期女大公に見合う資質があるのか、気にはなるな」

「……承知しました。では、受け入れの準備を」

これまでになく興味を示すその様子に胸騒ぎを覚え、だが求められるがまま指示を出す。

平穏無事に謁見が終わることを願いつつ、ザハドは執務室を後にしたのである。

＊＊＊

騎士に連れられ、一人目が『謁見の間』に足を踏み入れる。

怯えているのか、身を縮こまらせるようにして歩みを進める一人目……ジャゴニ首長国の王女が、目にも留まらぬ速さで左右へ視線を向けたことに気付き、クラウスが目を眇《すが》めた。

立ち上がり壇を降りると、傍らに控える近衛《このえ》騎士から一振りの剣を奪い、鞘《さや》を払う。

「平伏《ひれふ》さずとも良い。……王を謀《たばか》る者を、許す気は無い」

数歩歩けば届くほどの距離。

その言葉に驚いたように目を瞠《みは》り、王女は縮こまらせていた身体をゆっくりと起こす。

次の瞬間身を翻し、背後に立つ赤毛の騎士に向き直ると、その腰から一気に剣を引き抜き、クラウスに向かい音も立てずに飛び掛かった。

居合わせた諸侯達がざわめき怒号が飛び交う中、王を守ろうと騎士達が駆けつける。

必要ないと目で制し、舞うように躍りかかったその剣を力ずくで弾《はじ》くと、剣はカァンと甲高い音を立て、弧を描きながら床へと転がった。

衝撃に耐えられず重心を崩し、前のめりに倒れ込んだ刺客の手首を握りつぶすように摑《つか》むと、苦《く》悶《もん》の表情を浮かべ小さく呻《うめ》き声をあげる。

「王女……ではないな。ジャゴニの暗殺部隊か？」

摑んだ腕を大きく振ると、女は何も出来ずに棒立ちになっていた赤毛の騎士の足元へ、勢いよく倒れ込んだ。

何かを言おうとしたのだろうか、刺客が身体を起こし、口を開こうとしたその時、第四騎士団の騎士団長ジョセフが剣を振り下ろした。

崩れ落ちた刺客の身体から、消えゆく拍動にあわせて血溜まりが拡《ひろ》がっていく。

「なぜ殺した？」

「ジャゴニの暗殺部隊は、近接戦を得意としています。剣を持たずとも、充分陛下に届く距離。拘束する間に万が一があってはいけません」

「……暗殺者の傍らに棒立ちし、剣を奪われた役立たずはお前の部下か？」

「仰せの通り、我が騎士団の者です。申し訳ありません、急ぎ捕らえ別の者を」

「……この程度の余興で罪に問う気は無い。このままで構わないが、実力主義の第四騎士団にしてはお粗末だな。……だが、次は無いぞ」

珍しく寛容な処分に、礼を以《もっ》て答えた騎士団長ジョセフは赤毛の騎士を一瞥《いちべつ》する。

話が一区切りついたのを確認し、ザハドがクラウスへと耳打ちした。

「陛下、あと二名残っておりますがこの状況……一旦中止し、日を改めますか？」

「死体だけ片付け、他はそのままで構わない。この状況で例の大公女がどう反応するか見てみたい」

「それはまた悪趣味な……」

血溜まりだけを残して片付けられ、二人目が入室する。

青褪《あおざ》めた顔で室内中央に視線を向けるなり、これ以上ないほど目を見開き、ヒュッと息を呑んだ。

ちょうど跪くであろう場所に、大きな血溜まり。

その中で平伏せよと促され……そして、血溜まりに足を踏み入れようとしたその瞬間に意識を失い、大きくよろめく。

壊れた人形のように前方へ、斜めに向かってドサリと倒れ込んだ。

意識が戻らないまま別室に運ばれ、ついに本日三人目――ファゴル大公国の第二大公女ミランダ。

一人目とも二人目とも違う凛とした姿で、ただ真っ直ぐにクラウスを見つめながら進むと、ドレスの裾が血に浸るのをものともせず平伏し、口上を述べた。

ふわりと花開くような、春の日差しのようにやわらかな微笑み。

「お前が噂の第二大公女か」

何を以てしても動じる気配のない『稀代の悪女』に問うと、この状況にもかかわらず淀みなく答えていく。

剣を突き付けられてなお平静を保つミランダ……ところが斜め後ろに立つ赤毛の騎士が、この場での発言を許されていないにもかかわらず、「ファゴルの魔女め」と小声で毒づいた。

刺客に剣を奪われた挙げ句、王への襲撃に一歩も動けなかった役立たずの騎士。

一度許されたにもかかわらず、間を置かず不遜な言動をする傲慢な騎士。

小声だから聞こえないだろうとでも思ったのだろうか。

国内の不穏分子を炙り出す目的があるにせよ、王の権威を侮られ、これ以上の不敬を許すのはさすがにまずいのでは――ザハドがそう思った次の瞬間、クラウスは赤毛の騎士に向かって一直線に剣を振り下ろしたのである。

「随分と分かりやすい宣戦布告だったな」

謁見が終わり、クラウスに呼びつけられたザハドは小さく溜息を吐く。

「刺客を送り込んだジャゴニ首長国への対応については、いかがなさいますか？」

「明後日《あさって》の王国軍事会議にて検討する。国内外で動きがあれば、その時に報告しろ」

なお、謁見を終えた王女らは、王宮内の一角に設けられた居留地に身一つで押し込まれ、監視のもとその行動を逐一報告される予定である。

「しかし不遜な騎士でしたな」

「ん？　……ああ。腕は悪くないと聞いたことがある。だが任務に集中できていない上、さすがにあれではな」

赤毛の騎士を思い出して怒りを露《あら》わにするザハドに、クラウスは肩をすくめた。

「それで、いかがでしたか？」

「そうだな……想像以上に面白そうな大公女だった」

「面白そうもなにも、あの状況であの態度。常軌を逸しています」

困ったように眉をひそめるザハドを見遣り、クラウスはわずかに頰を緩める。

「ミランダについて、追加報告はあるか？」

「報告書を再度洗い直しているのですが、何しろ情報が多岐にわたり真偽の判断が難しく、少々時間がかかりそうです」

「分かる限りで構わない。出来上がった分を本日中に持って来い」

いつもならもっと詰められる場面だが、珍しく寛大な様子にザハドが首を捻《ひね》ると、クラウスは机の引き出しから、黒い小瓶を取り出した。

「これが何だか分かるか?」

「……いえ」

「ファゴル大公国で開発された自白剤だそうだ。ミランダの姉であるアルディリア王妃のお墨付き……真偽のほどは本人に直接聞けばよい」

突然とんでもないことを言い出したクラウスに、ザハドはゴクリと喉を鳴らす。

「そのようなものを、一体どうやって入手されたのですか?」

「詳しくはヨアヒム侯に聞け。人体への影響は最小限で、副作用もないそうだ。あの醜聞がどこまで真実か、お前も興味があるだろう? 効果のほどは知らんが、使ってみるのも一興だとは思わないか?」

「まぁ、確かにそうですね。どれも耳を疑うものばかりで……使ってみたい気もします」

クラウスが得意げに何かを見せる時は、ロクなことがないと相場が決まっている。

信憑性《しんぴょうせい》を欠く報告も多く、可能ならば本人の口から直接真実を聞くのが手っ取り早い。

取り急ぎ追加調査をまとめねばと、ザハドは短く溜息をついた。

――それから数時間後。

ザハドは分厚い追加報告書を机に叩《たた》きつけ、頭を抱えていた。

「うぐぐ、まさかこれほどとは」

姉妹への虐待に加え、実姉の輿入《こしい》れ先であるアルディリア国王との醜聞、大公国が従属国になる原因となったグラングルド侵攻の火付けに、大公夫妻の暗殺未遂。

さらに今回グラングルドに向かう途中でも、隊を二分し自分だけクルッセルに立ち寄り、職人達の仕事を中断させたあげく接待までさせていたらしい。

枚挙にいとまがない。

何度見ても、どう贔屓目《ひいきめ》に見ても、卑劣・残虐・強欲・犯罪のオンパレードである。

宰相ザハドは由緒正しきグリニージ侯爵家の出……必要であれば後見になることも考えていたが、下手をすれば巻き添えを食って侯爵家が潰れかねない。

「いつになく興味を持っているが、まさか召し上げる気では……こんな悪女がグラングルドの王妃になった日には、国が亡《ほろ》びてしまう」

万が一の時は身命を賭して阻止する覚悟で、ザハドは固く拳を握りしめた。

緊張でカラカラになった喉を潤すため、珍しく気を利かせた侍従から果実水を受け取り、一気に飲み干すと、決意を新たにクラウスのいる執務室へと急ぐ。

ミランダの悪行を書き連ねた追加報告書を手渡すと、クラウスは興味深げに目を落とした。

「……これがすべて本当ならば、ファゴル大公は途方もなく寛容な統治者ということになるな」

「面白がっている場合ではございません。諸侯達が随分と興味を示していたのも心配です。護衛の数を増やしますか？」

「いや、あまり手厚くすると本来の趣旨にそぐわない」

「居留地に置くのは危険かもしれませんね」

「あの容姿だから仕方がないが、確かに余計な揉《も》め事《ごと》が起きそうだ……見せ方をよく心得ている」

クラウスは報告書をめくる手を止め、考えるように目を上向ける。

「……水晶宮を与え、側妃として召し上げるか」

「⁉」

恐れていたことが現実となり、ザハドは言葉を失った。

血統的には何ら問題はないが、報告書を読む限り、素行と性格に難が有りすぎる。

正妃がいない現状で召し上げられ子を生《な》せば、有力貴族達が後見に名乗りをあげることが目に見えており、いらぬ混乱を招きかねない。

ここは断固拒否すべき場面だろう。

だが……『狂王』などと不名誉な二つ名を与えられながらも、クラウスがどれだけ国のために身を削ってきたかをザハドは知っている。

謁見を終え、いつになく楽しそうな様子に、先程の決意が早くも揺らぐ。

「お前はどう思う？」

畳みかけるように問いかけられ、しばらく答えに窮した後、ザハドはついに決意を翻した。

「陛下のご命令とあらば側妃に……ん？　んん、ん」

やはり陛下にはお心のままに行動していただき、陰ながらお支えしよう。

あの悪女には自分が絶えず目を光らせておけば、きっと何とかなるだろうと口を開くが、なぜだか急に喉がつまったように声が出ない。

ごほ、ごほっと二回咳払《せきばら》いをし、少し喉の通りが良くなったところで、ザハドは言葉を続けた。

「いえ、あの悪女めは陛下に相応しくありません。報告にございますとおり、取り込むには危険すぎます。下手をすれば国が傾くというのに、承服しかね……!? う、うわ、わわ、わ……」

違うことを言いたいのに、どうしたことか本音がすべて口から洩《も》れてしまう。

「余計な争いを避けることが主目的だから、実態を伴う必要はない。水晶宮へ移動させ、諸々《もろもろ》の事項については今宵《こよい》直接、本人に問いただすとしよう」

慌てて自分の口を両手で押さえるザハドを見遣り、クラウスは面白そうに目を細める。

「……そういえば、侍従から飲み物を受け取らなかったか？」

先程飲み干した果実水のことだろうか。

まさかと青ざめるザハドに、クラウスは手元の黒い小瓶を軽く振ってみせた。

「体調はどうだ？　使ってみたいと言っただろう？」

この怪しい薬を、飲ませたのか？

言ったけれど……確かに言ったけれども、だが違う！

「今宵、早速試してみるとしよう。あの大公女から何が飛び出すか……効果は今、お前で立証済みだ」

絶句するザハドへ、さらに追い打ちをかけるようにクラウスは続ける。

「水晶宮は外部からの襲撃に備え、寝室の隣に隠し小部屋がある。声もよく通り、寝室への覗《のぞ》き穴もあるから、執務が終わり次第移動し、朝までそこに隠れていろ」

虫をはらうように追い出されて理解が追い付かず、半ば放心状態で自分の執務室へ向かいながら、ザハドは先程のやり取りを反芻《はんすう》する。

え？　今、陛下がお渡りする水晶宮に、朝まで隠れていろとおっしゃった？

ちょ、待て待て、私は朝まで何を見聞きさせられるんだ⁉

先程の薬がまだ残っているのか、調子のすぐれない喉を押さえながら、課せられた夜のミッションに霞《かす》みがかった頭で思いを馳《は》せる。

なぜ宰相にまで上り詰めたこの私が、覗きなどしなければならないんだ！

明日、情報共有すればいいだけなのでは⁉

執務室に入るなり、ぽきりと心が折れたザハドは、そのまま膝から崩れ落ちたのである――。

＊＊＊

湯浴《ゆあ》みを終え、疲れた身体を丹念にほぐされる。

皮膚の表面にすべらすよう香油を塗りたくる侍女達にげんなりしながら、ミランダは本日三回目の溜息をついた。

今夜は居留地の一角をあてがわれ、のんびりと過ごすはずだったのに。

ただの人質のはずが何故《なぜ》か離宮を与えられ、側妃に召し上げられ、国王の『お渡り』を待つこの状況にミランダは苛立っていた。

「もういいから下がりなさい。陛下がお渡りになるまで、少し休みたいの」

ミランダが軽く手を振ると、侍女たちは無言で一礼し部屋を後にする。

やっと一人の時間を得て小さく伸びをすると、先程香油を塗られた自分の腕から、乳香だろうか果実のような甘い芳醇《ほうじゅん》さのあるスモーキーな香りがふわりと漂った。

「……突然側妃などと、何を考えているのか分からないわ」

怯える娘を手籠めにして喜ぶタイプにも見えないが……そもそもあの程度で畏怖の念を抱くようであれば、こんなところには来ていない。

噂に聞く『狂王』ぶりが真実かは知らないが、あの場で罪を断じ、自ら騎士を斬り捨てた判断は間違っていない。

これだけの大国で、しかも即位して間もない上に、有力貴族を筆頭とした複数の派閥が争っていると聞く。

そんな中、従属国に力を示さねばならぬ場で配下にあのような態度を取られたら、王としての威信を失いかねない。

「とはいえ望んだ状況でもないのに、ただおとなしく待っているのも癪《しゃく》よね」

ミランダは応接テーブルに歩み寄ると、革張りのソファーに腰をかけ、氷で満たされたワインクーラーを手元に引き寄せた。

冷えたボトルのラベルを確認し、コルク栓を抜こうと周囲を見回すが刃物の類は一切なく、卓上にフルーツがあるもののフォークすらない。

そういえば良いものがあったわとミランダは宝石箱を開け、クルッセルで作らせた仕込み簪《かんざし》をひねり、先の尖《とが》った真鍮《しんちゅう》をコルク栓に向かって勢いよく斜めに突き立てた。

そのままゆっくり引いていくと、ポンッと軽快な音を立てコルク栓が抜ける。

「ベスキューエ産、二十年モノの白ワイン」

まろやかな香りと果実味の強いフルーティーな名ワインには、このグラスでしょう！

鼻歌混じりで手酌をし、クルリとグラスを回すと空気との接触面から香りが拡がる。

芳醇な香りに気を良くし、元気いっぱいグラスを呷《あお》り、喉を潤す。

すっかりご満悦のミランダだったが、扉をノックする音でふと我に返った。

楽しかった気持ちが途端にしぼみ、仕方なく居住まいを正すと、クラウスに続いて先程とは違う侍女が入室し、手に持っていたグラスを回収される。

私のグラス！

ムッとして睨《にら》むと、クラウスは付き従う侍女の盆から別のグラスを取り、ミランダへと手渡した。

「……これは？」

口を開いたのが合図だったのだろうか、侍女が部屋を後にする。

謎の液体で満たされたグラスへ恐る恐る顔を近づけ——覚えのある香りに思わず顔をしかめた。

「どうした、飲まないのか？」

平然とのたまう不遜な男を睨みつけ、ミランダはヤケクソ気味に喉奥へと流し込む。

この男、なんてモノを私に飲ませるつもり⁉

果実水のような清涼感のある香りに混じり、微かに……青臭い薬草の香り。

姉のアリーシェがアルディリアに嫁ぐ際、こっそりと持たせた自白剤が何故ここにあるのか。

しかもよりによって、なぜこの男が？

勝手に飲んだ一杯目のワインが良い感じに回り、ほわほわ顔が熱くなってきたところに自白剤が効いてしまったようで、喉が詰まり頭が回らなくなってくる。

こんなものに頼るなんて、他人を信用しないにもほどがあるわ……。

昼間の記憶も蘇《よみがえ》り、段々腹が立ってきて、半ばヤケクソ気味にグラスを空にした。

聞かれて困ることなんて一つもないもの。

いいわ、何でも答えてあげるわよ‼

ミランダが飲み干したのを確認すると、クラウスは新しいグラスに自らワインを注ぎ、自白剤が入っていたグラスと交換に再びミランダへと手渡した。

こんなに飲ませて何がしたいのか……酔いがまわって視界がぼんやり霞み、訳が分からないまま乾杯をして、また喉に流し込む。

ミランダの頭が小さく揺れてきたところで、クラウスはテーブルの上にちょんと置かれた彼女の小さい手をそっと持ち上げた。

ゴツゴツとした剣ダコだらけの手を差しこみ、すくい上げるような形で小さな手を包み込む。

「⁉」

自白剤を飲ませたにもかかわらず、脅して何かを自供させるでもなく、力ずくで無体をはたらくでもなく、ただ手を握るだけ——？

意味が分からず、ミランダは驚いて視線を上向ける。

するとクラウスは、何故か眉間に皺《しわ》を寄せながら、その瞳へ静かにミランダを映し込んだ。

錫色《すずいろ》だろうか、ほんのり青みを帯びた灰色の髪と瞳は薄暗い室内で鈍く輝き、涼しげな目元からは意志の強さが感じられる。

日焼けした肌に整った精悍な面差しが相まって、じっと見つめられるとこんな状況にもかかわらず、鼓動が波打つように速くなってしまう。

な、何かしらこれは……？

先程まで苛立つばかりだったのに、想定外の状況に動揺を隠せなくなる。

触れた肌から慣れない男性の熱が伝わり、恥ずかしくなって手を引こうとするが、柔らかく包む大きな手は力強く、離れることを許してはくれない。

修羅場には慣れっこだが恋愛方面はすこぶる不得手……これほどの至近距離、しかも男性と二人きりの状況で手を握られるなど、これまで一度もなかったミランダの手の平が緊張で汗ばんでくる。

なによこの沈黙は……せめて何か話しなさいよぉぉぉ！

血溜まりに跪かせ、初夜に自白剤を盛ったあげく手酌でワインを呷り、さらには優しく手を握りながらたまに無言で威嚇しつつ見つめるという、よく分からないクラウスのサプライズイベント。

正々堂々迎え撃つつもりが、緩急の付いた変則技に最早《もはや》どうしたら良いか分からなくなり、どぎまぎして落ち着きなく目が泳ぐ。

昼間とは打って変わって挙動不審なミランダを見遣り、クラウスが呆《あき》れたように溜息を吐いた。

「調査報告ではアルディリア国王を手玉に取ったとあったが、これではどう頑張っても……とても男慣れしているようには見えないな」

自白するまでもなく図星を突かれ、ミランダはギリリと歯噛《はが》みする。

「あの噂は偽りだろう？」

そう問われると、自白剤のせいだろうか。

いつもの虚勢が張れず、ミランダは目を伏せ無言でコクリと頷《うなず》いた。

「なぜ、そのような嘘《うそ》を？」

「必要だったからです……話せば長くなってしまいます」

霞みがかったようにぼんやりしてきて考えがまとまらず、決まり悪そうに誤魔化すと、「お前の話を聞くために召したのだから、長くなっても構わない」とクラウスが続きを促した。

「……大公妃であるお母様が病に倒れ、私が五歳の時に身罷《みまか》ったのはご存知ですか？」

クラウスの返事を待たず、思い出すように、ぽつりぽつりと話し出す。

「胸が張り裂けそうなほど悲しくて……でもお姉様がいてくれたから、寂しくはなかったのです。とても仲の良い姉妹でした」

二歳年上の姉であるアリーシェが八歳になり、家庭教師がついてからも、ミランダは大好きなアリーシェの部屋に入り浸っていた。

アリーシェが歴史を学ぶ隣で、絵本を読みながら。

外国語を学ぶ傍ら、文字を練習しながら。

だがある日、アリーシェが学んできたものがすべてミランダの頭に入っていることに気づいた家庭教師は、ファゴル大公の執務室へと駆け込んだ。

「彼はお父様に、何度も何度も言いました。ミランダ殿下は天才です、と」

興奮し、大きな声でミランダを称賛し続けた彼は、声を聞きつけたもう一人の生徒、アリーシェが廊下にいることに気が付かなかった。

「この国を背負う逸材です、これで大公国も安泰ですと、お父様に繰り返し伝えたのです」

そしてアリーシェは、棒立ちで自分を見つめるミランダに気付いたのだろう。

青白く強張《こわば》った顔で微笑むと、無言でその場を立ち去ったのだ。

「我が国は女性の大公位継承が認められており、お姉様の継承順位は第一位。ゆくゆくはお父様に代わって自分が大公国を継ぐのだと、誰よりも努力をされていました」

ミランダの心配をよそに、アリーシェは翌日からも変わらず優しく接してくれた。

ただ、何かに追い立てられるように学び始めたこと以外は。

そしてミランダが十五歳になったある日、事件は起こる。

「ファゴル大公家の直系は、稀《まれ》に女神の加護を受けます。それは十五歳の誕生日を機に現れ、どのような加護かは、顕現するまで誰にも分かりません」

ミランダの顔が一瞬だけ泣きそうに歪み、つないだ手に力がこもる。

「加護が、現れたのです――」

そう言うとミランダは、謁見の間で斬られた際の、喉元に残る浅い傷跡に指先で触れた。

まるで時間が巻き戻るかのように傷跡が消え、滑らかな肌が現れる。

クラウスが驚きのあまり目をみはると、部屋の隅から何かが軽くぶつかるような物音がした。

「お姉様と庭園を歩いていたら、翼が折れ飛べない小鳥が落ちていたのです。私は両手でそっと持ち上げ、侍従に渡し治療をしてもらおうと……」

侍従の前でミランダが手を開き、アリーシェと二人で手の中を覗き込んだその瞬間。

折れた翼は元に戻り、小鳥は大空へと羽ばたいていった。

その時のアリーシェを、ミランダは一生忘れない。

やり場のない怒りと嫉妬――そして、深い海底に取り残されたような絶望、燃《も》え滾《たぎ》る憎悪……。

あらゆる負の感情がごちゃ混ぜになったような表情で、アリーシェは虚《うつ》ろな目をミランダに向け、それから意識を失い、その場に倒れたのである。

「その日からお姉様は人が変わったように部屋に閉じこもり、私を避けるようになりました。加護持ちの継承順位は最上位。……お姉様は大公家を継ぐことが出来なくなってしまったのです」

隣国アルディリアの初代女王、マルグリットの系譜にのみ現れる『女神の加護』。

元を辿《たど》ればアルディリア王族の流れを汲《く》むファゴル大公家もまた例にもれず、数代に一人『加護持ち』が誕生する。

加護の内容は各々異なり、同じ時代に二つとして同じものはないゆえ貴重であり、加護持ちをめぐり戦争になることもあった。

「……加護印はあるのか？」

髪を持ち上げると、薄紅の花を象《かたど》るような加護印がミランダの白いうなじに浮かびあがる。

クラウスが身を乗り出し思わず指を這わせると、ミランダの身体が小さく震えた。

「緘口令《かんこうれい》が敷かれ、私が加護持ちであることは秘匿されました。何も知らない侍女や使用人達は、泣き暮らす姉を見て思ったのです」

アリーシェが最後に会ったのはミランダだった。

ミランダが、彼女に何かをしたのだと。

「より弱いものを人は守ります。より憐《あわ》れなものに人は心を傾け、寄り添うのです。あの時の姉にはきっと、それが必要でした。そして――」

ミランダはそれきり何かを堪《こら》えるように、ぐっと唇を噛んで俯《うつむ》いた。

「そしてそれは、私には必要のないものでした」

美しい唇から血がにじむ。

ミランダの手を自分の手の平に閉じ込めたまま、クラウスはミランダの隣に腰掛ける。

そっと顔を上向かせ、血がにじむ唇をゆっくりと指の腹で撫《な》でた。

誰も、悪くない。

だが一度ねじれてしまった感情は、元には戻らないのだ。

「そんな時、アルディリア国王から婚姻の打診が来たのです」

薬のせいだろうか。

感情の制御が利かず、ミランダの瞳がじわりと潤みだす。

「同盟にかかる政略結婚だから、相手は姉妹どちらでも良い、と」

その時のことを思い出し、ぶわりと涙が膨れ上がって感情に歯止めが利かなくなってしまう。

「そしてお姉様は、大公国に自分はもう必要ないから自ら参ります、と」

堪えきれずに目を瞬《またた》かせると、ボロリと大粒の涙がこぼれ落ちた。

それを合図にどうしたことか我慢が出来なくなり、堰《せき》を切ったように涙が溢《あふ》れ出《だ》した。

「あ、あれ？　お姉様以外の前で泣いた事など一度もないのに……」

狼狽《うろた》え、滲《にじ》む視界でクラウスを見遣ると、相変わらず眉間に皺を寄せながら……だが少し困ったように瞳が揺れる。

つないでいた手を離し、考えを巡らせるように視線を彷徨《さまよ》わせ——そしてミランダの体に腕を回しそのまま軽々と持ち上げると膝の上にミランダを乗せた。

「ッ⁉」

一瞬何をされたのか分からず大きく目を見開いた後、クラウスの膝の上に乗っていることに気付き……とてつもなく恥ずかしくなり、耳まで真っ赤に染まっていく。

「そういう顔をしている時は、年相応だな」

腕の中に閉じ込めるようにしてミランダの顔を覗き込むと。堪え切れなくなったのか横を向いて肩を震わせた。

「クッ、……ハハハハッ」

謁見の間で見事な口上を述べた姿からは想像もつかない、その可愛《かわい》らしい姿に、普段滅多に笑わないクラウスから笑い声が漏れる。

「そちらが素か？　随分と可愛らしい顔をする」

「じ、自分だって怖い顔で、散々私を睨みつけたくせに！」

真っ赤な顔を笑われて、恥ずかしいやら腹が立つやら……ミランダはギリギリと歯噛みをしながら、憤怒《ふんぬ》の表情を浮かべた。

「ん？　それが報告書にあった姉妹への虐待か？」

「恐らくは……。でももしかしたら、療養中のお姉様を平手打ちした件かもしれません」

「療養中のアルディリア王妃を、平手打ち⁉」

「はい。あ、たくさん話して泣いたら、頭がスッキリして参りました。健康に悪影響を与えない程度のお酒であれば、それほど無効化はできないはずなのですが……先程首の傷を治すのに加護を使いましたので、そのおかげかもしれません」

嬉《うれ》しそうに話すミランダをなんとも形容しがたい表情で見下ろすと、クラウスは無言でグラスに手を伸ばし、残っていたワインを口に含む。

ミランダの頬に手をあてがい強引に顔を上向《うわむ》けると、覆《おお》い被《かぶ》さるように口付けを落とした。

「ん？　……ん⁉　んんん――‼」

突然唇を塞がれたことに驚き、腕の中で激しく暴れるが、非力なミランダがいくら力を込めたところで鍛え上げられた男の身体はびくともしない。

息をしようと唇を開いたところで、クラウスのがさついた唇から先程のワインが流し込まれ、ミランダの喉を潤していく。

膝の上で身体を固定された上、顔半分を大きな手の平に包まれた状態では、その腕から逃れるどころか抵抗することすらままならない。

これ以上ない程に目を見開いたミランダは、こくんと軽く喉《のど》を鳴らし、ワインをすべて喉に流し込んだ。

「どうした？　アルディリア国王を籠絡した、その手管を俺にも見せてみろ」

ミランダがすべて飲み込んだのを確認し唇を離すと、少しだけ顔を上気させたクラウスが、湿った舌で自らの唇をぺろりと一舐《な》めする。

「なッ、なんてことを……ッ‼」

初めて続きの事態に動揺し、熱を持ったミランダの頬が見る間に紅潮していく。

「だから先程、それは嘘だと申し上げたでしょう！」

喉の奥で笑いを嚙み殺すクラウスを睨みつけ、せめてもの抵抗に距離を取るべく肩口に手を当て突っぱねるが、後ろ背に回された腕が解《ほど》ける気配はなかった。

渾身《こんしん》の力を込めて震えるほど頑張る様子が可笑《おか》しかったのか、抱きしめたまま肩を震わせて笑いを堪えるクラウスに、強い口調でミランダは告げる。

「笑うなら、もう何も話しませんよ⁉」

「ああ、それは困るな。……気を付けよう。続けてくれ」

一向に反省する様子のないクラウスはミランダを膝に抱き、相好を崩しながら話の続きを促す。

「ええと……ああ、もう！　陛下のせいで、どこまで話したか分からなくなってしまったではありませんか！」

追加の酒が、自白剤の効果を後押ししているのだろうか。

またしても霞みがかり、ぼんやりしてきた頭に舌打ちをしながら、ミランダは頰を膨らませた。

「お姉様はそのままアルディリアに嫁ぎ、政略結婚であったはずのこの婚姻は、意外にも愛に溢れたものとなりました」

元々努力家で勤勉、人の上に立つに相応しく、思いやりに溢れたミランダ自慢の姉である。

大国の王妃の器ではないのではと初めは反発していたアルディリアの貴族達も、その為人《ひととなり》に触れ、次第に信頼を寄せるようになった。

そして所詮は政略結婚だと他人行儀だった国王も、懸命に自分を支えようとするその姿に絆《ほだ》され、愛し愛されるうちにアリーシェは本来の自分を取り戻していったのである。

翌年には男児を出産し王妃の地位を盤石なものとしたが、再度の懐妊によりその幸せは終わりを迎える。

「大帝国アルイーダが滅び、四大国に分裂する原因となった双子の皇女の話はご存知ですか？」

親から子へ、物語は受け継がれる。

揺らぐことのなかった大帝国は、双子の皇女によって滅び、恵みの時代は終焉《しゅうえん》を迎えた、と。

——それから二百年余り。

四大国の王族において双子は未《いま》だに禁忌とされ、生まれた場合は後から出てきた子を谷底へ投げ落とし、殺してきた。

そこまで話し、ミランダはそっと目を閉じる。

「……そう。お姉様のお腹《なか》にいたのは、ふたり、だったのです」


出産が近付くにつれ、大きくせり出した腹に王宮医が双子の可能性をほのめかす。

ファゴル大公国へと密使が走り、ミランダが大公を通じてアルディリア国王に親書をしたためたのは、出産予定日の約二ヵ月前のことであった。

アリーシェを離宮へと移動させ、すべての侍女を大公宮で働く信頼のおける者と挿《す》げ替《か》える。

そしてその後ミランダもまた、国王陛下を表敬訪問するという名目で使節団に加わり、アルディリア王宮へと急いだ。

「すべての準備が整ったのは、出産予定日まで二週間を切った頃でした」

華やかな美貌と蠱惑《こわく》的な眼差《まなざ》しで、男を魅了する魔性の大公女。

本来であれば触れることすら許されない王の身体にしなだれかかり、まるで恋人のように仲睦《なかむつ》まじく過ごすミランダに、アルディリアの貴族達は色めき立った。

王妃陛下が出産を控え、離宮にいるのをいいことに、陛下を誑《たぶら》かす『傾城《けいせい》傾国の悪女』。

寵愛《ちょうあい》をかさに、我らが戴く王妃陛下を引きずり下ろそうとしているのではないか。

だがミランダはあらゆる非難をものともせず、王宮内の貴賓室に何日も居座り、さらには特別な官職の者しか許されないはずの、禁書庫への立ち入りまで許されたのである。

「これまで四大国で産まれた双子がどのような運命を辿ったか、そして口伝の発端となった双子の皇女が、大帝国を滅ぼした理由や史実の誤り等……禁書庫へ出向き、国王陛下と話していたのは、主にそのような内容でした」

調べれば調べるほど口伝に綻びが見られ、疑惑が確信へと繋《つな》がっていく。

「私達の出した結論は、『双子は禁忌に非《あら》ず』……そしてお姉様が産気づいたとの報告を受け、私は離宮へと急いだのです」

王宮医に同行した二人の騎士はアルディリアの者ではなく、幼い頃からミランダの護衛を務めてきた、ファゴル大公国の近衛騎士達だった。

双子であった場合、本来であれば一人は伝令として王宮へと走り、もう一人は後から産まれた赤子の処理をする。

産気づいてから、かかること五時間。

離宮に二つの産声《うぶごえ》が響く。

生きる事を許されない、後に産まれたほうの赤子を白布にくるみ、騎士が受け取り部屋を出た。

そしてこれから王女として大切に育てられるであろう、先に産まれたほうの赤子を王宮医から奪い取ると、ミランダはもう一人の騎士に目配せをする。

異様な雰囲気を察し、王宮医が逃げようと踵《きびす》を返したところで騎士が背中を蹴り倒す。地に伏せた状態で踏みつけ、その身体を固定すると、上から胸を一突きにした。

くぐもった声が聞こえ、口からゴボリと血が漏れる。

絶命したのを確認し、予《あらかじ》め手配をしていた御者達がその身体を布でくるむと、そのまま敷地内に寄せた馬車へと足早に運び、闇夜に紛れて消えていく。

すべての人間を大公宮の者に入れ替えたこの離宮において、それを見咎《みとが》める者は誰もいなかった。

「秘密裏に済ませ、処理した後、王女誕生の報《しら》せがアルディリア国中を駆け巡りました。そして私はもうひとりの王女を密《ひそ》かに国外へ脱出させ、ファゴル大公国へと連れ帰ったのです」

もちろん、すべてはアルディリア国王陛下の知るところです、と補足する。

「産声は二つ……お姉様は双子であることをご存知でした。お心を病まれ、産後の肥立ちが悪かったこともあり、そのまま離宮に籠もってしまわれました」

そこまで話して、一度息を整える。

「一向に良くならないお姉様の体調を心配した私は、お父様の反対を押し切り、双子の片割れを連れて再びアルディリアを訪れたのです」

その時のことを思い出し、ふふ、と小さく笑う。

「以前アルディリアを訪れた際、私が国王陛下の子を孕《はら》み……密かに女児を産んだという噂を流しました。そして私はその赤子を育てることを拒否し、それならば養女として王家に迎えたいというお姉様の強い要望が認められ、無事にアルディリア王族となったのです」

ミランダは自ら赴き、赤子を姉に手渡した。

アリーシェは瘦せ細った身体で赤子をかき抱き、声も出さずにむせび泣く。

すべてはミランダが描《えが》いた筋書きだった。

そしてその筋書きどおり、赤子は無事、本来の母の元へと戻った。

アリーシェの王妃としての地位は揺るがず、むしろ慈愛に満ち溢れた国母として敬愛され、さらには愛《いと》しいもう一人の我が子を手元で育てることが出来るようになったのだ。

「お姉様はひとしきり泣いて、そして私を抱きしめてくださいました。なんて馬鹿なことをしたのと。泣きながら、怒られてしまいました」

……でも何年かぶりに、私を抱きしめてくださったのです。

嬉しそうに微笑みながら、ミランダはそっと目を閉じる。

「たくさん怒られて……そして、ありがとう、と。何も言わなくても、お姉様はすべてを理解されているようでした。瘦せ細ったお姉様を抱きしめて、私もまた、泣いたのです——」

アルディリア国王陛下の子を孕み、そして捨てた、『稀代の悪女』ミランダ。

「そして出立の日。仕方がないこととはいえ、お姉様ばかり称賛され、私はといえば皆の悪意にさらされるばかり。こうなったら悪女になりきってやろうと、顔色が悪いお姉様の体調を治すついでに、その頰を思い切り平手で打ったのです」

「お前は何をやっているんだ⁉」

突然の展開にクラウスが驚き、ミランダを抱く腕に力がこもる。

「どうも私の加護は肌を触れ合わせる必要があるみたいで……手を握っても良かったのですが、景気づけです」

せっかくだから悪女らしく期待に応えないと、とミランダが笑う。

ついでに闘魂を注入して元気にしたのだから、文句を言われる筋合いは無いはずだ。

勿論《もちろん》、アリーシェを元気にするためと事前に理由を話し、王の許しも得ている。

「事情を知る少数のものに見送られ、協力の対価として国王陛下から強奪……んん、拝領した禁書庫の写しなどを馬車に積み、私はアルディリアを後にしました」

眠くなってきたのだろうか、ふわぁと軽く欠伸《あくび》をし、なおも続ける。

「帰路につく途中、少し羽を伸ばそうと訪れたアルディリアの国境近くで、帝国の勢力が拡大しているのを目の当たりにしたのです。私は大公国へ戻るや否や、辺境伯をけしかけ貴国へと侵攻し、従属契約を以て庇護下《ひごか》へ入ることに成功しました。あ、でも侵攻の発起人であることがすぐに発覚し、軍法会議にかけられたのですがねじ伏せました」

そこのところ、もう少し詳しく！　と身を乗り出したクラウスだが、大好きな姉が登場しないターンに入ったため、ミランダ本人はあまり興味がないらしい。

「しばらくして貴国から、人を小馬鹿にしたようなふざけた勅令が届きまして、お父様が末の妹を行かせるなどと言い張るものですから。義母……いえ、大公妃を含む大公宮の皆と共謀し、暗殺未遂事件を起こしたのです。そして裁判の末、本日ようやく陛下のもとへと辿りつきました」

眠くて仕方ないらしく、大事な部分を大幅に省き、またもや欠伸をするミランダ。

「それにしてもまさか、血溜まりの中で平伏する羽目になるとは」

思い出して腹が立ってきたのか、悔しそうにクラウスを睨みつける。

「……あのような目にあって、俺を怖いとは思わないのか？」

「怖い？　それはなぜでしょう？」

「俺の噂を知らぬわけではあるまい。殺されるとは思わなかったのか？」

真剣な表情で見つめられ、だが眠気をはらいきれずに頭が揺れる。

「噂？　……馬鹿馬鹿しい。そんなものを気にして何になるというのですか？　私が見る限り、昼間の一件は王として当然のおこない。あの場面は、ああして然《しか》るべきでした」

この程度で怖いなど何を世迷《よまい》ごとを、とでも言いたげな表情でミランダが肯定すると、なぜだろう……何かに耐えるように、クラウスの頬に力が入った。

「それでは自分の悪評はどうなんだ。俺とは違い、お前の場合は事実と異なるだろう」

「……そんなもの、言いたい者には好きに言わせておけば良いのです。女と侮られるくらいなら、そのほうがこちらもやりやすい」

ミランダの言葉に、驚いたようにクラウスの動きが止まる。

「女だてらに国を治めようと思えば、綺麗《きれい》ごとだけでは済まされません。必要とあらば、私は自分の手を汚すのも厭わない。すべては守るべきもののため。個人としての評価など二の次です」

何か思うところがあるのだろうか、クラウスは何かを言いかけてそれきり押し黙り……頭を一振りすると、ミランダを軽々と抱きあげた。

「分かった……今日はもういい。また機会があれば、改めて聞くとしよう」

何かが彼の機微に触れたのだろうか、昼間とは異なり声にやわらかな響きが宿る。

誰かに抱き上げられるなど幼子《おさなご》の時以来だろうか。

押し寄せる眠気に抗《あらが》いきれず、そっと目を閉じクラウスの胸元へもたれると、寄せた頬から温かな体温が伝わる。

ドクドクと脈打つ音が溶け合って、心地よく脳を揺らした。

いつ移動したのだろう、ギシリとベッドが軋《きし》み、すぐ近くにクラウスの息遣いが聞こえる。

「……他に何か、言いたいことはあるか？」

これまでになく優しく問われ、相変わらず回らない頭でミランダは考える。

重い瞼《まぶた》をゆっくり持ち上げると、ミランダに覆いかぶさるようにして、クラウスの顔がすぐ目の前にあった。

何か、なにか……なにか言わなければならないことがあったような……。

「ああッ⁉」

と、先程の自白剤のことを思い出し、ぴょこりと身体を起こす。

すぐ近くにいたクラウスと額がぶつかり、声にならない声をあげながらベッドの上で悶絶《もんぜつ》する。

「突然どうした⁉」

一瞬で雰囲気を壊され、不機嫌な声がミランダへと降り注ぐ。

「先程、陛下から頂いた飲み物は、自白剤ではありませんか……？」

ミランダが発した『自白剤』という単語に、クラウスの肩がピクリと揺れる。

「……なんのことだ？」

「知らぬふりをしてもダメです。確かに私が作った自白剤『ペンタル』の香りがしました！」

「私が作った……？」

「そうです！　あれは私がお姉様のために、アルディリアなんぞに嫁ぐことになった大好きなお姉様のために、昼夜研究に研究を重ね開発したもの！」

もちろん、私自身への有効性も検証しました！

加護があるので毒は効きませんが、自白剤はそこそこ効くようです！

大好きなお姉様を思い出し、急に元気になったミランダはここぞとばかりに畳みかける。

「いざという時にアルディリア国王陛下の弱みを握り、脅すために使って欲しいと私が直接手渡したものなのですッ！」

はぁはぁと息を荒らげてまくし立てられ理解の追い付かないクラウスは、自白剤が未だ絶賛適用中のミランダを呆然《ぼうぜん》と見つめた。

「ついでに少し具合が悪くなるといいなと思って、自白剤の中にこっそり毒草も混ぜました！」

「は？　……はぁあ⁉　おっ、お前、先程から何を言っている。有毒なのが分かっていながら何故飲んだ！」

よもや毒を盛ってしまったのかと慌てるクラウスに、ミランダは高笑する。

『毒草』のあたりでなにやら壁越しに動く音がしたが、隠し小部屋に潜ませたザハドのことなど、クラウスの頭からはとうに消え去っている。

「ご安心ください。腹をくだす程度のものなので命に別状はありません」

ニッコリと微笑む姿は相も変わらず美しく、だが薬のせいか微妙に目の焦点が合っていない。

「お前は大丈夫なのか？　……その、腹がくだるとのことだが」

「問題ございません！　身体に無害なため、自白剤自体は作用してしまうのですが、何を隠そう私は『治癒』の加護持ち！　さらに言うと毒は効きません！」

陛下の御毒見役を任じてくださっても結構です！　と得意げにのたまうが、そもそも毒が効かないのであれば、毒見役には向いていない。

「ファゴル大公は稀少《きしょう》な加護持ちが出国することについて、何も言わなかったのか？」

「欲のない父なので、加護についてはあってもなくてもどちらでもいいと、常々申しておりました。私の立ち回りのせいで悪評が独り歩きを始めてしまったため、実情を知らない他国ではあまりに危険と判断し、妹を貴国に送ろうとしていたようです」

祖国を離れてからまだ一ヵ月も経《た》っていないのに、喧嘩《けんか》するように大公と掛け合いをしていた日々がもう懐かしく思える。

「そもそも私の加護はそれほど強くはありません。広範囲にわたって一度に治癒させることはできず、重い怪我《けが》や病気の場合は何日もかける必要がある……とても限定的なものです」

そのまま口をつぐみ、こくりこくりと舟を漕《こ》ぎ始めた姿を見遣り、クラウスは溜息を吐いた。

「……そうか」

ポツリと呟くと、そのまま勢いよくミランダの隣に寝転がる。

腕を伸ばしミランダを引き寄せると、すっぽりと包みこむように腕の中へと閉じこめた。

急に身動きが取れなくなり抜け出そうともがくと、クッと喉の奥で笑う音が聞こえ、クラウスと視線が交差する。

「……もう眠れ」

太い腕に抱きしめられ、ミランダはなおも脱出を図るが、クラウスの寝息と規則的な鼓動につられて瞼が徐々に重くなり、いつしか眠ってしまった。

――そう。

隠し小部屋から出るに出られず、自白剤の副作用で一晩中悶絶する羽目になったザハドを残して。

＊＊＊

「昨夜は眠れたか？　なかなか興味深い話だったな」

グランガルドの宰相ザハドは、揶揄《からか》うように問うクラウスを恨みがましい目で見つめた。

「さすがにあれは想定外でした。それにしても、似た者同士のお二人でしたね……」

スッキリとした顔のクラウスとは対照的に、一晩で何があったのかと侍従に心配されるほど目が窪《くぼ》み、げっそりと頬のこけたザハドが力なく返事をする。

クラウスがミランダを召し上げた話を聞きつけ、早速幾人かの高位貴族が謁見を願い出た。

ひとまずザハドが受けたものの、ミランダの後見を願い出る者、娘を正妃にと推す者……次代の王を見越し、『正妃の座』争奪戦が始まったのである。

明日の王国軍事会議では、グランガルドを謀《たばか》ったジャゴニ首長国への処分を決する予定だが、おそらくクラウス自ら軍を率いることになるだろう。

その間ミランダは、頼る者がいないグランガルドの離宮に残され、国母の座を狙う魑魅魍魎《ちみもうりょう》に命を狙われながら過ごすことになる。

悪評ゆえミランダを認めない者も多い一方、離宮という閉ざされた空間で目が届きにくいのを良いことに、利用しようと近付く者も後を絶たないだろう。

「馬鹿どもの相手は疲れたか?」

頭の痛い問題を山積みにし、正直逃げ出したいザハドの心情を知ってか知らずか、クラウスはまるでザハドのやり取りを見てきたかのように声をかける。

「あの大公女がどう対応するか……見物《みもの》だな」

面白い玩具《おもちゃ》を見つけたとばかりに機嫌良く話すクラウスに、ザハドは言葉もなく、ただ項垂《うなだ》れた。

——グランガルドに在する高位貴族が、一堂に会する王国軍事会議。

クラウスから、『好きにしてよい』とお墨付きをもらったミランダが、その言葉どおり、とんでもないことを仕出かすとは……その時の二人は、想像だにしなかったのである。

第三章．ミランダの独擅場《どくせんじょう》

カーテンの隙間から、朝陽《あさひ》が差し込む。

疲れが残った身体《からだ》で大きく伸びをすると、部屋の外で待機をしていた二人の侍女が姿を現した。

「身の回りのお世話をさせていただく侍女長のルルエラ、と申します。こちらはモニカです」

昨夜クラウスに付き従っていた者は、ルルエラというらしい。

侍女長のルルエラに紹介され、モニカと呼ばれた吊《つ》り目の少女は頭を下げた。

「本日これより準備が整い次第、陛下のもとへ伺うよう仰せつかっています」

「……は？」

昨夜はクラウスに邪魔をされ、夜中まで眠れなかったというのに、起きてすぐ食事も取らずに？

「陛下より、仰せつかっています」

大事な事なので二度言ったのだろうか、ルルエラが有無を言わせぬ口調で強調する。

クラウスの気分次第で、彼女達《たち》の首が物理的に飛ぶことが分かっているため、ミランダはそれ以上の追及はせず渋々とベッドから降りた。

「湯浴《ゆあ》みはいかがなさいますか？」

チラリとミランダを見て、何もなかった事を確認しルルエラが問う。

「……結構よ」

「承知しました。では、お召し替えをさせていただきます」

ルルエラが頭を下げると、後ろにいたモニカも一礼する。

大公宮で気心の知れた者達に囲まれていた頃と比べ、侍女達はどこか余所余所《よそよそ》しい。

召し上げられ、宮殿の主《あるじ》として侍女達に傅《かしず》かれたとしても、心通う者がいなければ意味がない。

仕方のないこととはいえミランダはやはり心寂しく、嘆息を漏らしたのである。


「半刻程《はんとき》、テラスで待っていろ」

到着するなり王の執務室に通され、昨夜の不遜な男が山積み書類の隙間から指示をする。

執務室中央にある大理石のテーブルに置かれたバスケットを持ち上げ、近衛《このえ》騎士の一人が、部屋続きのテラスへとミランダを案内した。

バスケットの中には、大量のサンドイッチが入っている。

これを食べろということだろうか？

呼ばれた理由も分からぬまま口へと運ぶが、食の細いミランダが食べきれる量ではない。

早々に食事を終え、テラスから一望出来る美しい花々で目を楽しませていると、不意に後ろから手が伸びてサンドイッチを摑《つか》んだ。

近衛騎士が黙って見ているところをみると、毒見は終わっているのだろう。

クラウスは行儀悪く立ったままサンドイッチを頬張りながら、手に持っていた書類をポンとミランダの前に放り投げる。

「……これは？」

「謁見を申し出た者達のリストです。青い表紙が殿下の後見希望者、赤い表紙が入宮希望者です」

書類を手に取りミランダが問うと、いつ来たのか、クラウスの後ろからザハドが顔を覗《のぞ》かせる。

「なぜ、私に……？」

「よく見ておけ。これからお前の命を狙う者達の一覧だ」

クラウスの言葉にミランダは一瞬顔をしかめ、赤い表紙のリストを無言で読み進めていく。

「昨日謁見した一人目の王女を覚えているか？」

「一人目……斬られたと思しき、ジャゴニ首長国の王女でしょうか」

「大国を統《す》べる王の懐に入る、数少ない機会とでも思ったのだろう。グランガルドを謀《たばか》り、王女と偽って刺客を送り込んできた。各地から徴兵しているとの報告もあり、おそらくジャゴニは総力戦で挑んでくる」

「自ら先陣に立つおつもりですか？」

「そうなるだろうな。長引けば隣接する大国の脅威も増してくる。明日の軍事会議でジャゴニ首長国への処分を検討する予定だが、恐らくその後、お前の件も話に上るだろう」

二つのリストを見る限り、諸侯の思惑が入り乱れ、紛糾しそうな気配を感じる。

「情報は与えた。自分の身は自分で守れ」

クラウス不在の王宮でミランダの立場は弱く、守るものは誰もいない。

近衛騎士などの人目があるからだろうか、昨夜とは一転しクラウスは冷たく言い放つ。

「精々頑張ることだな。この程度で死ぬようであれば、どの道この先は生き残れまい」

その原因を作ったのは自分だというのに、まるで他人事《ひとごと》のようにのたまう目の前の男を、ミランダは睨《にら》みつけた。

「身を守るのは剣のみに非《あら》ず。非力な者には、非力な者なりの戦い方があるのですよ」

「ほう……俺の居《お》らぬ間に、よもや安全な祖国に逃げ帰るとでも言うつもりか？」

「出来ればそれが一番ですが、でもお許しいただけないでしょう？」

ミランダは、顎を摑み上向かせたクラウスの手にそっと触れ、困ったように微笑《ほほえ》んだ。

「陛下がどれ程の間、国を離れるかは存じませんが、私も易々《やすやす》と死ぬ気はございません。……女の身でも軍事会議に出席することは可能でしょうか？」

「……難しいだろうな」

案の定、渋い返事をされる。

「それでは、ジャゴニにかかわる議題が終了し、主題が私に移ったタイミングであればいかがでしょう？」

「反対する者もいるやもしれんが、まぁいいだろう」

当事者でもあるからな、とクラウスは呟《つぶや》く。

「お許しいただき、ありがとうございます。なお、水晶宮に関しては私に一任して頂きたいのですがよろしいですか？」

後ろに控えるザハドは嫌な予感がしたのか、不安気な眼差《まなざ》しをクラウスへと向ける。

「貴国へ害を為す真似《まね》は絶対にしないと誓います」

高位貴族が一堂に会する場で迂闊《うかつ》なことをされた日には収拾がつかなくなる。

クラウスが答えあぐねていると、ミランダは重ねて述べた。

「もし違《たが》えた場合は、その場で斬り捨ててくださって結構です」

普通であれば一蹴される申し出だが、昨夜の話を鑑みれば一考の価値があるのではないか。

そう目で訴えると、クラウスは短く息を吐いた。

「……いいだろう。ただし約束を違えるなよ」

強い口調で告げられ、ミランダは神妙な面持ちで頷《うなず》く。

言質は取った。

場面は限定されたが、軍事会議への参加も許可された。

——後は、自分次第である。

「足りない物があれば水晶宮の侍女長に言え。必要な知識についてはザハドが見繕った本が、執務室の中央テーブルに置いてある。他に読みたいものがあれば持ってこさせよう」

言いたい事だけ言って、クラウスはまた執務室に戻って行く。

ここが正念場ねと考えていると、ふとこれだけのために呼ばれたのかと気になり、テラスに残っていたザハドに問いかけた。

「先程のお話は、陛下の執務室内であれば好きに本を読んで構わないと、そう仰せですか？」

多忙を極め、食事もそこそこに書類仕事に戻るクラウスが、なぜ時間を割いてまで自分を呼び出したのか理解ができなかった。

「……もしかして、私を案じて？」

毒は効かないと言ったはずだが同じものを食べさせ、自分で身を守れと言いながら、目の届く安全な王宮で過ごさせる。

それならそうと言えばいいのに。

言葉の足りない不器用な男は、周囲に誤解をまき散らしながら黙々と仕事をしている。

恐らくは、と頷くザハドを見ると、疲れ切ったように目が窪《くぼ》んでいた。

中央テーブルには様々な本や書類が所狭しと並べられ、また山のように高く積みあがっている。

国内の貴族名鑑、各領地の特産物や気候の一覧、王国史に始まり従属国から提出された書簡まで、ありとあらゆる資料を次々と手に取り、驚異の速度で読み終えていく。

いつの間にかどっぷり日も暮れ、執務室に灯《あか》りがともる。

仄暗《ほのぐら》い手元を気にもせず、雑多な書類に目を通すミランダを見遣《みや》り、ザハドが呆《あき》れたように口を開いた。

「ミランダ殿下は今宵《こよい》、貴賓室でお過ごしいただきますか？」

「何も口にせず、あれからずっとこの調子だ。水晶宮にも連絡を入れておけ」

「……たいした集中力ですね。あの量が頭に入っているとしたら、恐ろしい気もしますが」

テラスで軽食を口にしてから、七、八時間は経《た》っただろうか。

脇目も振らず黙々と目を通していたミランダが、何かを思いついたように顔を上げた。

「陛下、可能であればリストにある方々についてお名前とお顔を一致させたいのですが、軍事会議中、隠れて様子を窺《うかが》えるような場所はございますか？」

最低限の視界が確保でき、可能であれば国内貴族に詳しい侍女を一人、傍《そば》に置いていただけますと幸甚です、と付け加える。

「今後お顔を合わせる機会も多いかと思いまして、この機会に為人《ひととなり》を知っておきたいのです」

「今回は参加者が多いため、『討議室』と呼ばれる大ホールを使う。ホールの中を正面から見渡せる中二階に、外からは見えない休憩所があるから、使用許可を出しておこう」

「ありがとうございます」

「……何をするつもりだ？」

軍事会議の傍聴は差し支えない。

手駒も外部への連絡手段も持たない上に、明日は具体的な作戦等を論ずる場ではなく、万が一漏れても影響は高が知れている。

手中の小鳥がいくら羽搏《はばた》いたところで、出来ることは何もないのだ。

「陛下は、インヴェルノ帝国の皇太子妃選定式をご存知ですか？」

——四大国の一つ、北西にあるインヴェルノ帝国の皇太子妃選定式。

皇太子の妃《きさき》を選定するために国内外から高貴な血統を集め、同じ宮殿内で半年もの間、候補者達を過ごさせ、ふるいにかけていき、最後に残った一人を皇太子妃とする帝国の伝統行事である。

途中辞退はもちろんのこと、命を落とす者もいるという。

「陛下より賜った水晶宮は二階の渡り廊下を介し、五芒星《ペンタグラム》を象《かたど》るように、五つの館で構成されております」

三代前のグランガルド国王が、寵愛《ちょうあい》する五人の側妃のために建築した水晶宮。

渡り廊下で接続され、茶会用に中央の庭園が共有スペースとなっているものの、各館はそれぞれ独立して機能するよう設計されている。

その中でもミランダに与えられた一番大きな館が本館と呼ばれ、最も寵愛の深い側妃が住まい、水晶宮全体の主となる。

「皇太子妃選定式と同様に五人を召し上げ、一番相応《ふさわ》しいものを正妃に選ぶのはいかがでしょうか。国内の大きな派閥は三つ……そこから一人ずつ候補者を出せば、多少溜飲《りゅういん》も下がるはず」

「……」

「私を含め、これで四人。残る一つは……現在、カナン王国のドナテラ殿下が人質として居留地にお住まいと伺っております。この資料を見る限り、あまり整った環境ではないご様子。私の隣館を、是非ドナテラ殿下に」

未《ま》だ熱が治まらず王都入りできていない最後の王女については、後から考えればいい。

可能であれば今あるミランダの水晶宮の座を譲り、居留区へと移ることもやぶさかではない。

「……必要ない。王に倣うだけの妃など、邪魔なだけだ」

「ではなぜ私を召し上げたのです？」

「……必要に迫られたからだ」

ザハドは二人のやりとりを受け、急にそわそわチラチラと交互に視線を送り始めた。

甘いやりとりでも期待しているのだろうか……鬱陶しいこと、この上ない。

「実を伴えと言っているわけではございません。立場だけ与え、飼い殺しになさればよいのです」

良《い》い雰囲気になるかと思いきや、とんでもない事を言い出したミランダに、ザハドが固まる。

「察するにお立場上、正妃を娶《めと》るよう強く声をあげる有力貴族も多いはず。すぐに娶る気がないのであれば、水晶宮から選ぶと謳《うた》うことで、先延ばしにする良い口実にもなります」

続けざまの提案に心惹《ひ》かれたのか、少し考えるように目を伏せたクラウス。

国内外からの正妃の打診はすべて頑《かたく》なに断っていると聞く……お互いに利があるはずだ。

「陛下が不在の間だけでも、許可をいただくことは出来ませんか？　一つの椅子を奪い合うんですもの……私だけ命を狙われるのは割に合いません。皆さま死地に身を置いていただきましょう」

そう言ってミランダは笑みを浮かべる。

「この国にある全ては、等しく陛下のもの。とはいえ貴族法はなかなかに厄介……ですがグランガルドにおいては、陛下が側妃に召し上げた時点で、親権者はその者に属するすべての権利を失います。つまり、陛下へと正式に帰属するのです」

淀《よど》みなく言葉を紡ぐと上目遣いに小首を傾《かし》げ、悪魔のようにささやいた。

「そうなれば生かすも殺すもすべて陛下の御心次第です。何があっても文句は言えません」

クラウスは微笑むミランダを見下ろしながら、顎で話の先を促す。

「金鉱山を多く持つジャゴニは潤沢な資金にものを言わせ、腕利きの傭兵《ようへい》を数多く雇い入れることで有名です。一度は与《くみ》した属国相手とはいえ、総力戦で挑む国を相手取るのは容易ではありません」

ジャゴニとの戦いが長期化すれば、背後に控えるインヴェルノ、ガルージャ、アルディリアの軍事大国が、どう出るか分からない。

「ですが資料を見る限り、貴国は昨年の多雨による不作で食料の備蓄も多いとは言《い》い難《がた》い。大きな洪水被害は免れたものの、各地で作業員が対応に追われているようです。各領主は協力を渋り、国内の徴兵が想定数に至らない可能性もあるのでは？」

そんな中、本来であれば手が届かない褒美が目の前にぶら下がっていたら、いかがでしょう？

喉から手が出るほど欲しい、高貴な血統。

他国の王位継承権者を娶るなど、本来であれば到底叶《かな》う望みではない。

側妃が国内の貴族であっても、派閥内で娘を側妃として擁立出来る程の有力者と縁付く、絶好の機会でもある。

「時宜にかない武功を挙げた者には、恩賞として側妃候補を下賜すればよいのです」

身を守る必要があるにしても、受け身は性に合わない。

それであれば早い段階で身の内に入れ、懐柔するか、無理であれば放逐してしまえばよい。

「褒賞は多いに越したことはありませんわ」

にこりと微笑み、ミランダは再び書類の束へと向き直る。

そして貴賓室に移動した後も、朝方までひたすらに読《よ》み耽《ふけ》ったのである。

＊＊＊

グランガルド国内の世襲貴族のうち、伯爵位以上の高位貴族が一堂に会する『王国軍事会議』。

王族公爵も二家含まれており、『討議室』は錚々《そうそう》たる顔ぶれが揃《そろ》っていた。

ジャゴニ首長国の処分について、現行の体制を維持したまま宗主国としての権益を拡大し、政治的支配を強化すべきとする保守派。

一方、他の従属国への見せしめとして支配階層を根絶やしにした上で、グランガルドの息がかかった新たな支配者を擁立すべきという革新派で意見が二分し、早朝に開始した本会議は、昼を過ぎてなお議論が紛糾し、もはや収拾がつかなくなっていた。

そしてその頃、立ち入り禁止となった中二階の休憩所で、ミランダは持参したリストを広げ、熱心に何かを書き込んでいた。

「ルルエラ、あの立派なお髭《ひげ》の方はだあれ？」

「ジョージ・ヨアヒム侯爵でございます。穏やかな方で、愛妻家として有名ですよ」

「まぁそうなの？　……駄目ね。評価は『×』よ」

付き添いのルルエラが答えると、ミランダはブツブツと呟き、リストに大きく『×』を書き込む。

「今お話しされた吊り目の逞《たくま》しい方は？」

「ギークリー・ロドニエル卿《きょう》、ロドニエル伯爵の次男です。本日は伯爵代理として参加されておられます」

まだ婚約者がいないため、令嬢達からはそれは凄《すご》い人気なのですよ、とルルエラが付け足す。

「うーん、あまり好みではないのだけれど、それでは『〇』にしておきましょう」

今度は小さく『〇』を書き込む。

〇は〇でも、少し不本意な『〇』のようだ。

朝から繰り返されるこのやり取りにより、開始から四時間を経過した今、ミランダのリストは九割がた何かの記号が書き込まれ、完成に近付きつつあった。

その時、少し状況が動いたのか、ザハドが立ち上がる。

先程まで隠れて見えなかった男性の顔が露《あら》わになると、ミランダはガタリと立ち上がった。

「……!!　あの方は⁉」

「あの方は、リンジャー・ワーグマン公爵でございます。陛下の叔父上にあたる方で、第一騎士団と第三騎士団の団長を兼任されております」

「まぁぁぁぁあッ！　奥様はいらっしゃるの？」

「いえ、戦地に赴く際に心残りがあってはならないと独身を貫き、傍系男子を養子に迎え入れていらっしゃいます」

「そう……ルルエラ、とても良い情報だわ」

合格です、と呟いて、今度は大きく『◎』。

「……殿下、先程から書き込まれているその記号は何でございますか？」

さすがに気になりルルエラが問いかけると、よくぞ聞いてくれましたとばかりにミランダは満面の笑みを浮かべた。

休憩所にて朝から二人きりで過ごすこと、早四時間超。

頼る者のいないグランガルドに一人放り出され、さぞかし孤独で辛《つら》かろうと思いきや、予想の斜め上……マイペースに人質生活を謳歌《おうか》しているようだ。

「謁見を願い出た方々について顔と名前を一致させるためと伺っていたのですが」

「あら、それは方便よ。偶々《たまたま》陛下の目に留まったとはいえ、本来であれば肩身の狭い人質の身。万が一を考え、予《あらかじ》め確認をしているの」

「⁉　確認、とは？」

「陛下が希望を聞いてくださった時のための事前確認よ！　いつ下賜されるか分からない状況で悶々《もんもん》として待つよりは、どなたに添えるか想像するほうがずっと楽しいでしょう！」

側妃の件で命を狙われる可能性があると聞き、命に代えても御守りせねばと強い使命感を以《もっ》て本日臨んだルルエラだったが、まさかそんな理由で解説させられていたとは思わず度肝を抜かれた。

「つまり、今ここに集まる諸侯のいずれかに下賜されるとお考えで……？」

「その通りよ！　この後水晶宮に戻り次第、これを元に更に情報を精査し、ゆくゆくは……」

防音のため声が外に漏れる心配もなく、元気いっぱい答えようと振り向いたミランダは、そのまま動きを止めた。

その直後、後方から身体が押しつぶされるような圧が襲い掛かってくる。

ルルエラは古いからくり人形のようにギギギと首を動かすと、ミランダが凝視する方向へと恐る恐る目を向けた。

視線の先には半開きの扉にもたれ、腕組みをしながら射るような視線でミランダを貫くクラウス。

ヒィッと小さく悲鳴を上げて、ルルエラは平伏する。

先程ザハドが立ち上がったのは、午前中の会議が終わり、午後の部に入るまでの休憩の合図だったようだ。

「まぁ陛下。お疲れではございませんか？」

ミランダは何事もなかったかのようにクラウスへと微笑み、先程のリストをそっと背後に隠した。

クラウスはもたれていた身体を起こし、ミランダの元へと歩み寄る。

「それはなんだ？」

「それ、とは何のことでございましょう」

「たった今、後ろ手に隠したソレのことだ」

どこから見ていたかは知らないが、さすがに目ざとい。

「昨夜まとめ上げた、諸侯の一覧です。陛下が気になさるような物ではございません」

クラウスの圧も何のその、平然と嘯《うそぶ》くミランダから視線を外し、平伏するルルエラへ声をかける。

「そうか……では、そこの侍女に聞くとしよう。ミランダが持っているその紙はなんだ？」

突然矛先が向けられ、真っ青になって震えるルルエラに取り繕う余裕はない。

「陛下に申し上げます。これは殿下お手製の希望リストにございます」

「……希望リスト？　何のだ？」

最早《もはや》誤魔化しきれないとルルエラが白状し、ミランダが再度リストを隠そうとするが、クラウスにあっさりと奪われてしまう。

「この記号は何だ？」

奪い取ったリストを訝《いぶか》し気に見て、クラウスは重ねて質問する。

「その……人物評価です」

納得がいかないのか、「どういう基準だ？」とクラウスが呟いていると、一緒に連れ立って来たのだろうか、後ろから叔父のワーグマン公爵がひょいとリストを覗《のぞ》き込《こ》んだ。

「私が『◎』で、陛下が『△』ですね」

「……なんだと？」

手元のリストを再度確認し、クラウスは氷点下に達する冷たい眼差しをミランダへと向ける。

「そこの侍女……この記号は何を意味する？」

「はいッ、こちらはその、あの、殿下が下賜された際の希望先と伺っております」

あ、言っちゃった——！

ミランダは決まり悪そうに、おずおずとクラウスを見上げる。

「……ほう？　俺が『△』なのはなぜだ？」

「言いたくありません」

「なんだと⁉　ではなぜ叔父上は『◎』なんだ⁉」

一体何が違うんだと詰め寄るクラウスへ、ここまでバレたらもう知ったことかと開き直り、返事もせずにそっぽを向くミランダ。

せっかく侍女と楽しく過ごしていたのに、邪魔をされたあげく取り上げられ、問い詰められ……。どうにも我慢出来ずに頬を膨らませると、二人のやりとりに我慢出来なくなったのか、クラウスの後ろにいたワーグマン公爵が、ぶふっと吹き出した。

ワーグマン公爵とクラウスは、血が近いだけあって親子のようによく似ている。

貧弱な美青年より、凛々《りり》しい騎士タイプが好みのミランダ。

見た目はどちらも文句なしに合格……だが、初夜に自白剤を盛るような暴君は断固却下する。

「だって陛下はその、私の許可も得ずに無理矢理口付けをされましたので……」

頬を膨らませ、なおも反抗するミランダに、心当たりのあるクラウスは一瞬ギシリと固まった。

思い出して恥ずかしくなったのか、頬を染めるミランダのあまりの可愛《かわい》らしさに、先程までの軍事会議で殺伐としていた雰囲気が、この休憩所限定でほわんとした温かい空気に変わる。

よもやクラウスに逆らう人間がいるとはと、ワーグマン公爵は腹を抱えて笑いだす。

「……俺の部屋まで人払いをしろ」

しばしの沈黙の後クラウスは指示を出し、逃げようとするミランダをあっという間に捕獲し、荷物のように片手でひょいと持ち上げた。

「休憩時間を半刻、延長すると伝えておけ」

暴れるミランダを小脇に抱えたまま、人払いをした廊下から王族用の休憩室へと移動する。

「い、いやぁあぁぁあああ‼」

「さあ、詳しく聞かせてもらおうか」

重い扉がバタンと閉まり、渾身《こんしん》のリストを奪われたミランダの悲痛な叫び声が聞こえた。


バタバタと慌ただしく走る近衛兵達に、延長された休憩時間。

何事かと諸侯達が浮足立つ中、クラウスの手元には午前中は存在しなかった謎のリスト。

午後の部が開始され、諸侯が立ち上がり発言をする度に謎のリストと照合し、親の仇《かたき》を見るような目で殺意を向けられる。

次の奴《やつ》は……『〇』か。こいつは最前線送りだな。

謎の呟きとともに突然ギロリと睨まれ、伯爵代理のギークリーは恐怖のあまり固まった。

(なんだ⁉)

(あのリストには、一体何が書かれているんだ……⁉)

戸惑うように視線が飛び交い、『討議室』内にざわめきが拡《ひろ》がる。

こいつは……『×』か。

なかなか見どころがありそうだから、後方支援に回すか。

今度は少し嬉《うれ》しそうにクラウスが呟き、熱心に何かを書き入れた。

殺伐とした会議中にもかかわらず、その様子を見ながらワーグマン公爵が笑いを堪《こら》えている。

（だからそのリストなに……⁉）

午前とはまた違う緊張感に包まれ、諸侯達は青ざめる。

——意図せぬデスリストが、完成した瞬間であった。

＊＊＊

西の空に残る夕焼けの名残と、藍色の夜空が混じり合う。

保守派と革新派の議論は平行線を辿《たど》り、一向に収束する気配がなかった。

「いつまで続くのかしらねぇ……」

「左様でございますね。先程、宰相閣下より差し入れがございましたので、召し上がりますか？」

もう陽も暮れるというのに、朝から代わり映えのない議論を繰り返す男達に飽きてきたミランダは、ザハドが差し入れてくれたクッキーを口に入れる。

「革新派が強行しようにも、短期決戦には保守派の協力が必要不可欠。かといって保守派の案で通そうにも、一時的な抑止力になるだけで、結局は同じ事の繰り返し——」

難儀な事ね、と他人事のように呟き、侍女のルルエラにもクッキーを勧める。

「このままだと、いつまで経っても私の出番が来なそうね」

午後の部の終了予定時刻はとうに過ぎている。

その時、進まない議論にしびれを切らしたのか、クラウスの不機嫌な声が響いた。

「……話にならんな」

その声を合図に罵りあっていた諸侯達が口をつぐむ。

先程までの喧騒《けんそう》が嘘《うそ》のように、討議室は静寂に包まれた。

「それでは陛下、気分転換も兼ねて、この辺りで別の話題を差し込むのはいかがでしょうか」

ミランダが隠れている休憩所の方向にちらりと目を遣り、革新派のワーグマン公爵が合いの手を入れる。

「なんでも先日側妃をお召しになったとか」

本日二番目の関心事は、間違いなくこの話題。

小さなざわめきが拡がり、諸侯達の目が一斉にクラウスへと向けられる。

「是非詳しく伺いたいものですな。……よりによって、あの悪名高い大公女とは」

保守派の筆頭であるヴァレンス公爵が声を上げ、成り行きを見守っていた諸侯達が頷いた。

入宮を希望する赤い表紙のリストに、確かヴァレンス公爵の娘の名前があったと記憶している。

「必要なら直接聞け」

「直接聞け、とは？」

「……ミランダをここへ」

クラウスの合図とともに、ミランダが呼ばれる。

血染めのドレスで拝謁した姿は記憶に新しい。

廊下に控えていた騎士がミランダの到着を告げると、皆一斉に扉へと目を向けた。

淡い藤色の簡素なドレスに身を包み、非の打ち所がないカーテシーでクラウスに向かい一礼する。

「これからの質疑応答に俺は参加しない。また今後に禍根を残さぬよう、この場での発言は全て不問にすると約束しよう。異存はないな？」

ミランダが頷くと、それを待っていたかのようにヴァレンス公爵が立ち上がった。

「それではミランダ殿下に伺います。此度《こたび》側妃として召し上げられたと聞き及んでおりますが、ご自分がその座に相応しいとお考えか？」

ヴァレンス公爵が率いる保守派の人間だろうか、悪意にまみれた笑いが起こる。

「……相応しいとは、どのような意味でしょう？　お歴々の皆様は、私の座する地位にそれ程の価値があるとでもお思いですか？」

この程度の地位を得たからといって、公爵閣下ともあろうお方が目くじらを立てるとは！

嘲笑など意にも介さず、といった様子でミランダは諸侯達へと目を向ける。

「側妃とはいえ、あくまで人質の延長線。陛下がお持ちになる駒のひとつにすぎません。矮小《わいしょう》な我が身に出来ることなど、何一つとしてないのです」

「……矮小な我が身とやらで、その地位を得たということですかな？」

老獪《ろうかい》な手口で財務長官に上り詰め、王国の財政を一手に担う革新派のヘイリー侯爵。

今度は革新派と思われる一帯から、下卑た笑いと野次が飛んだ。

「まぁ、冗談がお上手ですこと。それでは私がまるで手練手管に長《た》けた娼婦《しょうふ》のようだわ……ねぇ？」

頬に手を当ててヘイリー侯爵に流し目を送ると、その壮絶な色気にあてられて、先程まで野次を飛ばしていた男達が息を呑《の》み、ミランダに釘付《くぎづ》けになる。

「……それでは皆様の期待にお応えして、陛下との関係を赤裸々にお伝えしましょうか？」

よろしいでしょう？　とクラウスに問えば、口を出さないと約束した手前堪えているのか、鬼のような形相で頷いた。

なんと恥知らずな！　と、今度は保守派から野次が飛ぶ。

「……水晶宮にてお渡りがあった夜から、お話をすればよいかしら？　あの夜、陛下は毒の混じった自白剤をなみなみと注《つ》ぎ、私の悪評をひとつひとつ紐解《ひもと》いてくださったのですよ」

……毒の混じった自白剤？

討議室は途端にしんと静まり返り、貴族達がクラウスへと一斉に目を向けた。

「そして一夜かけ、その悪評がすべて事実と異なると証《あかし》を立てた翌日、食事も与えられぬまま陛下の執務室へと呼び出されたのです」

……食事すら与えずに？

向けられる視線に非難の色が混じり出したことに気付き、クラウスは頬杖《ほおづえ》をついたまま、ピクリと眉間に皺《しわ》を寄せる。

「入宮を望む方々の一覧を投げ渡し、これがお前の命を狙う者達だ、自分の身は自分で守れ、と」

この程度で死ぬようであれば、どの道この先は生き残れまい。

だが祖国に逃げ帰ることは許さん、と。

護衛もおらず、身一つで宗主国に来た大公女にそんな酷《ひど》い事を⁉

革新派の人間が、目を見開く。

「確かにこれまで私は大公女という身分に胡坐《あぐら》をかき、何も為さないまま、明日をもって十八歳を迎えます」

ふっ、と悲し気に微笑み、ミランダが視線を落とすと、保守派の年配層から労《いた》わるような眼差しが向けられる。

「様々な噂《うわさ》が飛び交ってはおりますが、誓ってそのようなことはなく、清い身でございます。私は、このことを皆さまにお伝えしたく、貴国へ害為す場合は斬り捨てられることを陛下に約束の上、この場に立つ許可をいただきました」

そこまでの覚悟を⁉　……いくらなんでも酷すぎるのではないか？

今度は中立派から同情の声があがる。

場の空気が三割方、好意的なものに変わりつつあることを確認し、ミランダはここぞとばかりに声を張り上げた。

「貴国で何の後ろ盾もない私が側妃になど、分に過ぎた扱い。大国の妃に相応しい方は他にいらっしゃいます！」

例えば閣下の御息女とかね！

ヴァレンス公爵に視線を送ると、「詭弁《きべん》だな」と小さく呟き、渋い顔で目を逸《そ》らした。

「陛下は仰《おっしゃ》いました！　水晶宮については私に一任してくださると！」

今度はクラウスに目を遣り、微笑みを送る。

「五芒星《ペンタグラム》の館は五つ。すべての館に側妃を召し上げ、その中から正妃を選ぶと陛下は約束してくださいました！　皆さま異存は……ございませんね？」

ついに正妃を⁉

おおおおと場が沸き立ち、ミランダは今が好機とばかりに高らかに述べる。

「万が一、私を側妃の座に留め置かれる場合は公平を期すため、すべての側妃が揃うまでお渡りは中止とさせていただくことを、ここに宣言します！」

「……なにぃッ⁉」

思わずクラウスが立ち上がる。

どさくさに紛れて、自分の要求をすべてぶちこみやがったあぁぁぁ‼

ザハドが泡を食って、書記官の手を止めた。

我が事成れり‼

ミランダが微笑み、ワーグマン公爵が腹を抱えて笑う。

だがしかし。

ミランダの独擅場《どくせんじょう》は、これだけでは終わらなかった。

討議室は、異様な熱気に包まれる。

その時、中立派の筆頭ヨアヒム侯爵が挙手をした。

「各派に配慮した大変面白い案でしたが、こちらは殿下がお考えに？」

グランガルドに限らず、女性の地位はまだ低い。

特に貞淑さを求められる貴族社会において、政治に女が口を出すなど以《もっ》ての外《ほか》、という風潮が根強く残っている。

「インヴェルノ帝国の皇太子妃選定式を模し、貴国の貴族法に沿う形に整えたに過ぎません。私が考えたなどとは烏滸《おこ》がましい限りです」

慎重を期したミランダの答えに、ヨアヒム侯爵は微《かす》かに笑った。

「そんなご謙遜を。いえ、実を申し上げますと、当家が懇意にしている商人がファゴル大公国を訪れた際、面白い話を耳にしたと伺いまして」

あくまで噂ですが、と前置きした上で、ヨアヒム侯爵は値踏みするようにミランダを見据える。

「ファゴル大公国がここ数年、政治的文化的に隆盛を誇っているのは、大変優秀なブレーンから助言を得ているからだと……ですが、そのような者を雇い入れた気配もなく、かといって大公国内で大きな配置変換があったとの情報も入っていない」

ミランダの反応を窺うように、言葉を続ける。

「変わった事といえば、姉君に代わり継承順位第一位となった第二大公女殿下が、大公閣下の執務室に入り浸るようになった事くらいだとか」

国内の地方監察官を束ねるヨアヒム侯爵は、国内外から様々な情報を見聞き出来る立場にあり、その中には、各地に散らばった諜報員《ちょうほういん》からの情報も含んでいる。

場合によっては、諜報員が他国の中枢に絡む職務を担うこともあり、その信憑性《しんぴょうせい》は極めて高い。

「随分と我が国の内情にお詳しい。それはそれは、不思議な事もあるものですね」

「殿下もご存知ないとは、謎は深まるばかりですな。……そうだ、折角の機会です。ジャゴニ首長国への処分について、恥ずかしながら議論が紛糾しとても困っているのですが、仮に殿下ならどうするか、忌憚《きたん》のないご意見を伺えますでしょうか」

このような場で高貴な女性のご意見を伺える機会など、滅多に無いものですからと嘯く男に、ミランダは内心舌打ちをした。

これだけ意見が分かれている状況で迂闊な事を言えば、先程の論説が無駄になり、更なる悪感情を呼び起こしかねない。

ましてやグランガルドにおいて信頼も実績もない状況で、政治的な意見を述べるのは絶対に避けたいところだった。

肝心な部分は有耶無耶《うやむや》にして、自分に直接関係することのみに留《とど》めるつもりだったのに！

ここでの回答次第で、ミランダのこの場での立ち位置が決まると言ってよい。

下手をすれば悪感情どころか、先程せっかく同意を得た水晶宮の件までひっくり返される恐れもあるのだ。

どこまで情報を握っているかは知らないが、この状況では逃げられない。

「そうですね……何もわからぬ若輩者の戯言《たわごと》ですが」

いいでしょう。

その喧嘩《けんか》、受けて立ちましょう。

「仮にジャゴニ首長国が大枚をはたき傭兵を雇い入れたとしても、国力の差は圧倒的。本来であれば革新派のおっしゃるとおり、侵攻一択……ですが」

ミランダは微笑みながら、中央テーブルに大きく広げられた、自身の身長程もある大陸地図に歩み寄った。

ジャゴニ首長国を属国化した際に提出されたものだろうか、地図といっても大きな街や山林、周辺の小国について大雑把に描かれた程度のものだが、概要を把握するには充分である。

「ジャゴニ首長国に隣接するグランガルドの属国は、二つ。北にカナン、南にアサドラ。今回、勅令に従った二国です」

ミランダはテーブル横に積まれた駒を手に取り、地図上にポンポンと置いていく。

「さらにアサドラを挟み、南側に四大国の一つである砂の大国ガルージャの属国が三つ控えています。小国ですが地の利も鑑み、束になると相当な戦力です」

よろしいですか？　とミランダは続ける。

「戦争が長期化し、これら周辺国に手を組まれると被害は甚大……短期決着は必要不可欠です。ただ正直に申し上げて、昨年の天候不良により国内の余力は乏しく、徴兵数が想定数に至らない可能性もあるのでは？」

痛いところを突かれたように革新派が顔を見合わせ、我が意を得たりと保守派が見遣る。

「ならば殿下は、どうすればよいとお考えですか？」

頃合いを見計らい、保守派筆頭のヴァレンス公爵がすかさず言を発した。

ミランダの発言を受け、この流れを利用して保守派優位に引き寄せる意図だろう。

「元々は三つの小国だったジャゴニ首長国は、現首長であるアズアル・ジャゴニが若かりし頃、他の二国を侵略し、統一したにすぎません。このため国民は自国への帰属意識に乏しい」

お気に入りの玩具《おもちゃ》を見つけたかのように目を輝かせるヨアヒム侯爵を一瞬ギリリと睨み返す。

「さらに近年の天候不良による食料難と重税により、支配層に対する不満がピークに達し、各地で武装蜂起が発生しています。最も大きいものが、この二つ」

その通りだと頷くヴァレンス公爵に視線を向け、地図に描かれたジャゴニ首長国内の穀倉地帯に、二つ駒を追加した。

「正面衝突でいたずらに戦いを長引かせ、グランガルドの国力を大きく消耗させて、勝利を勝ち取る必要は無いのです」

諸侯の注目を一身に浴びながら、ミランダは大きく息を吸う。

「グランガルドの兵士を放ち、傭兵としてジャゴニ首長国に潜伏させた上で穀倉地帯を焼き払い、更なる武装蜂起を扇動させせましょう」

最小限の資源で、最大の効果を。

足りないのなら作ればよいのです。

「支配階層を根絶やしにし、グランガルドに忠実な新たな支配者を擁立した上で、新国家として絶対的な支配下に置けばよいのです」

クラウスの王位継承に異を唱え、保守派が擁立しようとした第五王子も、王族公爵としてこの場に参加している。

ミランダが彼に視線を送ると、保守派から小さくどよめきが起こった。

強硬な革新派の弱点を補いつつ、新国家の王に保守派の擁立する者を立て、完全に支配下に置いた上で、宗主国としての権益を拡大する。

つい数十分前まで悪意のうちに嘲り、下卑た笑いで侮った年若い大公女。

並み居る諸侯を前に怯《ひる》まず意見を述べるどころか、この若さでこれだけの見識を持ち合わせているとは。

誰も言葉を発せず、静まりかえり、物音ひとつしない。

「革新派と保守派、双方が納得する落としどころ。……殿下、お見事です」

唯《ただ》一人、ヨアヒム侯爵が言を発した。

先程とは打って変わって穏やかな眼差し……彼が何をどこまで知っていたのかは分からない。

だが、グランガルド内でのミランダの地位を固め、この場を借りて諸侯に認めさせるため、背中を押してくれたように見えた。

ミランダは微笑みを浮かべ、ヨアヒム侯爵に向かって頷くと、諸侯達にカーテシーを披露する。

そして今度はクラウスのほうへと向き直り、もう一度美しいカーテシーを披露すると、そのまま何も語らず、身を翻して扉へと向かう。

しんと静まり返った場に、拍手がひとつ、反響した。

ぱらぱらと手を打つ音が続き、次第に大きな波となって拡がっていく。

おさまることのない熱気に包まれ、場内は興奮の坩堝《るつぼ》と化した。

＊＊＊

(SIDE：宰相ザハド・グリニージ)

あの後すぐに軍事会議が再開され、白熱した議論は深夜にまで及んだ。

ミランダの折衷案をたたき台として、革新派と保守派、双方合意のもと軍事計画が策定され、中立派により最終調整が為される。

決議後もなお熱冷めやらず、高揚した気持ちを誰もが抱えたまま、王国軍事会議は幕を閉じた。

クラウスが退出し、人がまばらになった討議室でザハドはゆっくりと立ち上がる。

一昼夜に及ぶ緊張がようやく解け、重い身体を引《ひ》き摺《ず》るように扉へと向かうと、ヴァレンス公爵に呼び止められた。

「グリニージ宰相……とんでもないものを呼び込んでくれたな」

保守派優位で終結出来るはずだった流れを、わずか数十分、たった一人の少女によって覆された。

「あれは良くも悪くも人を惹きつける。……使い方次第では劇薬にもなり得るぞ」

先程の演説を思い出したのだろうか、苦虫を嚙《か》み潰《つぶ》したような表情で、ヴァレンス公爵は溜息《ためいき》を吐《つ》く。

「とはいえ、他国の手に渡らなかったことを今は感謝すべきか。身の内から逃がさぬよう、精々閉じ込めておくことだな」

ぽん、と肩を叩《たた》かれ、ザハドは天井を仰ぎ見る。

身分に胡坐をかき、欲に任せて生きてきた娘など、放っておけば勝手に自滅するに違いない。召し上げて持て余すようなら、適当な者に下賜すれば良いだけの話だ。

そう、思っていたのに。

水晶宮の隠し小部屋に潜んだあの日。

金の瞳がじわりと潤み、こぼれ落ちる涙が、むせび泣く声が……すべてを受け入れ、力強く生きようとする彼女を見るたびに、脳裏に浮かんでは消えていく。

疲れすぎて働かない頭を軽く振り、もう帰ろうと歩を進めたその時、後ろからヨアヒム侯爵に声をかけられた。

「今日は疲れただろう？　なんとも美しく、苛烈な少女だったな。思いのほか楽しい時間を過ごさせてもらったよ」

「ああ、ヨアヒム卿……先程はありがとうございました」

「いやいや、何も。私は、何もしていない。本来であれば、人知れず始末されてもおかしくないところを、自分の力で道を拓《ひら》いたのだ」

白髪が交じり始めたアッシュグレイの髪を掻《か》き上《あ》げると、悪戯《いたずら》が成功した子どものように笑った。

「願わくは、わが家の愚女を陛下のお傍に……と夢を見たのだが、ミランダ殿下が相手では旗色が悪すぎる。入宮の申し出は取り下げ、明日改めて後見を申し入れよう」

「……おや、ヨアヒム卿も後見の申し入れを？」

ヨアヒム侯爵と談笑していると、ワーグマン公爵も話に加わった。

「中立派のヨアヒム卿であれば、各派の反発も少なそうだな。とはいえ、実は私も後見の名乗りを上げようと思っていたところなのだが」

「閣下も後見に？　いやはや、あのワーグマン公を動かすとは」

「ははは……今日は、年甲斐《としがい》もなく熱くなってしまったよ。こんなに楽しいのは久しぶりだ。先程ヴァレンス公にも話しかけられたが……毎年こうやって集まってはいるものの、終わった後に禍根を残さず各派で談笑するなど、例年では考えられない光景だな」

確かにそうですね、とザハドも笑い、先程の光景を反芻《はんすう》する。

まだ幼さの残る顔立ちに、金の瞳が燃え上がる陽のように輝き、揺らめく。

ひとたび言葉を発すれば、触れるものすべてをのみ込み、抗《あらが》うことすら許さない狂飆《きょうひょう》のようであった。

恨み、妬み、怒り、憎しみ。

グランガルドの王座はいつだって血に塗《まみ》れ、数多《あまた》の死屍《しし》を礎に、歴史は繰り返してきた。

そして、現王クラウスも、また。

深暗い濁水に投じた彼女の石は、音もなく浅く水面を揺らし、小さな小さな波紋となった。

消え入りそうにか細く、仄《ほの》かな灯を胸のうちにともして、彼らはそれぞれの帰路につく。

すべての灯りが消えた討議室には、静けさだけが残っていた。

第四章　名ばかりの側妃、水晶宮の主《あるじ》となる

後見が正式に決まるまで、王宮内の貴賓室で仮住まいをすることになったミランダ。

久しぶりに熟睡し、恒例となった朝一の呼び出しにより、クラウスの執務室へと向かう。

なお、侍女達《たち》は使用人が住まう宮殿内の一室を与えられ、ミランダに付き従い雑事をこなしていた。

長い廊下の先にある、執務室の扉が開く。

喧騒《けんそう》に満ちた昨日の一幕が嘘《うそ》のように、穏やかな時間が流れる王宮で、クラウスは相変わらず山積みの書類に埋もれていた。

「来たか。……座って待っていろ」

執務室に入るなり昨日の振る舞いについて叱咤《しった》されるかと身構えていたが、そんな様子も見られず、ただ穏やかに座るよう促される。

ミランダは静かにソファーへと腰掛け、テーブルに置かれた紅茶をゆったりと口元に運ぶと、ベルガモットを思わせる爽やかな柑橘《かんきつ》系の香りがふわりと漂った。

カリカリとペンを走らせる音と、書類をめくる音。

大公宮にいた頃は日毎《ひごと》増える執務をこなすため、ミランダもこうやって朝から晩まで働いていた。

勝手のわからない政務は、あっという間に時間を溶かしていく。

思えばクラウスも即位してまだ数ヵ月、まだまだ足元が覚束《おぼつか》なく、段取りに頭を悩ます時期だろう。

「……昨晩はよく眠れたか？」

ぼんやりと視線を送るミランダに気付き、手を止めたクラウスが声をかけた。

「少し休むか。……ミランダ、こっちへ来い」

目が疲れたのか眉間を少し指でつまみ、ミランダの答えを待たずに呼び寄せる。

その声がけを合図に控えていた侍従が退室し、部屋に二人きりになると、頬杖《ほおづえ》をつきながら再度ミランダを呼んだ。

「ミランダ、来い」

呼ばれるがまま執務机の前に立つと、椅子の横にまわるよう指示される。

嫌な予感がしつつも、昨日は少しやりすぎたかと申し訳なく思う気持ちもあり、渋々クラウスの横に立った瞬間腰を引き寄せられ、膝の上に横抱きにされた。

「……⁉」

幼子《おさなご》のように抱き込まれ、距離の近さに慌ててもがく。

両腕に力を籠め、顎を押しやろうとするがビクともしない。

「なっ、突然何をされるんですか！」

「心当たりがないとでも？」

覗《のぞ》き込《こ》むように問われ、ミランダは観念して抵抗を諦める。

「……あります」

大人しくなったミランダを再度抱き込んで、だろうな、とクラウスは小さく呟《つぶや》いた。

「昨日は色々とやってくれたな」

「……少しだけ反省しています」

「そうか、ならばもういい。……ときに、側妃の責務は知っているか？」

御咎《おとが》めなしに安心しつつ、不穏な気配にどう答えたものか悩むふりをする。

「ええと、そうですね、多岐にわたりますので一言では……」

「最も大切な、夜の役目があったと記憶しているが」

ミランダに被《かぶ》せるように、クラウスは言葉を続けた。

「あろうことか役目を果たさないまま、側妃としての恩恵を享受している者がいるらしい」

鋭い視線を向けられ、ミランダはクラウスの膝の上で小さく縮こまる。

「職務を放棄したあげく、勝手に自分の下賜先を検討しているのだとか」

心当たりはあるか？　と聞かれ、昨日没収されたリストのことを思い出す。

意外にも根に持っているようだが、ミランダだって渾身《こんしん》のリストを取り上げられ、怒り心頭である。

「まあ！　とんでもない不届き者がいるようですね！」

「……撤回する気はないのだな？」

「こ、このままでは陛下の権威を貶《おとし》めかねません。そのような者は早々に城から追い出してしまいましょう」

「……手放す気はないと言ったら？」

「えっ？　そ、それは困りましたね。何を隠そう私は、蝶《ちょう》よ花よと育てられた大公女。男女の機微には疎くて何とも……」

これは本当。

この年まで恋すら経験が無いのは、ひとえに姉への愛が重すぎたことに他ならない。

「口付けすら許可がいるとは恐れ入る」

のらりくらりと躱《かわ》すミランダに怒り心頭か、クラウスが目を細めると、周囲の温度が一気に下がった。

「だが無理に組み敷くと、どこかへ消えてしまいそうな危うさがあるな」

その行動力と危険性はここ数日、ミランダが身を以《もっ》て示したところである。

野生の子リスのように目を真ん丸くして警戒するミランダの側頭部を、逃げられないよう手の平で支え、頬に、額に口付けを落とす。

みるみる赤くなったミランダの顔に目を遣《や》り、ふっと笑うと、そのまま耳元に唇を寄せた。

――俺はいつでも構わない。

低い声が脳内を鈍く揺らすと一瞬で顔が熱くなり、思わずギュッと目を瞑《つぶ》る。

どれくらい経《た》っただろうか。

恐る恐る目を開くと、笑いを堪《こら》えるクラウスの横顔が、ミランダの潤んだ瞳に映りこむ。

向けられた視線に気付き、「ん？」と首を傾《かし》げると、再度口付けようとミランダを引き寄せた。

「〜〜〜〜ッ⁉」

反射的に腕を振りかぶり、パチンと思い切り頬を叩《たた》く。

一瞬罪に問われるかとの思いが頭を過《よ》ぎるが、深く考える余裕もなく、わなわなと震えながらクラウスを睨《にら》みつける。

……非力なミランダの平手打ちなど、蚊に刺されたようなもの。

コキリと軽く首を鳴らして勝ち誇ったように笑うと、再度距離をつめてくる。

「ちょ、まっ……う、うわぁぁあああんッ！　誰か！　誰かぁぁ」

「禁止事項には触れていない。……諦めろ」

ペンと紙の音しかしないはずの執務室から、ガタガタと暴れる音と、久しく聞かない楽しげなクラウスの声。

侍従ならびに護衛達はミランダに呼ばれても入れるはずもなく、主の楽しい時間が少しでも長く続くよう、扉の外で願うのだった。

＊＊＊

「……殿下は何をしておいでですか？」

部屋の隅に急遽《きゅうきょ》設置された机で、何やら熱心に仕事をしているミランダに気付き、ザハドが声をかける。

「責務を果たさないので、代わりの仕事をさせているところだ」

「はぁ……」

ミランダの手元を覗き込むと、植物図鑑と何らかの申請書類。

先程から、配置図に細かく何かを書き入れている。

「王宮に詳しい者がおらず、植物学者が申請するに任せていたが、これを機に王都の薬草園を刷新する予定だ」

ミランダを横目に見遣り、満足そうなクラウス。

見れば図鑑は、帝国の公用語で記載されている。

「二年前、大陸屈指のファゴル公国立薬草園の設計に携わったというので、申請内容について確認をさせている」

「有能ですね……不敬ですが、部下に欲しいくらいです」

「やめておけ。有能すぎる部下を持つと、立つ瀬がないぞ」

まぁ、それもそうですねとザハドは呟き、急ぎ作成したのだろうか、無造作に綴《つづ》られた紙の束をクラウスに手渡した。

「なんだこれは？」

「一枚目は、後見の申し入れと取り下げにかかわる申請書類です」

利益を甘受しようと後見の申し入れをしていた有象無象は、『王国軍事会議』後に御しきれないと判断したのか、すべて取り下げていた。

代わりに新規で申し入れをしたのは、革新派からワーグマン公爵、中立派からヨアヒム侯爵の二名。

なお、入宮については各派閥で候補選定に難航しているらしく、中立派のヨアヒム侯爵が取り下げの申請を行った以外、特に進展はないようだ。

「二枚目以降は？」

「こちらは殿下へのご生誕日の祝辞と、王宮へ届けられたお祝いの品々です。午前の分をリスト化しましたが、現在も続々と届いており、安全を期して全て検品をさせているところです」

自分への祝い物と聞き、手を止めたミランダが興味深げに歩み寄る。

そういえば軍事会議中、明日をもって十八歳を迎えると、高らかに宣言したのを思い出す。

昨日の今日で、よくもこれほど準備できたものだと感心するくらい、ずらずらと品目が羅列され、国外からはアルディリア王国、ファゴル大公国、さらにはアルディリアの北に位置する大陸最北端のカルムハーン神聖国からも祝辞が届いていた。

「カルムハーン神聖国……？　ファゴル大公国はカルムハーンとも国交があるのか？」

一年の半分が雪に埋もれる氷の大地、カルムハーン神聖国。

切り立った山々に囲まれ、天然の要塞と化した神聖国は、中立を謳《うた》い武力を放棄しており、国の中央には周柱を配したパルティーナ大聖堂が、建立時のままの荘厳な佇《たたず》まいを残している。

「カルムハーンですか？　アルディリアの友好国ですので、表敬訪問をいたしました」

個人的な親交ですよ、とミランダは答えるが、どの国もカルムハーンとの国交の足掛かりがなく手をこまねいている中で、それがどれほど凄《すご》い事なのか本人は全く分かっていないらしい。

「届いた祝い物のうち、検品で問題がないと判断できたものについては、水晶宮に運ばせよう」

素っ気ない物言いだが、思いがけぬ配慮にミランダは目を瞠《みは》った。

ザハドは昨日の一件で朝から多忙を極めているようで、慌ただしく退室する。

「……何か、望むものはあるか？」

ぽんと机上に書類を放り投げ、静かな声でクラウスが問う。

ここにきて誕生日だからと望みを聞いてくれるらしい。

「……陛下が軍を率い、ジャゴニ首長国へと出陣されるのは来月くらいでしょうか」

既に火が付き始めているジャゴニ首長国で、暴動を扇動するのはそう難しくない。

「さぁ、どうだろうな……気になることがあるなら言え。答えるかは聞いてから判断する」

詳しくは言えないのだろう、頬杖をついてクラウスは素っ気なく答えた。

「謁見の間で陛下に斬られた赤毛の騎士について、侍女のルルエラから聞きました。一命を取り留めたものの、二度と剣は振れず、日常生活すらままならないと」

クラウスに一刀のもと斬り捨てられた、赤毛の騎士。

仮に回復へ向かったとしても、意識が戻り次第不敬罪で裁かれ、死刑は免れないだろう。

「……かの騎士に係る罪状を、取り下げていただくことは可能でしょうか」

そもそも、ミランダを侮辱した発言のみが問題なのではない。

公式の場で、国を代表した騎士として立っていたにもかかわらず、あろうことかその責務を忘れ、私情に囚《とら》われたこと自体が問題なのだ。

それは、重々承知している。

「後見が付いた後は、水晶宮へと戻らねばなりません。仮に王宮内で過ごせたとしても、身の安全が守れるのは陛下がいらっしゃる間だけ」

クラウスが激情に駆られて人を殺《あや》める類の支配者でないことは、もう分かっている。

「ルルエラの立ち振る舞いを仔細《しさい》に眺めると、何らかの訓練を受けたものと分かります。護衛も兼ねて付けてくださったのでしょう？　ですが今後、侍女が同伴できない場面もあるかもしれません。私は、私に忠実な騎士がひとり、欲しいのです」

魑魅魍魎《ちみもうりょう》はびこる王宮では、あれくらい感情が表に出るほうがむしろ御しやすい。

先日の様子を見るに、自身の状況に不満を抱いていた。

うまく取り込めば、味方になってくれるかもしれない。

「ご存知のとおり、私は治癒の加護持ち……死線を彷徨《さまよ》うほどであれば一週間ほどかかりますが、元通り剣を握れるまでに回復可能です。もし願いが叶《かな》うのなら、あの愚かな騎士を賜りたいのです」

再度の願いに、案の定クラウスは渋い顔をして考え込む。

「あれだけの目撃者がいるとなると、赦免するにも理由がいる」

「左様ですね……ですが問題はございません」

ミランダは微笑《ほほえ》み祈るように手を組むと、クラウスの足元に跪《ひざまず》き、上目遣いで小首を傾げた。

「陛下、私の願いを聞き入れてくださいますか……？」

我儘《わがまま》な寵姫《ちょうき》がおねだりした事にすればよいでしょう！

狂王から愚王に成り下がる可能性も無《な》きにしも非《あら》ずだが、ミランダの知った事ではない。

「側妃の責務は果たさぬのに、強欲なやつだ」

可愛《かわい》くおねだりをする姿にクラウスは口端《くちのは》を歪《ゆが》めると、机上の呼び鈴を手に取った。

＊＊＊

グランガルド王国にある四つの騎士団のうち、貴族と平民から構成される実力主義の第四騎士団。

謁見の間で斬られた赤毛の騎士こと、ナサニエル伯爵家の三男ロンは、腕は確かなのだが入団当初から同僚との諍《いさか》いが絶えず、度々問題行動が報告されていた。

「現在、ロンは懲罰房で救護班の治療を受けています」

クラウスの執務室に呼ばれた第四騎士団、ジョセフ騎士団長は申し訳なさそうに頭を下げた。

「一命を取り留めたものの、容体は極めて悪く予断を許しません」

回復したとしても後に待つ状況を考えると、助かることが本人にとって果たして幸せなのかと、疑問を呈する。

「臥《ふ》せった状態で構わない……ロンとやらを今日中に王宮内の医務室に移動させておけ」

突然のクラウスの言葉に、後ろに控えていたザハドが驚いて前へ出た。

「陛下、恐れながら申し上げます。不敬により罰せられる者に、なぜそのような過分な治療を？」

どちらにしろ死にゆく者へ、手を差し伸べる意図が分からず首をひねる。

今日はいつにも増して仕事が立て込んでいるのだろうか、執務机の上には一面書類が積まれ、手元が見えないほどだ。

「……我が寵姫が、誕生日に赤毛の騎士を欲しいとねだるのでな」

突然、訳の分からないことを言い始めた主君に、ザハドはポカンと口を開ける。

「どうしても謁見の間で血に塗《まみ》れたあの騎士がよいとねだるので、今回に限り不敬罪は赦免するつもりだ」

「ですがたとえ王宮医といえど、あの傷では意識が戻るかどうかも……回復したとしても、まともに歩くことすらままならないでしょう。使い物にならない騎士をよもや嬲《なぶ》るつもりですか？」

「……その心配は不要です」

ジョセフの言葉に答えるように、どこからか女性の声が聞こえる。

クラウスが机にドンと拳を置き、そのまま腕ごと横に滑らせて山積みの書類を脇に移動させると、膝の上になぜかちょこんと座るミランダ——。

「!?」

ミランダは執務机の上に置かれた黒い小瓶を指先でつまみ、小さく振った。

中身は半分くらいだろうか、何かの液体が瓶の中でぐるりと弧を描く。

「これは私の誕生日に、祖国ファゴル大公国から贈られてきた秘薬」

瓶越しに二人へと視線を向け、困ったように頰に手を当てた。

「なんでも一滴飲めば病気が、もう一滴飲めば怪我《けが》が、……たちどころに治癒される宝物庫《ほうもつこ》の逸品だというのですが、古い文書に残っているだけで残念ながら真偽は不明」

あれ、その瓶って中身そんなんだったっけ……？

ザハドが訝《いぶか》し気に目を細める。

「どうせ死に行く者です。私への贖罪《しょくざい》として、その身体《からだ》を以て効果を確認していただこうかと」

蠱惑《こわく》的な微笑みを浮かべながら瓶を机上に戻し、身体を捻《ひね》ると、ミランダはクラウスの首元へと甘えるように手を伸ばす。

太い首に腕が絡みつくのを確認し、クラウスは憚《はばか》ることなくミランダの腰を腕で抱き寄せた。

「陛下……あの騎士が欲しいのです」

上目遣いに目を瞬《またた》かせ、淡い桃色に染まった頰を寄せながらクラウスにねだる。

「お待ちください！　運が良ければ助かる上に、不敬罪も赦免されるという点のみを鑑みれば、ロンにとって悪い話ではありません。ですがまるで実験動物のように薬を投与するなど、仮にも忠を誓った騎士に対し、あまりの仕打ちなのでは？」

「……騎士団長様はお優しいのですね」

思わず、といった様子で叫んだジョセフに、ミランダは刺すような視線を投げかけた。

「国賓に暴言を吐き、陛下の面子《メンツ》を潰して不敬罪での断罪を待つ者が、果たして『騎士』と言えるのかしら……？」

ねぇ陛下？　と再び甘えるようにクラウスにしなだれかかると、核心を突かれたジョセフは何も言えずに黙り込んだ。

「そういうことだ。急ぎ手配しろ」

これ以上反論の余地もなく、ジョセフは無言で頭を下げると、ふらふらと覚束《おぼつか》ない足取りで部屋を後にする。

「陛下、いくらなんでもそのような理由で赦免するなど……到底看過できません。私は反対です」

さすがに見兼ねたのか、ザハドが口を挟んだ。

「少し、可哀《かわい》そうだったかしら……？」

「第四騎士団内で怪しい動きがあるとの報告も入っている。炙《あぶ》り出《だ》すには良《い》い機会だろう」

申し訳なさそうに眉尻を下げるミランダに、クラウスは問題ないと慰める。

「それで……殿下は何をしておいでで？」

膝に乗っていることなどすっかり忘れ、第四騎士団の心配を始めたミランダにザハドが問いかけると、羞恥で顔を赤らめながら暴れ始めた。

「我が寵姫が、誕生日に赤毛の騎士が欲しいとねだるのでな。これの望みには逆らえん」

「……ッ、陛下がッ!!　陛下がはっきりと分かるようねだれなどと言うものだから!!」

おねだりされたのが楽しかったのか芝居を続け、膝の上から離そうとしないクラウスの頬を、ミランダがギュッとつねる。

「仲が良いのはなによりですが、殿下の加護を隠したまま治すにしても……その小瓶、お腹《なか》が痛くなりますよね」

ポツリと呟くザハドに、諦めの境地で机に突っ伏したミランダがピクリと動いた。

「……そういえば先日、水晶宮の寝室で妙な気配があったのですが、閣下はご存知ですか？」

顔色を変えたザハドに、ミランダは逃がさぬとばかりに続ける。

「困ったわ、紛れ込んだ鼠《ねずみ》が気になって、侍女達にうっかり口を滑らせてしまうかもしれないわ」

「なっ……」

一躍時の人となってしまいますね、とねめつける。

陛下との夜の営みを覗いていた、とんでもない不届き者は宰相閣下だったと。

「なんのことだ⁉　……私ではない！　私は何もしていない！」

既に語るに落ちているのだが、それどころではないのだろう。

身の潔白を叫び、必死にクラウスへと視線を送るが、かばうどころか目も合わせてもらえない。

「まぁ、閣下。本当かどうかはどうでもよいのです」

陛下が即位間もないというのに、腹心の閣下が渦中の人になること自体が問題なのです。

天使のような微笑みで地獄へ突き落とそうとするミランダに、これ以上の抵抗は無駄だと悟り、ザハドはがっくりと肩を落とした。

「……至急赦免状を作成し、謹慎中のナサニエル伯爵家に届けます」

満足げに微笑み、ひらひらと手を振るミランダ。

今日の一件に気を良くしたクラウスが、ミランダの定位置を自分の膝の上に定めたことを、ミランダはこの時まだ知らなかった。

＊＊＊

（SIDE：護衛騎士ロン）

燃えるように熱かった身体が徐々に感覚を取り戻し、額に触れる温かな手に、正気を失いそうな痛みが日に日に和らいでいくのを感じる。

何度も呼び戻されては遠退《とおの》いていく意識に、憤るようなもどかしさを感じながら、思い通りにならない身体に気だけが逸《はや》る。

そして今――微睡《まどろ》みの中、そっと額に触れた手の心地よさに、幾日かぶりにロンは意識を取り戻し、重い瞼《まぶた》を持ち上げた。

腕を伸ばせば届くほどの距離に、ぎゅっと目を瞑るミランダの顔が見える。

「……？」

あの日クラウスに斬られ、焼《や》き鏝《ごて》を当てられたような熱さが全身を駆け巡った。

身体を支えきれず力無く崩れ落ちる瞬間、振り向いたミランダが一瞬泣きそうな顔をしたのを最後に、意識を手放したことを覚えている。

感情を制御出来ず、いつも問題を起こしては反省する。

不敬罪で処刑されてもおかしくない発言だったことは自覚しており、回復したとしても今回ばかりは重い罰が下されるだろうと考え、ふと、自分が柔らかい布団の上にいることに気が付いた。

懲罰房ではない……？

規則違反者が怪我を負った場合は、騎士宿舎の一角にある、窓枠に格子がはめられた懲罰房の板《いた》敷《じき》の上で治療を受ける。

処罰を待つ身であれば治療を受けられるだけでも感謝すべきところだが、生憎《あいにく》平民の入り交じった第四騎士団の救護班は二人しかおらず、しかも専任ではなく団員が持ち回りで担当するため、消毒をして包帯を巻くだけといった、とても治療とは呼べないレベルの代物であった。

斬られた瞬間もう二度と剣が握れなくなることを覚悟したが、どうしたことか傷が塞がり、四肢の先まで正しく血が循環しているのを感じる。

ロンがミランダを見つめ、無言で考えている間も、悪女と罵ったはずの大公女は額にじっとりと汗をかき、目を固く瞑ったまま眉間に皺《しわ》を寄せ、彼の額に手をあてている。

その時、険しかった表情がふと和らぎ、ミランダはそっと目を開いた。

じっと見つめるロンと視線が交差する。

距離の近さに今更ながら気付いたのか、ミランダは顔をカッと赤らめ、立ち上がり距離を取った。

「目が覚めたなら、言いなさい！」

血に染まったドレスで口上を述べた時とはまるで違う姿に、ロンは目をみはる。

声を聞きつけた男が慌てて部屋に飛び込み、脈を測ると、ミランダへ称賛の眼差《まなざ》しを向けた。

王宮医だろうか、白衣の胸ポケットに国章が刺繍《ししゅう》されている。

「まさかここまで快方に向かうとは……ファゴルの秘薬とは、げに恐ろしいものですな」

我々王宮医の立場がなくなってしまいますと呟き、ロンの上体を支えながらゆっくりと起こした。

「気分はどうだ？　違和感はあるかもしれんが、これ以上ない程に回復しているはずだ」

指を動かしてみろと指示され、言われるがまま両手の指を握り、開き、また握り……を繰り返す。

左肩から袈裟《けさ》斬《ぎ》りにされたため、元のようには動かないと思っていたのだが、ロンの指先は脳からの命令を忠実に実行してくれた。

「素晴らしい！　この短期間で切れた腱《けん》すら元に戻るとは……その秘薬とやらの成分を分析させていただくことは可能でしょうか」

先程からロンを診察していた王宮医は、これが世に出れば凄い事になるぞと興奮しきりであるが、当の本人であるロンはまだ何が起きたかを理解できず、ぼんやりと呆《ほう》けている。

「……十日間もの間、死線を彷徨っていたお前を救ってくださったのは、お前が不敬をはたらいたミランダ殿下である。殿下の陳情により赦免され、お前は処刑を免れた」

ロンが目覚めたことを聞きつけ、第四騎士団の団長ジョセフが医務室に入り、静かに告げる。

「殿下の陳情により赦免？　不敬をはたらいた自分になぜそんなことを？」

それだけではない。

あれだけの怪我が何故《なぜ》、たった十日で起き上がれるまでに回復したのか。

「ロンとやら。お前は第四騎士団を罷免され、陛下より正式に水晶宮付きの騎士を任じられました」

ミランダが口を開き、正確には私付きの騎士です、と追加で訂正する。

「傷はもう塞がり、動くのに支障はないはずです。消えゆく灯火のようだったお前の命を助けたのは、この私。今後は命を懸けて私に尽くしなさい」

小柄な身体からは想像できないほどの威圧感を発し、ミランダはロンに命じた。

第一の忠誠はこれまでどおり陛下に。

だが第二の忠誠は、私に捧《ささ》げよ、と。

「……この薬の残りはお前にあげるわ。あと一回分くらいにはなるんじゃないかしら？　まぁ、製法も分からないものの原材料だけを分析しても無駄だと思うけど」

並々ならぬ興味を示す王宮医に黒い小瓶を手渡し、ミランダはクスクスと悪戯《いたずら》な笑みを浮かべる。

「三日後、水晶宮の騎士宿舎へ移ってもらいます。それまでに体調を整えなさい」

そう言い放ち、感謝を述べる隙も与えないまま言いたい事だけを伝えると、未知の秘薬に狂喜乱舞する王宮医を連れ、部屋を後にする。

半ば呆然《ぼうぜん》としてその後ろ姿を見つめていたロンのもとへ、ジョセフがゆっくりと歩み寄った。

「……まさかこれほどとは」

袈裟斬りにされたはずのロンの肩口を見遣り、ジョセフの目に冷たく獰猛《どうもう》な光が宿る。

「ジョセフ団長？」

いつも穏やかな彼が見たこともない表情をしたことに戸惑い、ロンが声をかけると、ジョセフは顔を寄せて声を潜めた。

「お前の傷は、ファゴル大公国の秘薬により回復した。……だが、親切心からではないぞ」

「……？」

「効果が分からない秘薬の実験体として、お前を使ったのだ。為政者はいつだって、自分達に都合がよいよう真実を捻《ね》じ曲《ま》げる。慈悲と思い、騙《だま》されるな。すべてを疑え」

一切の温度が感じられない声でロンの肩口へと手をあて、骨が軋《きし》むほど強く力を籠める。痛みに顔を歪めながら見上げると、ジョセフの瞳がぎょろりと動き、ロンを射貫《いぬ》いた。

「水晶宮でせいぜい信頼を勝ち取ってくれ。……お前には期待している」

表情を落とし、そう言い捨てたジョセフは、ビクリと身体を震わせたロンを一瞥《いちべつ》すると、それ以上は何も言わず部屋を後にしたのである。

＊＊＊

ジャゴニ侵攻の出陣式を翌日に控え、ミランダの後見と入宮者が正式に告示される。

ミランダの後見は、中立派のヨアヒム侯爵に決まったため、国内からは保守派と革新派から一人ずつ、計二人の側妃が擁立される。

そして従属国の二人の王女もまた同様に、水晶宮で過ごすこととなった。

「ヨアヒム卿《きょう》が私の後見を願い出てくださるとは、光栄です」

貴賓室で嬉《うれ》しそうに礼を述べるミランダに、ヨアヒム侯爵は改まって臣下の礼をとった。

「素晴らしい打ち手を講じてくださった、あの夜のお礼です」

「まぁ、そんな……お礼を述べなければならないのは、こちらのほうですわ」

軽口を交わし和気藹々《わきあいあい》としていると、少しご機嫌斜めなワーグマン公爵が横から口を挟んだ。

「強欲なホレスめが強行し、革新派から息女を側妃に擁立したせいで、私が殿下の後見に就けなくなってしまった」

余程後見に就きたかったのだろうか、ワーグマン公爵が子どものように口を尖《とが》らせながらブツブツと文句を言い、それは申し訳なかったとヨアヒム侯爵が笑いながら肩を叩く。

二人は元々第一騎士団の同期で、共に帝国軍と戦った戦友であり、派閥は違えど個人としては互いにわだかまりもなく、旧知の仲である。

「そのように仰《おっしゃ》っていただけるとは、嬉しい限りです。後見と言わず、もらってくださっても宜《よろ》しいのですよ？」

クラウス同様に淡く青みを帯びた灰色の髪と瞳。

面差しはよく似ているが、二人を比較するとワーグマン公爵のほうが幾分、雰囲気が柔らかい。

笑うと目尻が下がり、大人の包容力を感じさせるワーグマン公爵をミランダはいたく気に入っており、茶目っ気たっぷりにそう告げると、公爵は困ったような笑みを浮かべた。

「ははは、それはやめておこう。まだまだ命は惜しいからね」

ミランダとワーグマン公爵の間に慌てて身体を差し込み、ミランダを隠すように牽制《けんせい》するクラウスの姿に、意外な一面もあったものだとヨアヒム侯爵が笑う。

「ご歓談中失礼致します。水晶宮への人員配置が完了しましたが、ミランダ殿下は本日移動なされますか？」

和やかな様子を嬉しそうに見つめていたザハドが、四人に声をかける。

まるで小間使いのようにこき使われ、雑務までこなしているが、彼は歴《れっき》とした宰相職である。

「ああ、そういえば殿下が側妃の座に留め置かれる場合は、すべての妃《きさき》が揃《そろ》うまでお渡りは中止でしたね」

「……えっ？」

にこりとワーグマン公爵が微笑み、ミランダが小さく声を発する。

ヨアヒム侯爵が何かに気付き横を向いて笑いを堪え、クラウスが勝ち誇ったように振り返り、自身の背後に隠れたミランダを見下ろした。

「それでは陛下、我々はこれにて失礼させていただきます」

「えっ、ちょっと待っ」

慌てて引き止めようとしたミランダの腕を掴み、他の者にはさっさと下がれと顎で示すと扉が閉められ、ミランダはクラウスと二人きりになってしまう。

「すべての妃が水晶宮に揃ったが、何か言うことはあるか？」

なぜこれほどの威圧感を以てミランダに言い寄るのか理解に苦しむが、それ以上に上手《うま》い言い訳が思いつかず、波のように引いていった男達を恨めしく思うばかりである。

「なにも、ございません」

下を向いて唇を噛《か》むミランダ。

これだけ譲歩してくれた時の権力者に、これ以上抗《あらが》うのは賢明ではないと、ミランダ自身が良く分かっている。

「……今宵《こよい》は貴賓室に泊まれ」

有無を言わせぬ圧を発しながら、クラウスはミランダに命じた。

「執務を終えるまで、おとなしく待っていろ」

＊＊＊

貴賓室のソファーで、差し向かいに座る二人。

緊張のあまりクラウスの一挙一動に反応し、わずかな動きも逃すまいと目で追いかける。

クラウスが立ち上がり、ミランダの元へ歩み寄ると、ビクッと身体を強張《こわば》らせた。

肉食動物に追い詰められた兎《うさぎ》のように神経を研ぎ澄ませ、反応するその姿に、クラウスは喉の奥で押し殺すように笑う。

「……ッ」

少し屈み自分の腕に座らせるよう縦に抱き上げると、クラウスを見下ろす形でミランダが腕の中におさまった。

「そんなに緊張されては、何もできない。……場所を変えるか」

そう言うと、クラウスはミランダを抱き上げたまま、貴賓室を出て薄暗い廊下を進んでいく。

しばらく歩き、奥まった部屋の扉を押すと、鈍い音を立てながらゆっくりと開いていった。

「ここが何の部屋か分かるか？」

クラウスが室内に歩を進めると、床を叩く靴の音が硬質なものへと変わる。

長らく使用していないのだろうか、滞留した空気からわずかに湿った匂いがした。

クラウスが薄暗い部屋に灯《あか》りをともすと、室内の様相が徐々に浮かび上がる。

「あれは……『石碑』でしょうか？」

浮かび上がった北側の壁には、黒曜石で作られた大きな碑《いしぶみ》が埋め込まれており、一面に文字が彫られている。

興味深げに身体の向きを変えると、ミランダを抱き上げたままのクラウスが、碑に手が届く距離まで近付いてくれた。

見たことのない文字……ふと目を逸《そ》らすと部屋の隅に、切り出した石が石室のように積まれている。

豪奢《ごうしゃ》なシャンデリアの真下には、革張りのソファーと小さなテーブル、そして窓際には成人男性が使用するには少し小さめの、ロッキングチェアが置かれていた。

女性の部屋だろうかとミランダが考えていると、クラウスが石碑に目を向ける。

「……母の部屋だ」

ワーグマン公爵家の長女であり、亡き王太子と第四王子であるクラウスの母。

正妃として前国王に輿入《こしい》れし、もしまだ生きていたら王太后であったはずの女性の部屋にしては、随分と寒々しい。

「これは輿入れの際に、ワーグマン公爵家から持ち込んだものだな」

石碑の反対、南側は一転して温かみのある設えで、壁際に置かれた数々の調度品は細かい木目を活かす大ぶりの彫刻が施されている。

マホガニーだろうか、深みのある美しい赤褐色の木肌は、経年による風格を感じさせる。

奥に見える寝室は床に黒曜石が組み敷かれ、いかにも女性らしい、バロック様式と幾何学模様を織り交ぜた織物が壁に飾られていた。

「……一度、お前に見せたかった」

こぼすように言葉を漏らしたクラウスの、視線の先を辿《たど》る。

部屋の中央に位置する天蓋に囲われた広いベッドはどこか寂寥《せきりょうかん》感を伴い、王妃という華々しい身分には不釣り合いのように感じた。

戻るか、と呟いて、クラウスは王妃の間を後にする。

ミランダを抱く腕に力がこもり、何も言葉を返せないまま貴賓室へと二人は戻った。

ソファーに腰掛け、定位置になりつつあるクラウスの膝へとミランダが移動する。

「王国でただ一人、次期国王を産んだ王妃の部屋だ」

王太子……クラウスの兄である第一王子は、婚約者と避暑地へ向かう途中、馬車を襲撃され帰らぬ人となった。

そして婚約者のシェリル・ヴァレンスは燃え盛る馬車の中に閉じ込められ、一命を取り留めたものの大きな火傷《やけど》を負い、それ以来公式の場には現れていない。

悲しみのあまり王妃は我を失い、自殺したのはファゴルにまで伝わる有名な話だ。

襲撃犯は捕まらず、第四王子だったクラウスは激しい後継者争いの末、第二、第三王子を弑《しい》し、次代の王となった。

綺麗《きれい》ごとだけで統治者にはなれない。

多くの命を背負い、諦め、踏みにじり、尚且《なおか》つ選ばれた者だけが頂点に立ち、君臨することを許されるのだ。

ぐ、と何かを堪えるように目を閉じ、ミランダの肩に額を当て、クラウスは沈黙した。

水晶宮に押し込まれた日とは違う。

今はもう、彼がどんな人間なのか、少しだけわかる。

弱音を吐く場所もなく、泣くことも許されず、ただ強くあらねばならない。

それは、ファゴル大公国を背負《しょ》って立《た》つはずだったミランダも、よく分かっている。

「父と母の間に愛はなく、ただ義務だけがそこにあった」

子を産み、次代の王を育てるだけの役目。

「側妃に召し上げたのは、いらぬ争いの芽を摘むためだ。だがそれとは別に、グランガルドにまで悪名を轟《とどろ》かせるお前がどれほどのものか……抱くつもりなどなく、初めはただの興味本位だった」

考えるように言葉を紡ぎながら、肩口へ顔をうずめるクラウスの髪に触れる。

「初めてともに過ごした夜、お前の胸のうちを聞き、心惹《ひ》かれた。味方のいないグランガルドで生き残るため、俺を説き伏せた手腕もさることながら、軍事会議での演説は見事としか言いようがなかった」

柔らかく髪を撫《な》でた指先が、クラウスにからめとられる。

「おもねるだけの、人形のような正妃は必要ない。ともに並び立ち、ともに国を統《す》べ、心を分け合える者――まるで夢物語のような現実感のない願いは、過ぎた望みと諦めていた。ゆえに正妃を娶《めと》らず、優秀な者を次代の王として迎え入れればいいと、そう思っていたんだ」

そこまで言うと、クラウスはゆっくりと顔を上げた。

「だが、お前を見付けてしまった……お前が、いいんだ」

ミランダへと向けられる真剣な眼差し。

ひっそりと泣いているような、そんな気がして、ミランダは何も言わずに見つめ返した。

「俺の傍《そば》にいる限り、お前を守ると誓おう。何を以てしても駆けつけてやりたい気持ちはあるが、戦地に向かう間はともにいてやれない」

気のせいだろうか、いつもあれほど自信に満《み》ち溢《あふ》れた彼の瞳が、少しだけ心細げに揺れる。

「お前に与えたグランガルドでの立場は、そう強くない。最大限手は尽くしたが、絶対に無茶はするな。俺は与えた立場以上の責務を負わせる気は無い」

恋人のようにつながれた指先に、力が籠もる。

不器用だけれど自分の言葉で、一生懸命想《おも》いを伝えてくれる。

初めてのことになんと答えたら良いか分からず、けれどなぜだか、ふわりと気持ちが浮き立った。

「自分の身は自分で守れと言ったが、心配事があればザハドに相談をしろ。一人で暴走するな。俺以外の男に話しかけるな」

ザハドに相談しろと言っておきながら、他の男に話しかけるなと無茶を言う。

まるで駄々をこねる子どものようで、知らず口元が綻んだ。

「俺は大切なものを守るためなら身を惜しまない。この国の全ては俺のものだが、お前は特別大切にしてやる」

「ッ、ふふっ、なんですかそれは。もう少し女性に好まれる表現があったのではないですか」

恩着せがましい物言いにミランダが思わず吹き出すと、眉間に皺を寄せ、ムッとした顔をする。

まあ怖いとからかう形の良い唇をなぞるように親指で触れられ、頬を染めたミランダが見遣ると、クラウスは意味ありげな笑いを浮かべた。

「……俺はいつでも構わないと言ったはずだが」

たまには自分からしてみろと言われ、ギリリと唇を噛んだ負けず嫌いのミランダは、クラウスの頬へと小鳥がついばむように唇を寄せた。

「なんだ、そんなものか？　俺の苦労にそぐわない褒美だな」

「何を言って、ん！　ん、んん――ッ!!」

困ったやつだと鼻で笑うと、クラウスは身体が密着するほどミランダを引き寄せ、口付ける。

「死地へ向かう時は、気が高ぶる。お前が鎮めてくれないのだから、これくらいは許せ」

先程の姿はどこへやら、本来の調子を取り戻したのか凄みのある笑みを浮かべ、有無を言わせず唇を奪うと、ミランダを抱き上げたまま寝室へと移動する。

何もせず抱きしめたまま目を閉じたクラウスを、ミランダは腕の中からそっと見上げた。

自分を守ってくれるこの腕が。

すぐ眉間に皺を寄せるくせに、たまに甘く歪むその瞳が。

明日からは傍にいないのだとミランダは今更ながら実感し、少しだけ潤んだ目を隠すように胸元へと顔を押し当てると、そのままそっと、目を閉じた。

＊＊＊

グランガルド王国騎士団に加え、各領地から徴兵・募兵された歩兵団、傭兵《ようへい》、救護兵等《など》の支援要員に兵站《へいたん》を担う補給部隊等、あわせて五万人超が、王都郊外の広大な平原に整列をしていた。

第一騎士団をワーグマン公爵、第二騎士団を第五王子であるジャクリーン公爵が率い、最高指揮官を国王クラウスが務める。

なお、第三騎士団と第四騎士団は、諸外国の侵攻に備え、王都に残ることとなった。

漆黒の鎧《よろい》に身を包み、屈強な軍馬に跨《また》がって闊歩《かっぽ》するクラウスの姿が小高い丘の上に見えると、吐息の音すら大きく感じるほどの静寂に包まれる。

無音の中、左右の騎兵が掲げた軍旗には、盾を刺し貫くように交差する二本の剣。

数メートルもある大きな軍旗が風にたなびき、グランガルドの国章が浮かび上がる。

――かくして、ジャゴニへの軍事侵攻は開始されたのである。

はるか遠くで、大地が震える――。


水晶宮に在する五つの館。

新たに各館の主となった四人の側妃は、ミランダのもとを訪れ、序列順に挨拶をする。

まずは謁見の間で気を失ったカナン王国のドナテラ王女。

そして療養のため王都入りが遅れたアサドラ王国のレティーナ王女。

続いてヴァレンス公爵の長女シェリル、ヘイリー侯爵の長女アナベルとなる。

三代前のグランガルド国王が、寵愛《ちょうあい》する五人の側妃のために建築した水晶宮。

その中でも、最も深い寵愛を受けた妃に贈られたという本館は、贅《ぜい》を尽くし、装飾を凝らした豪《ごう》華絢爛《かけんらん》な造りで、往時の権勢が偲《しの》ばれる。

ゆったりとしたソファーに腰掛け、女王然とした態度で挨拶を受け入れるミランダは、彼女らをつぶさに観察し、最後の一人が退室した後、口元に扇をあて気怠《けだる》そうに欠伸《あくび》をした。

お国柄なのだろう、男性上位主義のカナンで育ったドナテラ王女は、他人からの指示を受けることが癖になっており、その姿勢は常に受け身。率先して何かをするタイプではなさそうだ。

一方、アサドラのレティーナ王女は、こちらも国柄は男性上位ではあるものの勝気な性格が垣間《かいま》見《み》られ、ミランダに対しても「対等の立場で」臨もうとする姿勢がなかなかに面白い。

クラウスの兄である亡き王太子の婚約者だったシェリルは、ヴェールで顔を覆い、優雅なカーテシーを披露した後、ミランダに敬意を表しファゴルの礼に倣いお辞儀をした。

件《くだん》の襲撃以来、人目を忍んで暮らしていた彼女が、なぜこのタイミングで入宮を決意したのか、非常に興味深いところである。

最後に、王国軍事会議でミランダに向けて礼を失する発言をしたヘイリー侯爵の娘、アナベル。

こちらは一転、高位貴族令嬢らしく、言葉の端々に傲慢さが感じられる。

問題を起こさないよう、ルルエラに命じ注視する必要がありそうだ。

ジャゴニ首長国内では、アズアル・ジャゴニ首長の圧政に呻吟《しんぎん》していた地方領主や、重税に苦しむ他民族への扇動が成功し、権力移譲を求める声とともに各地で暴動や武装蜂起が拡大している。

遠征は当初二ヵ月程度を予定していたが、順調に進めばそれ程かからず凱旋《がいせん》出来るに違いない。

ミランダは応接室を出て、本館から続く回廊を進み、水晶宮庭園のガゼボへと向かう。

種々の花々を一望出来るお気に入りのガゼボで、ゆったりと紅茶を口にしていると、空気が湿り気を帯び、小さな雨粒がぽつぽつと落ち始めた。

雨に気付いたのだろう。

侍女長のルルエラが「お風邪を召しますので」と、部屋に入るようミランダに促す。

ガゼボから腕を伸ばすと、小さな雨粒が腕の上で弾《はじ》け、風に乗って宙を舞った。

これから、一年で最も降水量が多くなる雨季に入る。

——どうか、ご無事で。

ミランダの願いは灰がかった雨空に溶け、止《と》め処《ど》なく降り注ぐ雨とともに消えていった。

第五章．はじまりの合図

ノイズがかった雨音は絶えることなく、水晶宮の至るところで小さな池を形作る。

鬱々とした雨の中、少しでも気が紛れればと開いたお茶会で、ミランダは困ったように溜め息をついた。

ジャゴニ侵攻における戦での戦果が毎日のように届けられ、その度に王宮内は沸き立った。

このままの戦局であればあと十日もあれば決着がつきそうだと、誰もが安堵《あんど》の息をついていたのだが、昨夜はいつもと異なり、夕刻過ぎに複数の伝令が王宮内へと駆け込んだ。

慌ただしく人が行き来する様子を訝《いぶか》しみ、先日新たに護衛騎士となったロンを呼び出し、昨夜のうちに詳細を確認するよう申し付けた。

緊急の召集命令が下ったのだろうか、王都近郊に在する諸侯らが登城し、『討議室』の灯《あか》りが夜更けまでともっていたと、報告を受けたばかりであった。

「そういえば、昨夜は何やら城のほうが騒がしかったようですが……陛下に何かあったのでは？」

この状況でなぜ不安を煽《あお》るようなことを口にするのかと、ミランダはアナベルを軽く睨《にら》む。

「私は何も存じ上げませんが、アナベル様はなぜそのように思われたのですか？」

「あ、いえ、何となくですが……」

「確証もないまま、仰《おっしゃ》ったのですか？　……軽率な発言はお控えください」

ちくりと注意をすると、プライドを傷つけられたアナベルはミランダを睨み返し、手にしていたティーカップを突然ミランダの侍女モニカに投げつけた。

「平民のくせに、なに見てるのよ！」

ガシャンと音を立てて、ティーカップが砕け散る。

モニカは驚き小さく悲鳴を上げると、その場に尻餅をついた。

「……この者は私の侍女です。出自は平民ですが陛下が選んでくださった優秀な侍女。侮辱される謂《いわ》れはございません」

本当はザハドが選んだのだが、そんなことは今はどうでもいい。

「アナベル様。私は自分のものを馬鹿にされて、笑っていられるほど寛容ではないのですよ？」

「……ですがッ」

「下という意味では、私の前ではどちらも同じ。平民も貴族も大差ありません」

ミランダが矢継ぎ早に畳みかける最中、お前も平民と同等だと言われ、アナベルは屈辱に激怒する。

「それに私は、大人しくしておけと仰った陛下のお言葉に従う気もないの。……忠告で済ませるのはここまでです」

クラウスの命令を聞く気はないし、これ以上の侮辱は看過しないと明言するミランダに、『王の言葉は無条件に従うべきもの』と教えられて育ったドナテラは、驚き絶句する。

その時、公爵令嬢のシェリルがクスクスと笑い、小さく肩を震わせた。

「ふふ、私もミランダ殿下に賛成です。陛下のお心持ち次第で、我々だっていつ平民として放逐されるかも分からないのですから」

「……ッ、醜い顔をヴェールで覆ってまで、妃《きさき》の座にしがみつこうとするシェリル様に言われたくはありません！　そのまま一生、顔を隠してお過ごしになるつもりであれば、早々に辞退されるのがよろしいのでは？　だから死神令嬢などと呼ばれるのです‼」

一触即発の空気に、感情のまま怒鳴り散らしたアナベルをミランダは手で制した。

有無を言わさぬ圧に、アナベルをはじめ、その場にいた者が息を呑《の》む。

「……本日はこれにて解散と致します。新しい情報が入り次第、取捨選択をした上で皆さまにもお伝えします。それで、宜《よろ》しいですね？」

ミランダがすっと目を細めると、圧に押し負けたアナベルが言葉に詰まり、コクリと頷《うなず》く。

ドナテラとレティーナも続けて、「承知しました」と小さく返事をした。

「シェリル様にはこの後お時間をいただき、少しお話をしたいのですが宜しいですか？」

続けてシェリルを見遣《みや》ると、「どうぞご随意に」と穏やかな口調で返答する。

気分転換がてらお茶会を開く度にアナベルが誰かしらに噛《か》み付《つ》くため、まったくもって交流を深めることができない現状に、ミランダは深く溜息《ためいき》をついた。

互いの手が届きそうな距離に差し向かいで座ると、シェリルの緑髪碧眼《りょくはつへきがん》がヴェール越しに微《かす》かに見える。

長い睫毛《まつげ》は、やや下がった目元を強調し、どこか寂し気な印象を与える。

さて何のお話でしょうとシェリルが小首を傾《かし》げると、顔を覆うヴェールがふわりと柔らかく揺れた。

「素敵ですね……どちらの工房で？」

人払いをして二人きりになり、話の切り出しにためらったミランダがヴェールを褒めると、シェリルはぱちくりと目を瞬《またた》かせる。

「まぁ！　褒められたのは、初めてですわ！」

思わず、といった様子でクスクスと笑い出すシェリルの物腰は柔らかく、先程アナベルが言ったような『死神令嬢』にはとても見えない。

「長いこと領内に籠もっていましたので、手慰みに編んだのですよ」

どこかしらの工房に発注したのかと思いきや、自身で編んだのだという。

極細のレース糸で編まれた、緻密なフラワーモチーフ。

複雑な刺繍《ししゅう》が丁寧に施されており、柔らかく揺れるその様子はまるで――。

「……まるで花嫁が顔を覆う、ブラッシャーヴェールのようでしょう？」

ミランダの心を見透かすように、シェリルが言葉を紡ぐ。

このレース糸が白であればその通りなのだが、シェリルのヴェールには黒い糸が使われている。

母親が幼子《おさなご》に語りかけるようにゆったりと話すその声は温かく、ミランダは遠くアルディリアで暮らす姉を思い出した。

「私が入宮した理由と、『死神令嬢』と称される所以《ゆえん》が気になっておられるのでは？」

優しく問われ、少し迷った後にミランダは小さく頷く。

王太子との結婚式直前、避暑地へ向かう馬車が襲撃にあったのは、四年前のこと。

熱傷《やけど》により生死の境を彷徨《さまよ》ったシェリルは、その後一切の社交から身を引き自領に籠もり、貴族令嬢としては行き遅れの類に入る二十二歳。

父であるヴァレンス公爵がいくら保守派筆頭とはいえ、王太子の元婚約者という立場もあり、今回の入宮にあたり難を唱える者も多かったに違いない。

考えを巡らすミランダに向かい、シェリルはここからのお話は他言無用ですよと前置きをする。

「気持ちの良《い》い話ではありませんので、詳細は省かせていただきますが……入宮の目的は唯一《ただひと》つ」

ティーカップをソーサーに置き、シェリルは小さく息を吸った。

「王太子襲撃の黒幕であるホレス・ヘイリーの断罪です」

確信はあるが断罪するには決定的な証拠が足りず、ここまでずるずると野放しにしてしまった。

なかなか尻尾《しっぽ》を出さず困っていたところにミランダの召し上げが決まり、何としてでも娘を王妃にしたいヘイリー侯爵が動き出すと踏み、革新派の癌を追い落としたい保守派が結託して、今回の入宮に至ったのだという。

「グランガルドにまで名を馳《は》せる『稀代《きたい》の悪女』が、陛下を色香で惑わし、国を傾けるような愚か者であれば、ついでに罪をでっちあげて断罪をと思ったのですが」

うふふと笑いながら、怖い事を言う『死神令嬢』。

「本来であれば、私が座るはずだった王妃の座」

一度言葉を切り、シェリルは膝の上でギュッと拳を握りしめた。

「誰が座ることになるかは存じませんが、大元の禍根を絶たねば、同様の凶事が起きかねません。……私は王太子殿下を御救い出来なかったばかりか、恥知らずにも自分だけがのうのうと生き残ってしまいました」

姿勢を正したまま少し身動《みじろ》ぐと、シェリルのヴェールがまたしてもふわりと揺れる。

それは永遠を誓う婚儀で花婿が持ち上げるもの、、、のようであり、喪に服する未亡人の顔を覆うもののようでもあった。

「盤根錯節《ばんこんさくせつ》の状態で、次代に引き継ぐ気はございません」

そこまで話すと、「お目汚しになるやもしれませんが」と前置きし、シェリルは自身の顔を覆っていたヴェールを取り払う。

「──あの日、王太子殿下や護衛がすべて殺された後、襲撃犯は馬車を牽引《けんいん》するためのハーネスを切りました」

四年経《た》った今もなお、熱傷の痕が痛々しく残り、当時の凄惨さを物語る。

「馬が逃げ、孤立した馬車の周りに藁《わら》が積まれ、油が撒《ま》かれたのです。閉じ込められた馬車の窓越しに、黒ずくめの男と目が合いました」

男は強さを増して揺れ動く炎をその瞳に映し込み、「我が身を焼かれる恐怖に怯《おび》えながら死ね」

と叫んだ。

その言葉は、深い怨恨を思わせる。

「乾いた空気に馬車は瞬く間に燃え上がり、外鍵がかけられた扉は、どんなに叩《たた》いても開きませんでした」

激しく燃え上がる馬車の中、扉を叩き続けた左手は焼《や》け爛《ただ》れ、救出直後は炭化し黒ずんでいた。

「当時のまま、左手は今も思うようには動かせません」

そういえば、お茶会で紅茶を飲む際に左手を使っていた。

「襲撃犯が去った後、立ち昇る煙を目にした街の警備隊が駆けつけ、私はひとり、助け出されました。高温の煙で肺が焼け、直後は息を吸うことも儘《まま》ならなかったのですが、これでも今は随分と良くなったのですよ」

燃え盛る炎の中、どれほどの恐怖だっただろうとミランダは顔を歪《ゆが》める。

その後、王太子の座を巡る激しい後継者争いが繰り広げられ、保守派を取り込みたい第二王子との婚約話が持ち上がった。

復讐心《ふくしゅうしん》に駆られ何か証拠が摑《つか》めればと、婚約を受けるよう衝動的に父であるヴァレンス公爵に願い出たシェリルだったが、程なくして第二王子が弑《しい》され、婚約話は立ち消えとなった。

今度は第三王子との婚約話が持ち上がるが、こちらもまたクラウスに弑されてしまう。

「婚約していた王太子、婚約話が持ち上がった第二、第三王子まで続けて没したら、それはもうまさに『死神令嬢』でしょう？」

意外にも気に入っているらしく、どこか楽しげな様子で、その二つ名を口にする。

「四年の歳月をかけてやっと黒幕を突き止め、あと一歩のところまで来たのです。父から軍事会議での話を聞き、また短くはありますがともに過ごし、殿下を信頼に足る方だと判断しました」

シェリルの目が、ミランダを包むように柔らかく揺れる。

「……殿下は差し当たって、正妃になるおつもりはないのでしょう？」

でなければ、王国軍事会議であのような発言をするはずがない。

正妃になりたいのであれば人質という不安定な立場も相まって、寵愛《ちょうあい》を独り占めしようと躍起になるはずだが、その様子が全くと言っていい程見られない。

ミランダは図星を指され、申し訳なさそうに小さく頷いた。

「であれば尚更《なおさら》、この国の禍根を殿下に背負わせる訳にはいきません。クラウス陛下の御代《みだい》が末永く続くよう、この私が一身に受けましょう」

言い切る潔さと、その強さが心地好《よ》い。

ミランダは立ち上がり、シェリルの足元に跪《ひざまず》くと、ふわりとその手を取った。

「……その痕を、治したいとお思いになったことは？」

「いいえ、一度も。これは私の生きる目的であり、決意が揺らがぬための、し、い、い、しるしでもあるのです」

女としての幸せは、とうの昔に諦めましたと清々《すがすが》しい笑顔。

「包み隠さず、すべてを殿下に打ち明けました。そして今後もまた、同様であると誓います。私に、協力してくださいますか？」

茶目っ気溢《あふ》れる表情に、思わずミランダは声を上げて笑う。

「勿論《もちろん》です！　望むところです‼　それに、『稀代の悪女』と『死神令嬢』。なんとも素敵な組み合わせではありませんか！」

謀略は得意分野です。

修羅場にも慣れっこです。

世評もまったく気にしません。

——それでは、何から始めましょうか。

元気いっぱい答えるミランダに、思わずシェリルも吹き出した。

＊＊＊

『討議室』は連日にわたり、夜更けまで灯りがともる。

最早《もはや》お馴染《なじ》みとなった中二階にある立入禁止の休憩所では、ザハド差し入れの御茶菓子を片手に、ミランダが寛《くつろ》いでいた。

「……陛下に知れたら、怒られますよ」

休憩時間にザハドが訪れ、チクリと釘《くぎ》をさすが、ミランダはどこ吹く風。

まったく意に介する様子が無い。

そもそも前回が特例であったのに、護衛騎士を通じて水晶宮に呼び出され、結局ミランダに押し負けてしまった。

さらにはミランダだけでなくシェリルまで一緒だという。

「護衛騎士のロンに詳細を確認するよう伝えたのに、まったく要領を得ないんだもの。それに陛下は、『心配事があればザハドに相談をしろ』と仰ったわ」

ミランダの言葉を受け、慎み深く普段は感情を表に出さないシェリルがクスリと笑う。

その楽しそうな姿に、これまでの委細を承知しているザハドは驚いて視線を向けた。

「つまり陛下の指示なので、これは仕方のない事だったのです」

「百歩譲って仕方なかったにせよ、間違っても下には降りてこないでくださいね」

本来であれば許可すべきではないのだが、今後の戦況によってはファゴル大公国に援軍を要請する可能性もある。

特例として認めたものの、何をしでかすか不安で仕方がないザハドは、繰り返しミランダに言い含め、保護者代わりのシェリルにも念を押す。

「シェリル様、悪さをしないよう見張っておいてください。頼れるのはシェリル様だけです」

「ふふふ、閣下は心配性ですね。お任せください」

「殿下もよろしいですね？　くれぐれも大人しく見聞きするだけにしておいてくださいよ⁉」

微笑《ほほえ》みながら約諾したシェリルにやっと安心したのか、だがミランダには再度念押しし、ザハドは戻っていく。

「……次からは追い返しなさい」

追い返すなどと出来ようはずもないのだが、小言の止《や》まないザハドに辟易《へきえき》して扉口に立つロンに命じると、ミランダは再び『討議室』へと目を移した。

四大国の一つであるインヴェルノ帝国がグランガルドへ向けて進軍したとの一報を受け、諸侯らが召集される。

グランガルドの北西に位置するインヴェルノ帝国。

強権的な軍事国家であり、ひとたび戦火を交えれば、女、子ども問わず蹂躙《じゅうりん》するその残虐さの実例は枚挙に暇《いとま》がない。

今回、帝国軍の本隊が二つに分けられ、機動力のある騎兵隊が先駆けて進軍したと報告があった。

このため、第一陣が国境に到達するまでの猶予期間はあまりないとみて良いだろう。

「第五王子率いる第二騎士団は、引き続きジャゴニ侵攻を進めます。陛下とワーグマン公爵は第一騎士団及び残りを引き上げ、グランガルドへと戻っていますが、第一陣にとても間に合いません」

伝令を受け、第四騎士団の騎士団長ジョセフが状況を説明する。

「では、どうする。このままでは数日のうちに帝国軍が王都へと雪崩《なだ》れ込《こ》むぞ」

ヴァレンス公爵の言葉に、諸侯達《たち》がどよめいた。

「我々第四騎士団が明日にでも王都を発《た》ち、帝国の第一陣を食い止め、時間を稼ぎます」

「残った第三騎士団のみで、王都の守りを固めよと?」

「我らが帝国軍を抑えている間に、各領地にて強制的に徴兵すれば、最低限の頭数は揃《そろ》うでしょう」

淀《よど》みなく話すジョセフの言葉を遮るように、ザハドが口をはさむ。

「第四騎士団はどれくらいで準備ができそうだ？」

「……今すぐにでも。いつ如何《いか》なる時も、王国のため戦う準備はできております」

その言葉に、臨時で第三騎士団を預かっているヨアヒム侯爵の眉がピクリと動く。

「だが第一陣が足止めを食らっている間に、本隊が到着すれば、第四騎士団はひとたまりもない」

「圧倒的な数の前に敗れるのであっても一矢報いたく、どうか出陣について許可願います」

その言葉に、ヴァレンス公爵とザハドが視線を交わす。

難しい判断だが時間を稼ぐ必要があり、王都を戦場にするわけにはいかない。

「……出陣を、許可する」

今回の軍務に係り、王都での責任者であるザハドの言葉に、ジョセフは「明朝までに間に合わせます」と頭を下げ、足早に退室をした。

だが、その様子を休憩所から眺めていたミランダは胸騒ぎを覚え、ふと呟《つぶや》く。

「ジャゴニの総力戦といい、帝国軍の侵攻といい……まるでこちらの情報が洩《も》れているかのようね」

嫌な予感が拭えないまま閉会となり、水晶宮に帰ってもなお、ミランダは思考を巡らせていた。

——そして、数時間後。

「帝国軍の第一陣を迎え撃つべく出陣したはずの第四騎士団が、クラウス率いるグランガルド軍に向け進軍を始めた」との急使が駆け込み、王宮内は再び騒然となったのである。

閉じられた部屋には、神妙な顔付きのザハド。

そしてミランダ同様に早朝から呼び出されたヴァレンス公爵、ヨアヒム侯爵が座っている。

「よもやジョセフが、帝国と内通していたとはな」

第三騎士団を率い、自分が行くべきだったとヨアヒム侯爵は天を仰ぐが、その場合は王都の主戦力が第四騎士団となってしまうため、いずれにせよ手詰まりである。

ジャゴニ相手の総力戦に加え、クラウスが間に合わない絶妙なタイミングでの帝国軍侵攻、第四騎士団の裏切り。

ミランダの案がなければ、さらに多くの兵がジャゴニへと出払い、身動きが取れなくなるところだった。

「本日未明に入ってきた情報によれば、あと三日程で帝国の第一陣がグランガルド国境に到達するという、大変に逼迫《ひっぱく》した状況です」

思った以上に差し迫った状況に、ミランダはゴクリと小さく喉を鳴らす。

「単刀直入に伺います。ファゴル大公国に援軍を要請した場合、どれくらいで出兵可能でしょうか」

ザハドが問うと、ミランダは少し迷うように首を傾げた。

「援軍が可能か、ということであれば可能です。……ただ貴国に来てから一切の情報が遮断されており、ここ最近の祖国の状況を把握できておりません。このため大公国から援軍を派遣した場合の、必要日数や数についての詳細は分かりかねます」

正直に答えると、そうだろうなとヴァレンス公爵が頷く。

「とはいえ、このような質問をいただくくらい差し迫った状況であることは理解しました。……ここからは私見となりますが、宜しいですか？」

グランガルドの重鎮へとミランダは順に視線を向ける。

「援軍要請にファゴル大公国として応じた場合、国内の手続き等もあり、それなりに時間を要します」

やはり間に合わないかと、落胆の色を隠せないヨアヒム侯爵。

「ですが、」

ガクリと肩を落としたヨアヒム侯爵へやわらかな眼差《まなざ》しを向け、ミランダは微笑む。

「実はつい最近、貴国侵攻の戦犯として、祖国の軍法会議にかけられる機会がございまして」

突然の告白に、「ああ、はいはい。あの話ね」と頷く、覗《のぞ》き魔ザハド。

「インヴェルノ帝国がなかなかに手強《てごわ》そうでしたので、どうせなら楽に守っていただこうと思い立った次第です。……まぁ有り体に申しますと、国境を守護する辺境伯をけしかけまして、貴国へと侵攻させたのです」

大公国が従属国となった本当の経緯を知り、ヴァレンス公爵が驚きに目を見開く。

「さて、貴国との従属契約を以《もっ》て、晴れて庇護下《ひごか》に入ったわけですが」

冷たい果実水で喉を潤し、ミランダはひとつ、息をつく。

「狂王と名高いクラウス陛下のこと。……従属の庇護下において万が一、我が国の民に残虐行為を働くようであれば、何かしらの方法で攻め滅ぼしてしまおうと思いまして」

突然何を言い出すのだと思う一方、この大公女ならやりかねないと、各々神妙な面持ちで視線を交差させる。

「大公である父の承認を得て、軍事力拡充にかかる裁量権を辺境伯に与えました。軍備拡張に要した期間は、およそ半年。資金源はアルディリア国王から強奪……ではなく、拝領した私のダイヤモンド鉱山です」

個人でダイヤモンド鉱山持ってるの⁉

桁違いの資金力にザハドは目を剝《む》く。

「とはいえあまりに軍事力を強化しますと、それはそれで宜しくないので、あくまで貴国との関係性を加味した上での、時限的な施策ではありますが」

貴国の出方次第では、帝国側に参戦しても宜しいのですよ？　と笑顔で揺さぶりをかける。

「まぁ、ちょっと……ねぇ？　初日、謁見の間で受けた辱めは相当なものでしたから……」

辱めと評するかは疑問だが、この緊急事態を利用して、ここぞとばかりに雪辱を果たそうとするミランダに、皆一様に苦虫を嚙み潰したような顔をした。

「殿下、その件につきましてはお詫《わ》びの申し上げようもございません。……今は難しいですが、いずれ時が来たら必ずやお力添えすることをお約束致します」

「……そう？　ではその時はお願いしますね」

何だか無理強いをしたようで申し訳ないわ、と頰に手をあて、口元を綻ばせる。

「それではお話を戻しましょう。我が国が誇る辺境伯領の軍事拠点から、帝国第一陣、到達予測地点までの日数は、目算で半日程度。なお辺境伯の私兵は、私の権限で動かせるよう貴国入国時に父と調整済みです」

雨季のため足元が悪く、天候によってはもう少々時間を要しますが、それは両国とも同じこと。

「一声かければすぐに一万は集まります。第一陣にぶつけるには、十分な数では？」

クラウス陛下には、第四騎士団を潰した後、そのまま帝国軍本隊を退けていただきましょう。

その頃には、ファゴル大公国からの援軍も間に合うはず。

さあ、辺境伯とファゴル大公に向け、早馬を！

時が止まったかのように静寂が訪れる。

ザハドはゆっくりと頷き、呼び鈴を鳴らした。

＊＊＊

早馬を飛ばし、狙い通り辺境伯軍と帝国の第一陣が衝突する。

護衛騎士のロンを介してミランダの元へも定期的に報告が入り、安堵の吐息を漏らした。

あとは要請したファゴル大公国の援軍が、帝国軍の第二陣……本隊を一時的に抑えれば、画策したとおりに事が進むはずだった。

「……真意を、測りかねます」

人払いされた王宮内の一室で、ミランダが怒りを露《あら》わにする。

「何が起きているのか、お聞かせください」

仔細《しさい》も分からぬまま護衛を付けるから祖国に帰れと言われても、納得できようはずがない。

絶対に譲らないとミランダが睨みつけると、ザハドが渋々と口を開いた。

「……動いたのです」

え？　と聞き返すミランダに、再度口を開く。

「ガルージャが、動いたのです」

グランガルドの南西に位置する四大国の一つ、砂の大国ガルージャ。

なぜ、このタイミングでガルージャが？

全身が粟立《あわだ》つような感覚……嫌な予感に、握った手の平がじとりを湿り気を帯びる。

第四騎士団団長、ジョセフ・クローバーが内通していたのは帝国ではなかったのか。

「ガルージャにも、内通者が？」

神妙な面持ちで、ザハドが頷く。

本来であれば内通者を炙《あぶ》り出《だ》すのが先決。

だが、如何《いかん》せん時間がない。

クラウス率いるグランガルド軍がこのまま第四騎士団との戦いに雪崩れ込むと、南西から上がってきたガルージャの大軍により背後から急襲されてしまう。

このため第三騎士団が急遽《きゅうきょ》出陣し、クラウスがガルージャと衝突する前に、何としてでも第四騎士団を挟撃して潰す作戦にでたようだ。

だが当然のことながらその間、王都の守りは手薄になる。

「状況については理解致しました。ですが、何故《なぜ》私が祖国に帰る必要があるのでしょうか」

どうしてその結論に行き付くのか理解が出来ず、更に問い詰めると、珍しくザハドが強い口調で言い放った。

「万が一王都が危険に晒《さら》された場合、有無を言わさずファゴル大公国へ返すよう、陛下より仰せつかっています」

厳命されているのか、今回ばかりは何があっても譲る気配が無い。

「第三騎士団までもが出払うと、王都の護《まも》りは手薄になり命の保障ができません。実を申しますと第四騎士団が発った日、宮殿内の医務室で、王宮医が斬殺された報告もあがっています」

内通者が一人とは限らず、離反した者が多数王宮内に潜んでいる可能性もあるということだ。

「今回人質として留め置かれた側妃方に関しては、希望があれば脱出出来るよう手配しましょう」

何卒《なにとぞ》ご理解くださいと、取り付く島もない。

「正直に申し上げますと、水晶宮まで手が回りません。殿下のご判断に従いますので、連絡役にお申し付けください」

これ以上の情報漏洩《ろうえい》を防ぐため、内通者の炙り出しはヴァレンス公爵がおこなう。

ヨアヒム侯爵は第三騎士団を率いて出陣し、ザハドはそのまま王宮に残る。

「夕刻までにはファゴル大公国へ出立していただきます。水晶宮に残る者がいれば、その中からどなたか後任の責任者をご指名ください」

……この場でこれ以上交渉しても、意味があるとは思えない。

あまり時間もないが、考えをまとめる必要がありそうだと、ミランダは急ぎ水晶宮へと戻った。

＊＊＊

「殿下、お願いがございます。水晶宮から出て、父と共に行くことをお許しください」

水晶宮に戻るなり、ミランダの帰りを待っていたシェリルが開口一番、願いを口にする。

「今でなくてはならないのです。父からの許可は得ています」

王宮内が混乱しているのを良いことに、ミランダの独断でシェリルの侍女をヴァレンス公爵家の手の者と入れ替えた。

王太子襲撃の黒幕と思わしきヘイリー侯爵家に、何かしらの動きがあるのではないか。

ミランダは茶会等《など》の交流で、またシェリルは侍女を通じて、ヘイリー侯爵家アナベルの動きを注視していたが、その性質はあまりに幼く、言動に多少問題があるものの素直な面もあり、およそ謀《はかりごと》が出来る性格ではない。

必ずや水晶宮に協力者がいると踏んでいたが、見誤ったかと拍子抜けしたところで、それでは残りの二人はどうかとシェリルが言い出した。

王都手前の街で療養していたアサドラ王国のレティーナ王女であれば、ヘイリー侯爵と接触する機会があったはず。

目星を付けたミランダは、帝国軍侵攻におけるファゴル大公国……そして辺境伯への援軍要請について、レティーナにだけ告げる。

可能性があるならば、潰しておいたほうが良いだろう。

そして、今日。

帝国が足止めを食らう状況の中、この機を逃してなるものかと、まるで王宮内部の動きが漏れているかのようにガルージャが動き出した。

帝国軍と連携が取れていないところを見るに、この二大国は別々のルートで情報を得ており、また手を組んでいるわけでは無いことが窺《うかが》える。

「……夕刻にはファゴル大公国へ向け、私も発たねばなりません。それまでに行ってください」

止めても聞かないだろうとミランダは息を吐き、シェリルの願いを聞き入れる。

「ありがとうございます。殿下も、お気を付けて」

「無茶はしないでくださいね。シェリル様はグランガルドで初めて出来た、大切なお友達なのですから」

冗談めかしてミランダがいうと、シェリルが小さく笑みをこぼした。

「王宮裏門の衛兵を買収しておりましたので、許可を頂けない場合は隠した馬に乗り、こっそりと脱出する手筈《てはず》だったのですよ」

こうと決めたら譲らないのは、いかにもシェリルらしい。

「ヴァレンス公爵家自慢の駿馬《しゅんめ》を二頭繋《つな》いでありますす。そのままにしておきますので、何かの折にお役立てください」

これを衛兵に見せれば伝わりますと、シェリルは指輪をミランダに手渡した。

身体《からだ》を動かすのは絶望的に苦手なミランダだが、貰《もら》っておいて損はないだろうと受け取ると、一見普通の指輪だが、内側にヴァレンス公爵家の紋が入っている。

それでは、とすぐにでも発とうとするシェリルの手をとり、ミランダはぎゅっと握りしめた。

「すべてが終わったら、また一緒にお茶でもいかがですか？」

「……素敵ですね！　その時は、公爵家自慢のケーキをお持ちします」

ミランダの許可も下りたため、準備が整い次第発つと告げ、シェリルはその場を後にする。

『万が一王都が危険に晒された場合、有無を言わさずファゴル大公国へ帰すよう、陛下より仰せつかっています』

ザハドの言葉を反芻《はんすう》し、ミランダは今の自分に何が出来るか、ぼんやりと考えていた。

＊＊＊

驚くべきことに、水晶宮から出たいと願う者は誰もいなかった。

『王の言葉は無条件に従うべきもの』と教えられて育った、カナン王国のドナテラ王女。

他人からの指示に従い慣れている彼女にとって、自分で選び、宮を出ていくという選択肢はないようだ。

アサドラ王国のレティーナ王女は戻る場所がないとのことで、そのまま留《とど》まることになった。

残るヘイリー侯爵家のアナベルも、引き続き水晶宮で過ごしたいとのこと。

クラウス陛下なら何とかしてくれるのではないかという希望的観測もあり、事態を重く見ていない可能性もあるが、その辺りを細かく説明する時間はない。

ミランダは早々に水晶宮の権限を委譲すべく、ドナテラの前に立った。

「ドナテラ様、私は陛下の命令で自国に帰らねばなりません。シェリル様は既に自領へお戻りのため、貴女《あなた》に水晶宮をお預けします」

突然の言葉に驚き、目をみはるドナテラへ正面から視線を合わせ、ミランダはゆっくりと含み聞かせるように言葉を紡ぐ。

「わ、わたくしが……？　そんな、出来ません！　どうか他の方に」

ドナテラは嫌々をするように頭を横に振り、縋《すが》りつくが、ミランダは聞き入れなかった。

「いいえ、これは貴女の役目です」

これはお願いではなく、命令です。

「私が発てば、ここは貴女の宮殿。貴女が守り、導き、決断するのです」

ミランダの言葉に、ドナテラの瞳が不安気に揺れ動き、じわじわと涙で潤んでいく。

「で、できな……、むり、無理です。だってそんな事したこともな」

「出来ます」

出来ないとベソをかき始めたドナテラを一喝し、ミランダは力強く抱きしめた。

「立場が人を作るのです。貴女なら、きっと出来ます。……私だって、初めは何も出来ませんでした」

「……ッ、殿下、でも」

「大丈夫。絶対に、出来ます」

赤子を寝かしつけるように、抱きしめながらポンポンと優しく背中を叩く。

大丈夫、大丈夫と抱きしめられ、ドナテラは人目も憚《はばか》らず泣き出してしまった。

「宰相閣下が定期的に連絡役を寄越してくださるので、分からないことはその方に相談するか、グランガルドにお詳しいアナベル様にお聞きください」

皆様もどうかドナテラ様をお支え下さい、と他の二人に目を向ける。

「私の侍女達を一旦どなたかにお預けしたいのですが、いかがでしょうか」

「これ以上の侍女は、私には不要です。必要な方にお預けください」

レティーナが断ったため、ならば誰にしようかとミランダは悩むふりをする。

「それでは、侍女長のルルエラをドナテラ様に。モニカをアナベル様にお預けします。万が一、不測の事態で身の危険を感じた時は、逃げることをためらわないでください。命あってこそです」

想定どおりレティーナが断ったため、支えが必要になりそうなドナテラに侍女長のルルエラを。

少し心配ではあるが、アナベルには平民のモニカを。

すべてを伝え終えると、最後にミランダはヘイリー侯爵家の長女アナベルの元へと歩み寄った。

「アナベル様。グランガルドは今、大きく揺れ動いています。どのような結末を迎えるのか、この国をよく知る貴女が、私の代わりに見届けてください」

絶え間なく降り注ぐ雨の中、離反した第四騎士団を追うようにして、第三騎士団は先程出陣した。

手薄になった王宮内では、ザハドがひとり采配を振る。

——ここもまた、戦場なのだ。

＊＊＊

「短い間でしたが、よく仕えてくれました。……ありがとう」

礼を告げると、侍女長のルルエラが涙ぐむ。

「いざとなったら逃げて構いません。ですがそれまでは新しい主人によく仕え、支えてあげてください」

順に手を握り、食うに困らない額の入った小さな袋を握らせると、モニカがぐすりと鼻を啜《すす》った。

もう少しゆっくりと別れの言葉を告げたかったが時間もなく、逃走用の地下通路へと向かう。

目的地は、王都のメインストリートから少し離れた、十番街の宿屋『エトロワ』。

地下通路内部は入り組んでいるため、護衛とは別に案内役が一人遣わされる。

「地下通路は複数あり、その内の一つが『討議室』内にあります」

案内役が告げ、壇上裏の重い踏み台をずらすと、人が一人通れるくらいの入り口が床下から現れた。

わずかな荷物を持って地下通路へ降りると、目を凝らさなければ見えない程に薄暗い。

足元に気を付けながら進み、やがて三つの分岐点に差し掛かった。

さすがは案内役、勝手知ったるのだろうか、迷うことなく真ん中の通路を選び進んでいく。

「随分と歩きましたが、あとどれくらいでしょうか？」

少し息の切れたミランダが案内役に問うと、あと二十分程だという。

「見ればこの先の通路は天井も高く幅も広い。先に行って、馬を連れてくることは可能ですか」

もう歩きたくない！　と我儘《わがまま》をいうミランダ。

案内役は仕方なく先に『エトロワ』へ向かい、ミランダのために馬を引いてくることになった。

視界の悪い地下通路の中、ロンと二人きり。

居心地が悪そうに目を逸《そ》らしたロンへと、ミランダは向き直った。

「今向かっているのは十番街でなく、メインストリート端の二番街では？」

クラウスの執務室で、ありとあらゆる資料を読み込み、王都の地図は頭に入っている。

まさかミランダが気付いているとは思わなかったのだろう。

ロンはビクリと身体を揺らし、警戒するように顔を強張《こわば》らせる。

「……お前達は、何をするつもりなの？」

ミランダがロンの元へと一歩踏み出すと、ロンは震える手でスラリと剣を抜いた。

＊＊＊

第四騎士団が発つ日、ロンは王宮内の医務室を訪れていた。

「では両手を握り、開く。それを五回繰り返してください」

袈裟《けさ》斬《ぎ》りにされた傷は、薄《うっ》すらと跡を残すだけになり、まともに歩くことすら儘ならないと診断された身体も、以前と遜色なく動かすことが出来る。

ふむ、と呟いてロンの身体に隈《くま》なく触れると、王宮医モーガスは堪《たま》らずといった様子で息を吐いた。

「予後は極めて良好。……ファゴルの秘薬とはこれ程か」

麻紐《あさひも》に結わえ付け、大事そうに首から下げた黒い小瓶を一撫《ひとな》でする。

「この秘薬を解明し再現できれば、大陸の勢力図が入れ替わるぞ」

興奮に目をギラつかせ、嬉《うれ》し気に呟きなおも診察を続けていると、医務室の扉がノックされ、返事を待たずにジョセフが入ってきた。

「失礼する。……ロン、経過はどうだ？」

怪我《けが》を心配したのか開口一番、予後についてロンに尋ねる。

帝国軍の第一陣を食い止めるため王都を発つと聞いたが、様子を見に来てくれたのだろうか。

「お陰様で良好です。以前と変わらず身体が動くばかりか、昔戦場で受けた古傷まで治りました」

「……なるほど。確かに本物のようだ」

嬉しそうに腕を回すロンをチラリと見遣ると、ジョセフは大きな身体を屈《かが》ませて、座する王宮医の背中に手を触れた。

次の瞬間、腹の底から搾り出すような低い声が漏れ聞こえる。

ジョセフの大きな身体を間に挟み、ロンからは何が起きているのか分からなかった。

水の中で呼吸をするような低く泡だった声が途切れた後、ジョセフに隠れていた王宮医の身体が椅子から崩れ落ち、重力に従い床に吸い寄せられていく。

「……え？」

ジョセフが立ち上がり、机上の白色布でゆっくりと手を拭う。

つい先程まで嬉しそうに話していたはずの王宮医は胸を赤く染め、人形のように目を見開いたまま、ジョセフの足元にゴトリと音を立てて横たわった。

「…………え？」

ジョセフは続けて血の付いた剣身を拭うと、王宮医の首近くに転がる黒い小瓶の麻紐を切り、丁寧に胸ポケットへとしまい込んだ。

第四騎士団の懲罰房から医務室へと移動し、ロンが死の淵《ふち》から生還したあの日と同じ。

獰猛《どうもう》な光を宿す、冷たい眼差し。

「……次はガルージャが動くぞ」

そう、あの日と同じ。

表情を落とし、一切の温度が感じられない口調で言い捨てる。

「グランガルドに、もはや打つ手はない。沈みゆく国と運命を共にするなど、馬鹿げているとは思わないか？」

ぎょろりと動いた目が、ロンを射貫《いぬ》く。

青褪《あおざ》めながら小さく頷くと、そろそろと手を伸ばし、ロンは差し出された短剣を受け取った。

「ガルージャが動けば最後、クラウスに逃げ場はない。律義者のザハドはミランダを逃がそうとするだろうが……地下通路の案内役を抱き込んである。出口で待機している男に渡せ」

大国の宰相ともあろう者が、戦局を見極めることも出来ずに愚かなことだと顔を歪める。

「すべてが落ち着いたら、帝国で騎士として働けるよう取り計らってやる」

貴族と平民の両方が入り交じる第四騎士団。

はみ出し者ばかりを集めたこの騎士団は、ジョセフに拾ってもらった者も数多く、彼のすべてを是とする信奉者も一定数存在する。

何が起きているのか頭が付いていかないまま、ロンはひたすらコクリ、コクリと頷いた。

「……とはいえ、あれは野放しにすると厄介なことにもなりそうだ。高貴な血を持つ上に、あの美貌。いくら積んでも欲しがる金持ちは山程いるが、騒ぐようであれば殺せ。お前の判断でいい」

短剣を胸に抱き、虚《うつ》ろな目で頷くロンの耳元で、ジョセフはいつかのセリフを再びささやく。

為政者はいつだって、自分達に都合がよいよう真実を捻《ね》じ曲《ま》げる。

――騙《だま》されるな。すべてを疑え、と。

程なくして第四騎士団離反の知らせが王宮中を駆け巡り、ついにガルージャまでもが動いた。

そして今、薄暗い地下通路の中で、ミランダとロンは相対している。

「お前達は、何をするつもりなの？」

問い詰められ、動揺に震える手で剣を抜いたロンへ、ミランダは重ねて問いかける。

「……お前は、どうしたいの？」

ミランダはまた一歩、ロンに向かって足を踏み出した。

「ああああッ、……ッツ!!」

思わず伸ばした剣先が、ミランダのやわらかな白い胸に、音も立てずにめり込んでいく。

「おまえ、は……ッ、ど、どこま、で、愚か……な、の…………ッ」

力なく剣を落としそうになったロンの手を、ミランダは震える両手で包み込んだ。

「……ッ、やるな、ら、最後ま……で、やり遂げ、なさ、い…………」

剣を手放すことを許されないロンへとさらに一歩踏み出すと、ずぷりと微かな音を立て、剣身の最奥がミランダの小さな身体にのみ込まれる。

剣柄を覆うように添えられたミランダの両手が、ダラリと地に向かい垂れ下がる。

ロンは解放された手を剣柄から離し、ぐったりと体重を預けてきたミランダに視線を這《は》わせた。

貫通した剣先まで血が伝い、足元へと血溜《ちだ》まりを作る。

「あ……、あぁぁッ…………ッツ！」

ガクガクと震えながら後退《あとずさ》ると、その重さで剣がずるりとミランダの身体から抜け、カランと音を立てて地に落ちる。

ヒュ、ヒュ、とミランダの口端《くちのは》から空気が漏れた。

剣は肺を貫通し、漏れ出る血が気管にまで達したのだろうか。

異物を吐き出すように咳《せ》き込《こ》むと、小さな口から鮮やかな血がゴボリと噴き出る。

ミランダの身体が、ゆっくりとその場に崩れ落ちていく。

「……ッ、あぁぁあああああッ…………ッ！」

顔を涙でグシャグシャにしながら小さな肩を抱きとめ、噴き出る血を抑えるように傷口へと手を伸ばした。

殺そうと思っていたはずなのに。

奴隷のように売ってしまえばいいと、思っていたはずなのに。

『殿下の陳情により赦免され、お前は処刑を免れた』

——今になって、ジョセフの言葉が頭に浮かぶ。

第四騎士団の懲罰房で、そのまま死んでもおかしくはなかった。

死にゆくものへ、手を差し伸べたのは誰だったか。

騎士として仕えることを赦《ゆる》し、受け入れてくれたのは。

為政者はいつだって、自分達に都合がよいよう真実を捻じ曲げると吐き捨てた男は、軍事会議で自信満々に嘯《うそぶ》いてはいなかったか。

すべてを疑えと言い放った男は、誰よりも虚偽を述べ、欺き、裏切ったのではなかったか。

ジョセフに言われるがまま、取り返しがつかなくなるまで——なぜ、こうなるまで自分の頭で考えることが出来なかったのか。

いつ放逐されてもおかしくなかったロンの問題行動に目をつぶり、受け入れてくれたジョセフの言葉は、ロンの思考を蝕《むしば》み、強制力を以て停止させた。

冷静に考えれば、おかしなことは幾つもあったのだ。

ミランダがグランガルドに来る直前、はびこる悪評を事細かくロンに伝えたのはジョセフだった。

誰よりも嫌悪感を持ったロンを、『謁見の間』への案内役に指名したのもジョセフ。

何かあれば他の騎士が対処するから、お前はただ案内役に徹すればいいと命じたのもジョセフだ。

さらに、ジャゴニからの刺客にしてもそうだ。

生きて捕らえることの出来る場面で斬り殺したのは、今思うと不自然だった。

――動かなくなったミランダの身体。

その身体から流れ落ちる血を全身で受け止めるように、ロンは嗚咽《おえつ》しながら抱きしめた。

髪がパサリと床に流れ、露わになったうなじから淡く柔らかい光が漏れ、地下通路を薄明るく照らし始める。

ミランダのうなじに、ぼんやりと薄紅の花が浮かびあがり、幻想的な光の粒がふわりと二人を包み込む。

血塗《ちまみ》れのミランダを抱きしめたまま、ロンは息をするのも忘れ、その光景に目を奪われていた。

「まさか……女神の、加護？」

仄《ほの》かな光が蛍のように、ふわりふわりと宙を舞い、淡雪の如《ごと》く触れては消え……その心地よさに

微睡《まどろ》むような静寂の中、血塗れの身体が小さく身動ぐ。

血の気を失った白い額に、汗が玉のように浮かび、しっとりとロンの頬を湿らせた。

ミランダは目を固く瞑《つぶ》ったまま眉間に皺《しわ》を寄せる。

光の粒がより輝きを増し、先程まで温度を失いつつあった身体が、少しずつ温《ぬく》もりを取り戻していく。

その見覚えのある表情に、自分が目覚めた日を思い出し、ロンはまたしても深く沈んだ嗚咽の声を漏らした。

「んぅ……」

上手《うま》く呼吸ができないのか、ミランダが苦し気に顔を背ける。

ロンは慌ててその身体を斜めに傾け、喉が詰まってはいけないと血がこびりついた口の中に指を突っ込み、口内に残った血を掻《か》き出《だ》した。

開き切らない口の端から泡の混じった血を吐き出すと、ミランダは勢いよく咳き込み、ゆっくりと瞼《まぶた》を開く。

鼻の先が触れそうな距離で心配そうに覗き込むロンに気付き、弱々しく睨みつけた。

「……殿下、だったのですね」

少し考えれば分かることだったのに。

それは最早、神の領域。

どんな怪我や病も立ち所に治る秘薬など、人の手で作れるはずがないのだ。

ロンは再度、腕の中の少女へと視線を落とす。

すべてを知れば、欲に目がくらんだ愚かな権力者達が、濁った眼《め》で奪い合うであろうファゴルの至宝。

光の粒がすべて消えると、ふぅと短く息をつき、ロンの腕を借りながらゆっくりと身体を起こした。

「ここまでしないと目が覚めないなんて、お前はどこまで愚かなの」

聞き取れないほどの小さな声で紡がれる言葉に、またしても涙が湧きあがる。

深い沼の底にいるような陰鬱な気持ちに苛《さいな》まれ、もやがかかっていた思考が、ミランダの言葉に洗い流されるようにクリアになっていく。

「……騎士達が命懸けで忠誠を誓うように、私も、守りたいもののために命を懸けるの」

弱々しく微笑み、だが力強い口調でミランダは告げる。

「ひとつとして、疎《おろそ》かにする気はない。……お前も、そのうちのひとつよ」

だって、私が選んだ騎士だもの。

そう呟くと、ミランダは抱き締めるロンの膝から降り、そのまま地べタへゴロリと横になる。

「疲れたからしばらく眠るわ。……私はお前に覚悟を示した。この先どうすべきかは、お前が自分で考え、自分で選びなさい」

言いたい事だけ言うとミランダは目を閉じ、すぅすぅと寝息を立て始めた。

ロンはこのままミランダを地に寝かせて良いものか逡巡《しゅんじゅん》し、だが連れて行くわけにもいかず、抱き上げ地下通路の隅へと寄せる。

少しでも冷えないよう自分の上着を被《かぶ》せると、血に塗れた剣を引きずるように、案内役が向かった出口へと急いだ。

案内役が戻ってきたら鉢合わせするかもしれないと危惧しながら、慎重に歩みを進めていく。

地上に出ると、運び役の男が二人、先程の案内役と何やら談笑をしていた。

ジャリ、と石を踏む音に気付き、剣を抜いて振り返った彼らは、血塗れのロンに警戒を強める。

すかさず殿下の護衛騎士ですと口を挟んだ案内役の言葉に、安堵の息を漏らした運び役の男達は、下卑た薄笑いを浮かべた。

「なんだ、一足先に殺《や》っちまったのか」

男達の問いかけに、ロンは小さく「ああ、間違いなく殺した」とだけ答えた。

「へぇ……そうか」

そう言うなり談笑していた片方の男が突然剣の向きを変え、案内役の胸を一突きにする。

「ご苦労だったな。……お前達の仕事はここで終わりだ」

声も出せずに前のめりで倒れ込むその身体を足で蹴り、雑に剣を引き抜いた。

破落戸《ごろつき》ではなく、騎士崩れの傭兵《ようへい》なのかもしれない。

もがき苦しむ案内役に止《とど》めを刺すなり、基本に忠実な構えでロンめがけて剣を振り下ろす。

キィン、と音を立てて硬質な金属がぶつかり合い、剣先がロンの二の腕をかすめる。

薄皮が破れ、垂れてきた血をロンはベロリと舐《な》めた。

「どんな指示を受けているかは知らないが、たった二人じゃ力不足だな」

案内役に止めを刺した男の剣を弾《はじ》くなり、横一線に喉を掻き切ると、鮮紅色の血が拍動に合わせて噴き出し、声にならない叫び声を上げる。

剣を落とし、腕を宙に彷徨わせる男の背中を、もう一人の男に向かって勢いよく蹴り飛ばした。

突然突っ込んできた仲間に体勢を崩し、無防備になったその腹へとロンの剣が沈みこむ。

そのまま一気に引き抜くと、男は苦し気に唸《うな》りながら最期の力を振り絞り、怨嗟《えんさ》の声をあげた。

「王宮の伝令はすべて始末した……お前達は、もうおしまいだ」

クラウスの元へ、王宮からの伝令は届いていない。

第四騎士団との交戦中に、何も知らないままガルージャから背後を急襲され、愚かな王は死んでいく。


……さぁ、地獄の始まりだ。

呪いのような言葉を吐く男の腹を再度裂き、事切れたのを確認すると、ロンはジョセフから預かった短剣を男の胸に突き刺した。

短剣には帝国軍の国章。

「……ジョセフ騎士団長、さようならです」

何ひとつ知らされることなく、最後は捨て駒のように利用された自分の愚かさに自嘲する。

小さく独《ひと》り言《ご》ち、別れを告げるように一礼すると、そのまますぐに踵《きびす》を返しミランダの元へと急いで引き返した。

死んだように眠るミランダの鼻先へと手を当て、ロンはほっと安堵の息をつく。

傷口が塞がっていることを服越しに確認し、背中に手を回すと、小さな身体をそっと抱き上げた。

浮遊感に目覚め、ミランダはむにゃむにゃと寝ぼけ眼《まなこ》をこする。

「殿下、先程三つに分岐していた道まで一旦戻ります。できれば当初の予定通り、『エトロワ』へ向かいたいのですが、道順は分かりますか？」

先程は王都を歩いた事もないくせに、案内役が向かった地点を正確に当ててみせた。

張り巡らされた地下通路と、地上のマッピングが頭の中に出来ているのだろう。

ミランダに尋ねると、「なんで私が」とボヤキながらも左側の道を行けばよいと教えてくれた。

「少しだけ」

「……はい？」

「本当は少しだけ、そのまま逃げてしまうんじゃないかと思っていたわ」

女神の加護を以てしても、あの傷を癒《いや》すのは並大抵のことではないのだろう。

ウトウトと眠りの狭間《はざま》から、ミランダは言葉を紡ぐ。

「だってほら、お前はいつも問題ばかり起こすでしょう？　今日だって私を裏切ったし」

腕の中で揺られながら、すねたように口先を尖《とが》らせる姿は、魔女どころか幼い子どものように見える。

ああ、そういえばまだ十代の少女だったなと思い出し、ロンは自身の愚かさに歯噛みした。

……与えられたものに、不満を重ねるだけの愚かな人生。

自分で努力し手に入れたものにさえ満足せず、癇癪《かんしゃく》を起こす赤子のように周囲へ当たり散らし、何一つ感謝を返すことのなかった薄っぺらい人生。

『騎士達が命懸けで忠誠を誓うように、私も、守りたいもののために命を懸けるの』

ミランダの言葉を、頭の中で何度も何度も反芻する。

『ひとつとして、疎かにする気はない。……お前も、そのうちのひとつよ』

少し心が弱っているのだろうか。

普段涙などでないのに。

弱くなった涙腺でにじむ道を慎重に進みながら、ミランダを抱く腕に力を籠め、頬で固定するフリをしながら、そっと頭に口付ける。

「もう、二度と、裏切りません」

決意の籠もった言葉に、ミランダが肩を震わせ、小さく笑う気配がした。


――そう。

もう、二度と、裏切らない。


『だって、私が選んだ騎士だもの』

＊＊＊

王都のメインストリートから少し距離のある奥まった路地に、寂れた一軒の宿屋がある。

十番街の宿屋『エトロワ』。

有事の際、活動拠点を担うこともあるこの宿屋は、王家直属の連絡役を兼ねた騎士が常に二人態勢で控えている。

地下通路から現れた二人の衣服に失血死相当量の血がべったりと染みていたため、『ファゴル大公国の第二大公女を国元へ返す』と命じられていた二人は、刺客に襲われたのかと青褪めた。

心配する騎士達に返り血だから治療は必要ないと説明すると、それならばせめて着替えをと、宿屋に置いてある少年用の服を勧めてくれる。

その申し出をミランダは固辞し、水に浸した布で顔にこびり付いた血だけを拭うと、一刻を争うからと前置きして早速本題へと入った。

「それで？　伝令はすべて始末したから、ガルージャの侵攻について陛下はご存じないと、そう言ったのね？」

第四騎士団の息がかかった運び役が、今際《いまわ》の際《きわ》に吐き捨てた言葉。

状況を鑑みると虚勢とも思えず、さてどうしたものかとミランダは思考を巡らせる。

「帝国と内通したのは第四騎士団の騎士団長ジョセフ。ガルージャと内通したのはヘイリー侯爵で、連携は取り切れていないものの、今現在二人は手を組んでいるという理解でよろしいかしら？」

大公女を国元へ返すという連絡以降、王宮からの指示が途絶えていた『エトロワ』の騎士達は、ミランダの言葉に動揺を隠せない。

現在までの仔細を説明すると、思っていた以上に逼迫した状況に、騎士達の顔に焦りが浮かんだ。

「殿下の安全を第一に考え、一刻も早く大公国にお連れする必要がありますね」

立ち上がり、すぐに出立の準備を始めたロンと『エトロワ』の騎士達。

予想通りの反応に、ミランダは深く長い溜息をついた。

「状況が変わったため、大公国へは帰りません。ロンが始末した運び役の言う通り、このままだと第四騎士団との交戦中にガルージャから背後を急襲され、グランガルド軍は最悪全滅です」

背後に敵軍がいるかいないかで、布陣も変われば戦術も変わる。

有無を言わせぬミランダの言葉に、その場にいた騎士達が顔を強張らせた。

「王宮内の反乱軍であれば、ガルージャの動向を把握しているかもしれません」

アサドラ王国のレティーナ王女に渡した情報は、狙い通りにガルージャへと漏れ、王宮内に連絡役がいることを確信させてくれた。

そうであれば逆方向に、外部からの情報も王宮内に入ってきているはずなのだ。

「二人のうち馬術に長《た》けている者は、技術者の街クルッセルに向かいなさい。途中まで道が舗装されているとはいえ、連日の雨による悪路……至る街々で、交換用の馬をこまめに補充する必要があります」

これで足りるかしらと、ミランダは身に着けていた髪飾りを机上に置いた。

「手持ちがなくて申し訳ないのだけれど、馬代の足しにしてください。これを領主に見せれば、間違いなく私からの使者だと気付くはずです」

グランガルドに向かう途中で依頼した、仕込み簪《かんざし》も隣に添える。

「クルッセルに大陸有数の土木チームがあります。その中で騎馬が出来る者を二、三名、最高級の宝飾品を携えて、大至急王宮に向かうよう伝えてください」

ガルージャの大軍と衝突するまでにクルッセルの土木チームに会いたい旨を伝えると、一人の騎士が頷いた。

ミランダに向かって一礼すると、先程の髪飾りと簪を懐にしまい、早足で部屋を後にする。

「私はこの後すぐ地下通路を引き返し、グランガルド王宮へと戻ります。護衛として随行しなさい」

残った『エトロワ』の騎士に命じた後、ミランダはロンに向き直った。

「陛下へ、ガルージャの侵攻について早馬を飛ばし報告を。……ロン、お前が行きなさい」

「えっ⁉　い、嫌です。こちらの騎士と役割を交換してください‼」

てっきり自分も護衛として随行するものだとばかり思っていたロンが、驚いて食い下がる。

取りすがり必死に抗《あらが》うが、ミランダは拒否を許さなかった。

「必要であればこれを渡しなさい。ミランダに遣わされたと、そう言うのですよ」

窓際に置いてあった短剣で髪を一房切りとると、手持ちの組紐《くみひも》で固く縛り、ロンの手の平にそっと握らせる。

「いい？　ガルージャが足元まで迫ってきていること、第四騎士団が裏切り、第三騎士団が向かっていること。そして後もうひとつ……これだけは絶対に忘れず伝えて欲しいの」

最後は声をひそめ、ロンにしか聞こえないよう小声でささやく。

こうなっては聞き入れて貰えないだろうと、懇願する言葉をぐっと呑《の》み込《こ》み、堪《こら》えるように険しく眉間に皺を寄せながら、ミランダの髪を胸元へと大切にしまい込んだ。

「すべてを終えたら、必ず殿下の元へ戻ります。どうかそれまで、ご無事で」

つい数刻前、地下通路に入った時とはまったく違う面持ちで、告げる言葉に力を感じる。

馬で駆けてゆくロンを見送ると、ミランダは護衛を連れ、再び王宮に続く地下通路へと戻る。

打つ手は少なく、持ちうる手駒も尽きかけている。

だからこそ、悪手を重ねてでも妙手を見出《みいだ》し、最善手へと繋げていくしかないのだ。

ひとつひとつ退路を塞がれ、万策尽きかけた、今だからこそ。

第六章．水晶宮に決意は宿る

（SIDE：ヘイリー侯爵家長女アナベル）

——その日。

侍女達《たち》の悲鳴で目覚めたアナベルは、彼女達が指し示すまま、王宮の方角へと目を向けた。

立ち上る煙と、遠く聞こえる金属音。

喧騒《けんそう》から切り離され、ただ王の寵愛《ちょうあい》を得るためだけに存在していた水晶宮にまで、不穏な気配が忍び寄る。

何が起きているのか分からないまま、水晶宮で働くすべての者が、本館の大広間に集められた。

居並ぶ使用人達と扱いを同じくしてアナベルは立たされ、ふと見ると端のほうにドナテラもまた立っている。

ミランダ不在の今、水晶宮の主はドナテラのはずでは……？

それでは一体、誰の声がけで集められたのだろうと前方を見遣《みや》ると、振り分け階段が交差する踊り場中央、少し高く位置するところの手摺《てすり》に凭《もた》れ、アサドラ王国の王女レティーナが優雅に視線を落としていた。

「？」

個人的にも親交があり、度々お茶会にも呼んでくれるレティーナは、一番仲の良《い》い側妃である。

他の三人……たまに威圧的なオーラを発するミランダや、自信無さげで鬱陶しいドナテラ、歯牙にもかけず無視をしてくるシェリルとは異なり、慣れない環境でアナベルに優しく接してくれる数少ない一人であった。

「揃《そろ》いも揃って、間抜けな顔だこと」

——こんな顔をした女性《ひと》だっただろうか？

アナベル達と相対する形で立ち並ぶ騎士達を、まるで女王のように付き従えて言い放つ。

「ガルージャの大軍が陛下率いるグランガルド軍を滅ぼし、じきに王宮へと雪崩《なだ》れ込《こ》むわ」

——え？

何を言われているのか理解が出来ず、アナベルは騎士達とレティーナへ交互に視線を向けた。

「ミランダが尻尾《しっぽ》を巻いて自国へ逃げ帰ったせいで、残っているのは遊ぶ価値もないゴミばかり」

「う、うらぎりものっ！　信じてたのにっ！　貴女《あなた》が裏切ったのね⁉」

信じられない思いで叫び問い詰めようとしたアナベルへ、控えていた騎士が抜き身の剣を構える。

「ああ、殺さなくていいわ。剣の錆《さび》にする価値すらもない愚か者だもの」

レティーナは階段を降り、アナベルが腕を伸ばせば届くほどの距離まで歩み寄った。

「先程、宰相閣下を投獄したの。ミランダを重用していた愚か者……正しく見えない目など、必要ないでしょう？　片目を潰してあげたら必死に声を我慢して……可愛《かわい》げのないこと」

その言葉にドナテテラが、大きく大きく目を瞠《みは》る。

「元々手薄になっていた王宮内は指揮官を失い、もはや烏合《うごう》の衆。局面が変わる可能性も無いし、なんだか拍子抜けよね」

つまらなそうに告げた後、考え込むように可愛らしく首を傾《かし》げた。

「側妃は利用価値があるから、反乱軍は手を触れられないんですって。正当な理由なしに手を出すと、あとで面倒臭いことになりそうだわ……ねぇ、なにか面白い遊びはないかしら？」

先程アナベルに向かって抜き身の剣を構えた、傍らの騎士へと問い掛ける。

「それであれば、反乱軍から逃げ惑うグランガルドの兵士達はいかがでしょうか。ちょうどそこにいるアナベルは、ガルージャに通じたヘイリー侯爵の一人娘。グランガルド兵が恨みを晴らすにはもってこいの相手なのでは？」

「まぁ！　それは面白そう……反乱軍に命じるよりも、むしろ怨恨の深いグランガルド兵のほうが悲惨なことになりそうね。そうだわ、良い事を思い付いた」

クスクスと笑う姿はどこか常軌を逸しており、アナベルの背筋をゾクリと冷たいものが走る。

レティーナは目を輝かせ、その場にいた者全員に呼びかけた。

「ここにいる使用人達は皆、水晶宮の物をなんでも持ち出して良いし、好きに逃げて構わないわ！　勿論《もちろん》、側妃達の私物も含め全てよ！」

あはははと、甲高い声で錯乱したように笑いだす。

「空っぽの水晶宮で誰にも傅《かしず》かれず、哀れで滑稽な一人ぼっちの王女様！」

両手で顔を覆うようにしてしゃがみ込んだドナテラの、小さな肩が震えている。

「そして誰にも愛されない惨めな侯爵令嬢！　愚かな姿に、いつも笑ってしまいそうだったのよ？」

高らかに告げる声にぶわりと涙が溢《あふ》れ、もはやアナベルは顔を上げる事が出来なかった。

涙を拭う事も出来ず、俯《うつむ》きボロボロと大粒の涙を落とすアナベルを下から覗《のぞ》き込《こ》むようにして、薄ら笑いを浮かべる。

「この水晶宮には、特別に反乱軍の立ち入りを禁じてあげる。その代わり貴女達二人は、絶対にここから出ちゃだめよ……言いつけを破ったら殺すわ」


すべての侍女や使用人が価値あるものを略奪し立ち去り、文字通り空っぽになる水晶宮。

食料が尽きても火を放たれても……王宮を追われたグランガルド兵が逃げ込み、どんな暴行を働いたとしても、絶対に出ることは許されない。

「ふふふ……まるで生き地獄ね！　私はこれからガルージャに亡命するから、貴女達の苦しむ姿を直接見ることが出来ないのが、唯一の心残りだけど」

目だけをギョロギョロと動かし、落ち着きなくひとしきり笑った後、レティーナはアナベルに鼻先が触れそうなほど顔を近付けた。

「真の裏切り者はね、お前の父ホレス・ヘイリーよ。娘があんまり使えないから、王都に入る手前で本人が直接私に会いに来たの」

たかだか侯爵如《ごと》きが、一国の王女相手に不遜なこと。

「……大好きなお父様から伝言よ。もう邪魔だから、貴女はいらないいって」

涙が出すぎて、キンと耳鳴りがする。

アナベルは現実味のない今に、ふわふわと視界が揺れはじめた。

「水晶宮へ逃げ込んだグランガルド兵達は、どんな復讐《ふくしゅう》をするのかしら？　頑張ってくださいね？」

レティーナがまだ何かを話しているようだが、キンキンと大音量で耳鳴りが反響し、何も聞き取ることができない。

下卑た笑い声が響く中、アナベルの視界は暗くなり、力を失った身体《からだ》はその場に崩れ落ちた。

＊＊＊

（SIDE：ヘイリー侯爵家長女アナベル）

誰かが運んでくれたのだろうか。

アナベルは目を覚まし、簡素なベッドがいくつも並べられた見慣れない部屋を見廻《みまわ》した。

「夢では、なかったのね……」

先程の出来事を思い出すと、じわりと涙で目がにじむ。

「誰もいなくなっちゃった……」

アナベル様アナベル様と、慕ってくれているように見えた貴族出身の侍女達も。

お前を守るために金を積み、特別にねじ込んだと父親に言われた専属の護衛騎士も。

腕によりをかけて食事を作ってくれた料理人も、庭師も、その他の使用人達も全部全部。

「誰も、いなくなっちゃったよぅ……」

ベッドの上でしゃくりあげるように泣き、摑《つか》んでいた掛布団でゴシゴシと涙をこする。

『真の裏切り者はね、お前の父ホレス・ヘイリーよ』

『……大好きなお父様から伝言よ。もう邪魔だから、貴女はいらないいって』

忘れようと何度頭を振っても、勝ち誇ったあの顔が、瞼《まぶた》の裏に焼き付いて離れない。

万が一局面がひっくり返りグランガルドが勝利した場合、一族郎党、外患罪で処刑となる。

グランガルドが敗北した場合も、水晶宮から出られないアナベルは、最悪残党によって嬲《なぶ》り殺《ごろ》しだろう。

悲惨な未来しか待っていないならば、いっそのこと服毒死……とも思うが、毒など持っているわけもなく、また死ぬ勇気もない。

八方塞がりで天を仰ぐと、廊下から足音が聞こえてきた。

もしや王宮から逃げてきたグランガルドの兵士がもう侵入したのかと、アナベルは隠れる場所を探すが、調度品もすべて持っていかれ身を隠す場所も見つからない。

足音はすぐに部屋の前へと辿《たど》り着《つ》き、ガチャリと音を立てて扉が開いた。

慌てて布団の中にもぐり震えていると、何者かに無理矢理布団を引っ張られる。

「いつまで寝てるんですかぁ？　さっさと起きてくださいよ」

この非常時にまったく、これだからお貴族様は！　と緊張感のない声で話すのはモニカだろうか。

耳馴染《なじ》みのある声に安心し、アナベルは涙ぐみそうになるのを必死に堪《こら》えた。

布団からそろりと顔を出すと、案の定見覚えのある侍女……そして隣にドナテラが立っている。

「アナベル様、お加減はいかがですか？　お腹《なか》は空《す》きませんか？」

心配そうに覗き込んだドナテラから、皿にぽんとひとつ載せられた、固そうなパンが差し出される。

「ドナテラ殿下……馬鹿にしているのですか⁉　こんなものいりません！」

粗末な食事に腹を立て、差し出された皿ごとその手を払うと、皿は床に落ち、音を立てて割れた。

「あ、あんた、調子に乗るのもいい加減にしなさいよ！　ミランダ殿下の命令がなければ、あんたなんかとっくに見捨てているところよ⁉」

度々平民呼ばわりされ、アナベルに馬鹿にされてきたモニカは怒鳴り、床に落ちたパンを拾った。

割れた皿の破片が付いていないか慎重に確認した後、布にくるみ、テーブルの上に載せる。

頭に来たのかそのまま乱暴に扉を閉め、どこかに行ってしまった。

「あの後水晶宮で略奪が起き、今や宮内に残っているのはミランダ殿下の侍女二名と王宮から戻ってきた私の護衛騎士。そして私達……たった五名しかおりません。水晶宮を任されておきながら、このようなことになり、大変申し訳ありませんでした」

何も悪くないはずのドナテラが謝罪の言葉を口にすると、アナベルは決まり悪そうに横を向いた。

「反乱軍の立ち入りが禁止されているとはいえ、ここはもう王宮同様、危険な場所になってしまいました。せめてお互い無事の確認が取れるよう、私の館で過ごしましょう」

申し訳無さそうなドナテラに八つ当たりしたい気持ちを抑えて、アナベルは無言で頷《うなず》く。

言われた通りにするのは癪《しゃく》だが、一人はさすがに怖い。

もし同室がお嫌なら隣のお部屋はいかがでしょうと提案され、アナベルは無言で右隣の部屋に移動し、一人閉じこもる。

鍵を閉める直前、再び手渡されたパンを床に叩《たた》きつけて布団に潜り込むと、疲れて眠くなるまで惨めな気持ちで泣き続けたのだった。

＊＊＊

(SIDE：侍女長ルルエラ)

「なんなんですか、あいつ！」

アナベルが寝ていたベッドに腰掛け、行儀悪く憤るモニカをルルエラが優しくなだめる。

ミランダが水晶宮に来たあの夜。

狂王と悪名高いクラウス陛下に組み敷かれ、どんな手酷《てひど》い事をされるのかと怯《おび》えながら、ミランダの寝室斜め下にある使用人部屋で、侍女三人はそっと息を潜めていた。

静まり返った水晶宮内で、耳を澄ませば何とか聞き取れるほどの微《かす》かな声。

平民ではあるがモニカは能力も高く、裕福な商人の娘。

何かあった際に身分に関係なく動ける者が必要だろうと、ザハドの肝入りで抜擢《ばってき》されたものの、聞いていた前評判があまりに酷く、正直断りたい気持ちでいっぱいだったと愚痴っていた。

密《ひそ》やかに、だが澄んだ声で語るミランダのこれまでは悪女とは程遠く、何故《なぜ》彼女がはびこる悪評をそのままにしているのか、ルルエラには理解が出来なかった。

それでも初めは皆一様に警戒していたのだが、近くで接するうち、貴賤《きせん》問わず信頼を寄せてくれるミランダへ、侍女達は次第に傾倒していく。

今回だって、モニカは商人である父親の伝手《つて》を頼って国外へ逃げることも出来たのに、ミランダの言いつけを律義に守り、大嫌いなはずのアナベルについて残ることを決意してくれた。

ファゴル大公国へ発《た》つ直前、順に言葉をかけられ、小さな巾着袋を握らされる。

ミランダが去った後にそれぞれの巾着袋を覗き込み、大層な額になるだろう宝石や指輪が入っていたのに驚き、息を呑《の》んで顔を見合わせたのは記憶に新しい。

よく見ると何かから剝がしたような跡もあり、おそらく自国から持ち込んだ装飾品を壊して自ら宝石を剝がし、ひとつひとつ、大事に袋へ詰めていったのだろう。

あの後、他の館で働く使用人が金目の物を探すため、ミランダのいた本館へとひっきりなしに訪れては部屋を荒らしたが、探せども何も出てこず、揃って舌打ちをしては帰って行く。

さすがに同じ水晶宮で働く侍女に手を出すのは気が引けたのだろうか。

略奪はするものの、暴行をはたらく不埒者《ふらちもの》がいなかったのは、唯一の救いだった。

「ミランダ殿下は、ご無事でしょうか……？」

ポツリとドナテラが呟《つぶや》くと、モニカが押し黙り、案じるように窓の外へと目を向ける。

自国に戻る前、持っていた彼女の荷物は片手に収まるほどにわずかなものだった。

ルルエラ達に別れを告げる少し前、本館で働く使用人達にも会っていたようだから、きっと全てを配ってしまったのだろう。

その証拠に、本館で働いていた者達の中で、略奪に参加した者は誰一人としていなかった。

別れる直前ミランダが、『身の危険を感じた時は、逃げることをためらわないでください』と、言い残したのを思い出す。

微笑《ほほえ》みながら告げる彼女の姿が見えなくなるや否や、皆その場に伏して泣き出してしまった。

『大丈夫。絶対に、出来ます』

燃えるような瞳で、ドナテラに力強く声をかけていた姿を思い出す。

彼女はあの小さな身体で、どれだけの想《おも》いを背負って生きてきたのだろう。

逃げる事を許されないその立場はきっと、昼夜を分かたず何時《いつ》だって、彼女を押しつぶそうと責め立ててきたたに違いない。

「……絶対に、大丈夫です」

大丈夫、大丈夫と繰り返すその言葉は、本当は誰のためのものだったのか——。

その場にいた三人は一様に黙りこくり、モニカのほうから、ぐすっと鼻をすする音が聞こえた。

指揮官を失い、局面が変わる可能性は無いと告げたレティーナの言葉通り、絶望的な状況なのに。

自国に送還されたはずのミランダがこの状況で出来ることなど、ただの一つもありはしないのに。

だが、どうしたって期待をしてしまうのだ。

真綿にくるまれるように、大切に護《まも》られるべき立場の彼女が、いつだって率先して闘おうとする姿に触発され、ついにはこの危険な水晶宮に残る決意をしてしまった。

彼女がいつか戻ってきたとき、今この選択に微笑み、きっと良く頑張ったと褒めてくれる。

――そんな日が、来るといい。

＊＊＊

（SIDE：カナン王国の王女ドナテラ）

「王宮は今、どのような状態ですか？」

ドナテラの護衛騎士、ギークリーの右腕に包帯を巻きながら、モニカは尋ねた。

「グリニージ宰相は反乱軍に捕らえられ、王宮内の地下監獄にある独房に幽閉されました」

ギークリーは痛む右腕を庇《かば》うようにしてベッドから立ち上がると、心配そうに見つめるドナテラの足元に跪《ひざまず》き、深く頭を下げる。

「肝心な時にお傍《そば》にいられず、申し訳ありませんでした」

謝罪をするギークリーに、「悪いのは貴方《あなた》ではないのだから、謝る必要はありません」とドナテラが声をかけ、椅子に座るよう差し示す。

ミランダが出立した後、水晶宮の仔細《しさい》をザハドへ報告するため、王宮へと向かったまでは良かったが、時を同じくして反乱軍が雪崩れ込んだ。

至るところから上がる火の手と、ぶつかり合う金属音。

歯向かう者は殺され、投降した者も捕縛された上、地下監獄の大部屋にすし詰めで収容される。

水晶宮に戻らねばと身を翻したところで反乱軍に見つかり、右腕に傷を負ってしまった。

「反乱軍がなぜ水晶宮へ立ち入らないのか、腑《ふ》に落ちないのですが」

釈然としない様子にレティーナの意図を説明すると、「一国の王女ともあろう者がよくもここまで道義に反することを」と、ギークリーは吐き捨てるように言う。

「そうなると、反乱軍に追い立てられたグランガルド兵が水晶宮に押し寄せるのは、時間の問題です。――殿下、どうされますか？」

険しい顔をしたギークリーに突然問われ、ドナテラは頭が真っ白になってしまった。

どうされますかと問われても、何をどうすればよいか全く分からない。

何も考えず、誰かの言葉に従って生きることが女性の美徳とされる国で、王女として生まれ育ってきたのだ。

『王の言葉は無条件に従うべきもの』

そう教えられてきたドナテラは、他人からの指示に従うことが日常になっており、自分の責任で何かを選ぶという選択肢は今の今まで一度も無かった。

――それなのに。

今になって、この状況下で選択を迫られている。

「……どうされますか、とは？」

震える声でオウム返しに尋ねると、今度はルルエラが口を開いた。

「残党兵の受け入れを拒否するか否かです。受け入れる場合は、どのように水晶宮を開放すればよいか検討する必要がありますし、拒否する場合は侵入された時にどう対処するか、細かい部分を詰めねばなりません」

いずれにせよ、策を練る必要があるとルルエラは言う。

「そ、それでは、なにか決定事があるのならば、ミランダ殿下に……ああ駄目だわ、殿下はいらっしゃらない……シェリル様もいないし、宰相閣下とも連絡が……どうしましょう、どうしたら……」

半ばパニック状態となり突然立ち上がると、ドナテラは室内をウロウロと歩き始めた。

「誰に相談したら……そ、そうだ、ギークリー卿《きょう》に決めて頂くのが一番宜《よろ》しいかしら？」

「駄目です。ここにいる誰も、ドナテラ殿下の代わりにはなりません」

同意を求めるようにドナテラが視線を向けると、ギークリーは頭《かぶり》を振った。

「……どうかご決断を。どのような結果になっても、我々はその指示に従います」

「え、でも……でも」

ドナテラはそれでも一縷《いちる》の望みをかけて、キョロキョロと室内を見廻した。

誰か、誰か私の代わりに指示をしてくださる方を――！

ふと気が付くと、その場にいる全員がドナテラを見つめている。

すべての責任が自分にかかる重さを初めて経験し、ぶるぶると手が震えた。

「代わりに、誰か……！」

ドナテラは再度見廻すが、皆一同に黙りこくり、指示を待っている。

……だれも、いない？

震える唇から、荒い呼吸が漏れ出した。

……わたし、しか、いない――――？

「で、でも、できな……」

よろめき、震える指を壁について、やっとのことで自身の身体を支える。

自分だけであればまだいい。

だがこの状況下における決断は、ドナテラの責任において、この場にいる者すべての生死を左右する。

まかり間違えば瞬《またた》く星屑《ほしくず》のように、一瞬で消え去ってしまう可能性だってあるのだ。

火が放たれた王宮から、舞い上がった灰が風に乗り、ひらりひらりと窓の外で所在なく宙を舞う。

こうしている間も多くの命が失われていく。

平民も、貴族も、圧倒的な暴力の前にはみな平等に。

『どちらも同じ。平民も貴族も大差ありません』

ミランダがあの日、アナベルに言い放った言葉どおりの光景が今まさに、目の前に広がっている。

壁についた手をぐっと内に握りしめると、爪先が手の平に食い込み、微かに血が滲《にじ》んだ。

『これは貴女の役目です』

――なぜ、私が。

継承権を持つ、愚かな王女。

使い勝手の良いその王女は、『宗主国への人質』という名目で、厄介払いされるように、あっさりと捨てられてしまった。

『貴女が守り、導き、決断するのです』

――なぜ、私が。

誰に迷惑をかけるでもなく示されるまま、風になびく柳のように生き、これからもそうしていくつもりだったのに。

何を為《な》したこともなく、何を為せるわけでもなく、生きているけれど死んだように息を潜め、ただ、ただ、ひっそりと。

『私だって、初めは何も出来ませんでした』

だが爛々《らんらん》と、黄金に輝く眼差《まなざ》しがドナテラを射た時、身の内から焼き尽くされるような熱さを、確かに感じたのだ。

ドナテラは、襲い掛かる感情をすべて呑み込む。

そしてしばらく目を瞑《つぶ》った後、ゆっくりと口を開いた。

「……怪我人《けがにん》を、水晶宮へ受け入れます」

何か出来るかもしれないし、何も、出来ないかもしれない。

ドナテラの決断に、ミランダの侍女長を務めていたルルエラがにこりと微笑む。

「承知しました。……ミランダ殿下の薬草園が、確か本館のガゼボ付近にあったと記憶しています。私室に図鑑がありますが、帝国の公用語のようで、今ここに読めるものはおりませんですが絵だけでも参考になるのではないでしょうかと、助言してくれた。

他国の公用語は、外交以外で使用する機会がないため、学ぶ貴族は少ない。

だが、政略結婚で他国に嫁ぐ可能性の高い、王族は――。

「……私が、読めます」

そう言うと、ドナテラはゆっくりと頷き、それから少しだけ微笑んだ。

＊＊＊

（SIDE：ヘイリー侯爵家長女アナベル）

カナン王国の王女、ドナテラが水晶宮の門を開き、自ら治療にあたる。

水晶宮の内部に足を踏み入れた兵士達はすべてを奪われ、荒れに荒れて閑散としたその様子に、皆一様に絶句した。

当初殺気立っていた兵士達は、王女でありながら貴賤問わず受け入れ、平民にも敬意を以《もっ》て接するドナテラの真摯な態度とやわらかな雰囲気にあてられ、徐々に落ち着きを取り戻していく。

貴族出身の騎士も、平民出身の兵士もみな平等に症状ごとに部屋を分け、軽傷かつ治療の心得がある者をそれぞれ部屋に配置し、最低限出来る範囲での治療を実施した。

急に騒がしくなった外の様子に耳をそばだて、アナベルがそろりと部屋を出ると、苦しそうに呻《うめ》く怪我人の声にまぎれ、たまに軽傷者の笑い声も聞こえる。

「お腹がすいたわ……」

宮内に井戸があるため今のところ水には困らないが、あんな固いパンはとても食べられない。

人目を避けながら厨房《ちゅうぼう》へ向かうと、何かを煮ているらしいモニカとドナテラの声が聞こえた。

「……なんだか凄《すご》い色ですね。本当に食べられるんですかね？」

「でもミランダ殿下のメモには、『食用も可』と記されているわ」

「いや、あの方を基準に考えるとロクなことになりません。ミランダ殿下が大丈夫だったからといって、我々が食べられる保証はどこにもないのですよ」

大鍋からホカホカと湯気が立ち上る。

スープなら一口貰《もら》えないかしらとそっと近付くと、モニカが文句を言う声が聞こえた。

「そもそもあんな我儘《わがまま》娘に、パンをあげる必要なんかなかったんですよ！」

「みんな持っていかれてしまったんだもの。食料の備蓄が底を尽き、あげられる物があれしかなかったのだから、仕方ないでしょう」

「知りませんよ！　そもそも今いるメンバーの中では一番尊ばれるべきドナテラ殿下の、本日初めての食事が、その辺に生えてる草だなんて！」

ワイワイと騒がしいモニカの声に、アナベルは固まってしまった。

食料の備蓄が底をついたですって？

「まぁ！　その辺の草だなんて……ミランダ殿下が一生懸命育てた薬草じゃないの。しかも新鮮むしりたてよ？」

悲惨な状況下、楽しそうに交わす二人の会話にアナベルは呆然《ぼうぜん》とする。

――あれが、最後のパン？

こんなものいらないとドナテラの手を払い、床に落としたあの、パンが？

口元を押さえたまま入口で固まったアナベルに気付き、モニカはギッと睨《にら》み付《つ》けた。

「アナベル様……何をしにきたんですか？　話を聞いていたなら、先程粗末に扱ったあのパンが、どれほど貴重なものだったのか分かったでしょう？」

冷たく言い放つモニカをまぁまぁとなだめて、ドナテラはアナベルの元へと歩み寄った。

「気持ちは落ち着きましたか？　元気が出たら、後で一緒に薬草園を見に行きましょう」

先程のことなど無かったかのように優しく声をかけるドナテラに、「殿下は甘すぎます」と、モニカが不敬にも口を挟む。

「まったく、甘えすぎなのよ！　少しは手伝いなさいよ」

ブツブツ文句を言いながらも、先程煮ていたスープのような物をひと掬《すく》いし、カップに注ぐ。

今まで媚《こ》びへつらってきた者達が我先にアナベルを見捨てて逃げる中、最後に残ったのは、蔑み、侮り、嘲笑《あざわら》ってきた彼女達だけだった。

「……ご」

「？」

「………ごめんなさい」

やっと聞こえるような、小さな小さな声で謝るアナベルを安心させるように、ドナテラはその身体をギュッと抱きしめる。

「……いいんですよ。こんな時ですもの、せめて私達くらいは仲良く過ごしましょう」

抱きしめながら、「大丈夫、大丈夫」と呟くと、アナベルの背中をポンポンと優しく叩き、「ミランダ殿下の受け売りです」と微笑んだ。

「……お父様が裏切ったの」

「はい、聞きました。……いらないと言われたのでしょう？　それではもう、父親ではありませんね」

「でも、外患罪は死刑だわ」

「そうですね。でももう父親ではないのだから、関係ないわ」

それほど身分は高くないですが、母方の傍系が娘を欲しがっていたから養女におなりなさい、とドナテラは微笑む。

「今は立場上、アナベル様はあまり出てこないほうが良いので、薬草を煎じて欲しいのですが……お願いできますか？」

優しく問われ、子どものように小さく頷くアナベル。

モニカは大人しくなったアナベルに近付くと、先程スープを注いだカップをずいっと差し出した。

「ほら、さっさと飲んでください」

許してくれたのだろうか、スープを受け取ると、何やら青臭い匂いがする。

さすがに断れず、アナベルはぐいっと一気に飲み干した。

「にがいぃぃぃ……」

あまりの不味《まず》さに、えずきそうになるのを必死で堪える。

ミランダ監修『栄養たっぷり』薬草スープ。

その様子を見て、ドナテラとモニカ、調理室を覗きに来た護衛騎士のギークリーが微笑んだ。

＊＊＊

『貴女なら、きっと出来ます』

誰かが信じてくれたのも、信じて託してくれたのも、初めてだった。

『大丈夫。絶対に、出来ます』

食料の備蓄も底を尽き、いるのは怪我人ばかり。

気まぐれな反乱軍がひとたび剣を振り上げれば、皆が命を落とすこの状況が、自分に残された最後の時間だったとしても。

――それでも。

生まれて初めて、自分で考え決断し、重い責任を背にひた走る今が、ドナテラには、とてもとても誇らしかった。

第七章．悪女の果てなき権謀術数

十番街の宿屋『エトロワ』から地下通路を経由し、王宮まで約一時間半の距離。

「殿下、大丈夫ですか？」

まだ十分程度しか歩いていないにもかかわらず、ふらつく足元に、はぁはぁと上がる息。

ロンに代わりミランダの護衛騎士として随行したヴィンセントは、あまりにも苦しそうなその様子に堪《たま》らず声をかけた。

「……問題ないわ」

宿屋にあった黒いローブを目深《まぶか》に被《かぶ》り、ミランダはゆっくりと歩を進める。

覚束《おぼつか》ない足取りが気になり、ヴィンセントが再び声をかけようとしたところで、ミランダはグラリとよろめいた。

慌てて手を伸ばしその身体《からだ》を受け止めると、燃えるような熱さが腕に伝う。

「殿下、この熱は？」

ヴィンセントの腕にグッタリと身体を預けたミランダに驚き、顔を覗《のぞ》き込《こ》むと、額にはじんわりと汗が浮かんでいる。

湿気がこもり、温度が上がりやすい地下通路。

彼女の身体に何が起きているのか分からず、少し悩んだ後「失礼します」と告げ、ヴィンセントはミランダのローブを脱がせた。

「殿下⁉」

ローブの下には上質な色糸で縫製され、動きやすいようにデザインされた簡素なワンピース。

返り血だと説明されたはずの胸元に、乾いて固まった赤黒い血とはまた別の、鮮やかな朱が浮かび上がる。

意識が混濁しているのか話しかけても返事はない。一刻を争うため、荒い息を吐きながら目を瞑《つぶ》るミランダを床に横たえ、慎重に胸のボタンを外していく。

「────これは？」

肺にまで到達していそうな深い刺し傷。

傷自体は閉じかけているようだが、新しい皮膚……赤味がかった薄ピンクの切れ間から、じわりじわりと血が滲《にじ》む。

「……グッ」

痛むのか喉の奥から低い音を出し、身を丸めようと側臥位《そくがい》になると、髪の隙間から……うなじからだろうか、薄ぼんやりとした光が漏れた。

弱々しく切れ切れに、花を象《かたど》るように淡く揺らめくと、胸元の傷口から滲んだ血が止まり、そしてまた滲む。

その光とともに意識を取り戻したのだろうか、ミランダはわずかに目を開き、言葉を失《な》くしたヴィンセントの腕に触れた。

「……傷が少し開いただけです。休めば、また動けます」

そう言って目を閉じ、ハッハッと短い呼吸を繰り返す。

「この状態で？　無茶です、宿に帰りましょう！　この場所では、応急処置もできません」

一目見て、おかしいとは思ったのだ。

ロンの上着を羽織っていた為《ため》よくは見えなかったが、一見して返り血の付き方ではないと分かる。

だが護衛騎士のロンが何も言わず、ご本人がそう仰《おっしゃ》るならと、敢《あ》えて問い糺《ただ》さなかっただけなのだ。

「必要ないわ。先程の光を見たでしょう？　私は加護持ち……少し、時間がかかっているだけ」

逆らう理由も無かったので黙ってはいたが、そもそもの配置もおかしかった。

状況が明らかではない王宮へ向かうのに、初めて会ったヴィンセントを代替の護衛として指名し、一番信頼がおけるはずの護衛騎士ロンを伝令として飛ばすなど、通常では考えられない。

護衛として不適格であったのか……何か、遠ざけたい理由があったはずなのだ。

「まさか、ロンですか⁉」

辺り構わず喧嘩《けんか》を売るあの男が驚くほどミランダを気遣い、尊んでいる様子に驚いたが、まさかこんな事をしでかしていたとは。

「さぁ、どうかしら。……ただでさえ人が少ないのに、小さな事をいつまでにも気にして腑抜《ふぬ》けになられたら困るもの。これが最善よ」

常日頃から、精神的な脆《もろ》さが垣間見《かいまみ》えるミランダの護衛騎士。

実は傷が塞がっていないことを知れば、何を以《もっ》てしてもファゴル大公国に帰そうとするだろう。

すぐには無理だが、もう半日もすればだいぶ良くなる。

決して譲らないミランダの様子に、ヴィンセントは溜息《ためいき》をついた。

「……殿下、もしお許しいただけるのであれば、王宮までこの腕に抱いても宜《よろ》しいですか？　それであればすぐに出発できます」

動けばまた傷が開くかもしれない。

どうしても王宮に向かいたいのであれば、残りの道程は腕に抱いて歩いたほうが速い。

「できれば背負って差し上げたいのですが、傷口に触れてしまう可能性が高いので、あの、お嫌かもしれませんが」

申し訳無さそうに提案する新しい護衛騎士。

願ってもない言葉に、ミランダは小さく頷《うなず》いた。


――さすがは王家直属の騎士。

ミランダを腕に抱きながら、息も切らさず歩き続けるヴィンセントに感嘆の息を漏らす。

負担にならないよう気遣いながら抱くその腕の中は、まるでゆりかごのように心地よい。

「それで……王宮が反乱軍の手に落ちたと仮定して、何か良《い》い策はあるかしら？」

腕の中で気持ちよく微睡《まどろ》みながら、問いかける。

王宮内部のことには疎いので、戻る前に少しでも情報を得たい。

「まず指揮官の宰相閣下ですが、非戦闘要員のため、動かす駒さえ奪ってしまえば何も出来ないと反乱軍は考えるでしょう。指示があるまでは処刑せず、拘束に留《とど》めると思われます」

「拘束されている場所の目星は付くかしら？」

「恐らく王宮内の地下監獄かと。あそこなら監視の目も充分に届きます」

そこまで言うと、ヴィンセントは少し考えるように、首を傾《かし》げた。

「鉄格子で囲われた大部屋と、三つの独房があるのですが……閣下が入るなら独房でしょう。大部屋は広い分、目が届くとは言い難《がた》い」

「地下通路から救出に向かう事は可能かしら？」

ミランダが王宮に行ったとて、一人で出来ることなど限られている。

指揮官を解放できれば、選択肢の数は跳ね上がる。

「悪路ですが地下監獄につながる道もあります。ですが助け出すのは容易ではありません」

「……難しいと断じる理由は？　もしかしたら何か良い方法があるかもしれないわ」

入る道があるなら後は脱出するだけでしょうとミランダが言うと、ヴィンセントは頭《かぶり》を振った。

「独房の鍵は特別な場所に保管されているため、入手は不可能です。このため、指揮官が独房に投獄されている場合、地下監獄に入れたとしても救出はできません」

大部屋の鍵は地下にいる見張りが常に持ち歩いているため、こちらは奪えるかもしれないと言う。

「監獄内には、少なくとも二人の見張りが常時在駐しています。またそれとは別に、地下監獄に入るための地上入口にも、複数人の見張りが立っています」

もう一度言おう、さすがは王家直属の騎士。

説明も分かりやすい。

「うまく地下通路から侵入したとしても、外に助けを呼ばれたら終わり。呼笛《よびこ》により外の応援が駆けつけるまでの時間は、わずか一分足らずです。つまり現状、策はありません」

……分かりやすいのだが、ミランダが期待していたような、現状を打破する奇策があるわけではなく、不可能な現実を淡々と語るのみである。

「もう少しこう、難しいですが、俺がなんとかします！　みたいな決意はないのかしら」

「冷静に状況判断をした結果です。鍵を奪って大部屋の捕虜を解放したとして、彼らは個々に拘束されているため戦力にはなりません。ましてや応援が駆けつけるまでのわずかな間に、一人一人拘束を解くこともできません。そこで終了です」

無理をせず、撤退のタイミングを先送りにしないことが、戦場で生き残る第一条件です！　と堂々とのたまう新しい護衛騎士。

優秀な騎士であることは認めるが、もう少し熱意を見せて欲しい。

「もし試みるのであれば、『指揮官が大部屋にいること』。さらに『大部屋の捕虜が拘束されていないこと』が大前提です。この状況なので止《や》むを得《え》ませんが、そもそも今だって軍規違反ですし

……」

ミランダの容態が落ち着き、少し元気を取り戻して安心したのか、ヴィンセントは「今回の件で罰せられたら庇《かば》って下さいね」と、続けて軽口を叩《たた》く。

「国が滅びたら軍規も何もないでしょう……つまりその二つを満たせば助けに行ってくれるのね？」

ミランダの言葉に、ヴィンセントは力強く頷いた。

「……準備が整ったら合図をします。夜半頃に王宮から煙が立ち上ったら、突入しなさい」

出来るかは分からないが、でも、やるしかない。

優しく包む腕の中で微睡みながら、ミランダは深く深く溜息をついた。


「……本当にその恰好《かっこう》で宜しかったのですか？」

装飾の無い簡素なワンピースを一面赤黒く染め、高貴な身分にはおよそ相応《ふさわ》しくないミランダの姿に目を遣《や》り、ヴィンセントは心配そうに声をかける。

「勿論《もちろん》よ。この姿でなければ意味が無いの」

髪は乱れるがままに任せ、途中で吐いた血は口の周りにこびりつき、異様な風体であった。

腕の中で小さく丸まるミランダは、素顔のせいか聞いていた年齢よりも幼く見える。

この小さな身体に背負わせたものの大きさを想《おも》い、ヴィンセントは自分の不甲斐《ふがい》なさに唇をきつく噛《か》み締《し》めた。

「ねぇヴィンセント、色々と言ったけれど、危なくなったらすぐに逃げるのよ」

「……殿下こそ、もう少しご自身を大切にされたほうがいい」

ヴィンセントが強い口調で告げると、規則的に繰り返す鼓動を愛《いとお》しむように、ミランダは柔らかく目を細めた。

「ああ、そうだわ。ひとつお願いがあるの。十番街から少し行った場所に王都の薬草園があるでしょう？　……私が王宮に戻った後、今から言う植物をどうにかして王宮に送って欲しいの」

ふふ、と笑って思いついたように口を開くミランダへ、ヴィンセントは呆《あき》れ気味に息を吐いた。

「何をする気かは存じませんが、毒草の類は受け入れを拒否されますよ？」

「……失礼ね、問題ないわ。精油を作るために私の指示で植えさせた低木だもの。毒草の類ではないから、お願いすれば許可が下りるはずよ。ミランダから注文を受けたと荷馬車にでも積んで、あるだけの株をすべて送って頂戴」

一体何をしでかすつもりですかと頬をひくつかせたヴィンセントに、「決して濡《ぬ》らさないようにね」と釘《くぎ》を刺す。

その植物の花言葉はね。

そう言って、ミランダはふわりと口元を綻ばせた。

――『私は明日、××××』、よ。

＊＊＊

篝火《かがりび》に照らされた渡り廊下。

『討議室』から『王宮広場』へと続くその渡り廊下に、コツン、コツンと足音が響く。

「な、何者だッ⁉」

突如聞こえた足音に、夜の番をしていた反乱軍の兵士は後退《あとずさ》りながら小さく叫び、震える手で呼笛を咥《くわ》えた。

ピリ、……ピィィィイイイッ！

呼笛から発せられた音は、細く震えながら夜の闇を伝う。

緊急時の笛音を聞きつけ、周囲にいた兵士達《たち》が剣を抜いてバタバタと駆けつけた。

「………………な、な、なにもの？」

兵士達が息を呑《の》んで掲げる松明《たいまつ》に照らされ、炎のように赤々と燃え上がる二つの光が、一瞬不快そうに揺らめいた。

「おまえ、今この私を、『なにもの』だと言ったの……？」

罪人を詰問するかのような冷えきった声音に、場の空気が張り詰める。

一歩、また一歩。

ゆっくりと歩を進めるその姿に、相対するだけで崩れ落ちそうになるその威圧感に、兵士達は一様に恐怖を覚え、じりじりと後退った。

身にまとう衣服のそこかしこに赤黒い血がべったりと染み付き、その尋常ならざる量は『死』を思わせる。

血飛沫《ちしぶき》で固まったのか、所々束になった髪は乱れるに任せ、風を受けて片頬に貼り付いた。

「物を知らぬお前達に、私を迎える栄誉を与えてあげるわ。『ミランダ』が戻ったと、愚かな指揮官に伝えなさい」

ざわりと、空気が揺れる。

松明の灯《あか》りを受け、瞳を煌々《こうこう》と輝かせながら、向けられた剣を撫《な》でるように視線を滑らせ……その少女は、静かに笑った。

＊＊＊

兵士達は何故《なぜ》、彼女に従っているのか。

王宮内の反乱軍を指揮した第四騎士団の副団長ワーナビーは、貴賓室で偉そうにふんぞり返るミランダを、横目でチラリと見た。

夜半、飛び込んできた夜番に呼ばれて行ってみれば、自国に逃げ帰ったはずの大公女が血塗《ちまみ》れで立っている。

尋常ではないその様子に泡を食って、言われるがまま反乱軍の主要メンバーを集めた。

彼女のために貴賓室を開放し、こうして一堂に会しているのだが、改めて考えると自分を含め、何故素直に従ってしまったのかよく分からないまま今に至る。

「……私を殺すよう、指示を出したのはお前達？」

開口一番、背筋も凍るような殺意を突き付けられ、ワーナビーは思わずついと目を逸《そ》らす。

服にべったりと付いた致死量の血は誰のものなのか。

反乱軍に制圧されたこの王宮に、何故わざわざ……どうやって戻ってきたのか。

聞きたい事は沢山あるのだが、誰一人、口火を切れないでいる。

「酷《ひど》い道を歩かされたわ……」

はぁ、と大袈裟《おおげさ》に溜息をつくと、その場にいる者を一人一人順にギロリと睨《にら》み付《つ》け、ミランダは大声で怒鳴りつけた。

「グランガルドの国王陛下を籠絡し、せっかく贅《ぜい》を尽くそうと思っていたら、このザマよ！」

長い髪を結うように首の後ろでまとめあげ、横に流すと、白く細い首と柔らかそうな上腕が服の隙間からのぞき、男達は思わずゴクリと唾を飲み込む。

誰も何も言葉を発しないことに腹を立てたようにミランダは大きく舌打ちし、出された水をごくごくと喉を鳴らして飲み干した。

気が昂《たかぶ》り、生死が行き交う戦場で、本能的に子孫を残そうとする男達がいかに危険かを、ミランダは分かっている。

自分を凝視する男達の気を逸らすように、机の上にグラスを叩きつけて割り、飛び散った破片を力強く握りしめた後、その手の平をワーナビーの目の前で開いた。

「殿下、一体何を⁉」

自らの手の平を血で染め、グラスの破片を食い込ませるミランダに驚き、男達は狼狽《うろた》える。

呆然《ぼうぜん》とする彼らを嘲るように、視線を送り眉根に力を入れると、先程横に流した髪の隙間から加護印がほんのりと光り出した。

「アルディリアとグランガルド、二大国の国王が欲し……だが手に入れることが出来なかった、女神の娘。ひとたび王と交われば、子々孫々に至るまで加護を得ることでしょう」

言葉を失い、食い入るように見つめることしか出来ない男達の目の前で、手の平に食い込んだはずのグラスの破片がポロリポロリと落ちていく。

「帝国とガルージャも然《しか》り……時の権力者は国の半分を差し出してでも、私を手に入れたいと願うでしょうね」

女神の加護は国家の繁栄を意味する。

さらには、加護印が刻まれるほど女神に愛された娘。

高貴な血も相まって、その価値は今や天文学的に跳ね上がる。

「この私を、このような目にあわせた愚かな指揮官を連れてきなさい」

身の程を思い知らせる、良い機会だわ。

さっさと行きなさい、と虫を払うように振った手の平は白く滑らかで、ワーナビーはその人ならざる加護《ちから》に、ゾクリと鳥肌を立てた。

＊＊＊

至る所に殴られた痕があり、腫れあがった顔は見る影もない。

右目は刺されたのだろうか、痛々しく潰れ、血がこびりついている。

未明というよりは明け方に近い時間帯であったが、ミランダの命により、ザハドが王の間に引っ立てられる。

両手を後ろ手に縛られたザハドは、国王不在の玉座にワイン片手でふんぞり返るミランダを目にし、その姿にギョッと目を見開いた。

「殿下、なぜここに……いや、その前にそのお姿は……？」

驚きのあまり、許可を得ずに言葉を発したザハドへと目を向け、ミランダは不快げに眉をひそめる。

突如玉座から立ち上がり、ザハドの膝元へ叩きつけるようにグラスを投げると、飛び散るワインの中、砕けた破片が鋭利な輝きを放った。

ミランダはゆったりと優美な動作で壇を降りて歩み寄ると、邪魔だとでも言いたげに飛び散ったグラスの破片を蹴り飛ばし、ザハドが自らの身をかばうように斜めに身体を傾げる。

息を呑んで見守る兵士の一人を招き寄せるように指を動かし、飲んでいたワインの瓶を持ってこさせた。

「……口を開いていいと、言ったかしら？」

ミランダは徐《おもむろ》にワインの瓶を掴《つか》み、ザハドの頭に勢いよくドボドボと中身をかけていく。

へばりついた髪の毛を伝って見えない右目にワインが流れ込み、まるで血のように赤く染まる。

拘束から逃れるように身をよじるザハドの喉元を掴み、力を籠めると、息が出来ないのだろうか

喉奥から苦し気に音を出し、顔を歪《ゆが》めた。

「ああ、その苦痛に満ちた顔……素敵ね」

ミランダはくすくすと笑いながら、耳元でささやく。

「……案内役に、私を殺すよう命じたのはお前？」

剣呑《けんのん》な空気が取り巻く中、身動《みじろ》いだザハドを押さえつけようと、後ろに立っていた兵士が近付き腕を伸ばした。

なおも抗《あらが》おうとする姿を目に留め、ミランダは苛立《いらだ》ったように手に持った瓶を振りかぶり、後方の扉に向かって投げつけると、大きな音を立てて瓶がゴロゴロと転がって行く。

「お前、その目はなに？」

ミランダは目を眇《すが》めると、睨みつけるザハドを一瞥《いちべつ》し、その頬を勢いよく平手で打った。

小気味良いパチンという音が空気を揺らし、ピリリと張り詰めた重暗い緊張感がその場を支配する。

「……剣を」

しんと静まり返る中、副団長ワーナビーに向かって険しい顔で手を伸ばし、剣を催促する。

「生きてガルージャへ引き渡さねばなりませんので、殺すのは困ります」

この場で殺すとでも思ったのだろうか、ワーナビーが泡を食って懇願すると、ミランダは怒りを抑えるように短く息を吐いた。

次の瞬間隣にいた兵士に剣を渡すよう指示をする。

そして受け取るなり、自分の足に向かって垂直に突き立てた。

ダァンと音を立てて、剣先が足の甲を貫き、ミランダは苦しげに声を漏らす。

「ぐっ、……」

震える手で引き抜くと、こぼれ落ちた剣が床を打った。

「哀れで愚かな宰相閣下……私の痛みは幾倍にもなってお前を襲い、苦しめるだろう」

驚いて目をみはるザハドに向かって、ミランダはゆっくりと手をかざす。

薄紅の花が浮かびあがり、光の粒が蛍のように舞う。

まるで神の御業《みわざ》のように幻想的な光景に、その場にいた者達は身動ぎもせず、食い入るようにミランダを見つめた。

と次の瞬間、「ぐわぁぁあああッ！」と叫び、後ろ手に縛られたまま、ザハドが痛みのあまり床を転げ回る。

「あははは！　ああ、楽しいわ。……言ったでしょう？　何倍にもなってお前を襲うと」

先程剣で貫いたはずの足から血が止まり、何事も無かったようにミランダは歩き出す。

「同じ目に遭いたくなければ、せいぜいお前達も気を付ける事ね」

苦悶《くもん》の表情を浮かべるザハドに嘲るような目を向けた後、つまらなそうに肩をすくめた。

「……興が削《そ》がれたわ」

吐き捨てるように言うと、あまりのことに取り巻く反乱軍達は絶句する。

「ねぇ、ガルージャはいつ来るの？」

耳をくすぐるように柔らかい声で尋ねると、ワーナビーの隣にいた兵士が代わりに緊張した面持ちで「国境まであと四日です」と、答えた。

「ガルージャは拷問がとても得意だそうよ……そうだわ、ザハドを大部屋に移し、ガルージャが来たら、目の前で捕虜たちを一人ずつ拷問していきましょう。なんて楽しそう……ああ、早く来ないかしら！」

正気を欠いたように笑うミランダの命令に、反乱軍の兵士達は逆らう気力も無く、青褪《あおざ》めながら頷いたのである。

＊＊＊

（SIDE：宰相ザハド・グリニージ）

昼か夜かも分からない独房で、拘束されたまま水だけを与えられる。

右目を潰された上に身体中を殴られ、満身創痍《そうい》の状態で横になるが熱と痛みで寝付けない。

やっとウトウトしかけたところで辺りが騒がしくなり、突然『王の間』へと引っ立てられると、いるはずのないミランダが、何故か全身血塗れで国王不在の玉座にふんぞり返っている。

「殿下、なぜここに……いや、その前にそのお姿は……？」

一体何があったというのか。

よもや大怪我《おおけが》を負われたのかと心配し、思わずザハドが声を発すると、ミランダはグラスを叩きつけ、飛び散ったグラスの破片を自分に向けて蹴り飛ばしてきた。

苛立ったように強い目を向けられ、初めは何をしたいのか分からなかったのだが、拾うよう示唆しているのだと気付いた。

微《かす》かに身動ぎ、後ろ手で摑もうとするが、上手《うま》く摑むことができない。

「……口を開いていいと、言ったかしら？」

その間にミランダは何故か勢いよく、頭からワインをかけてくる。

見えない右目を隠すように、髪の毛がペタリとへばりつく。

そのまま喉元を摑み、顔を覗き込んできたミランダの額に、じっとりと汗が浮かんだ。

赤黒く固まっている為分かりにくいが、血に塗れた胸元には剣で突き刺したような切れ目があり、ザハドはどのような想いで彼女がここへ戻ってきたのかを思い、顔を歪める。

「ああ、その苦痛に満ちた顔……素敵ね」

喉元を摑む手から流れ込んでくる加護《ちから》は微睡むほどに温かく、ズキズキと痛む右目に感覚が戻る。

骨や内臓に至る内側の怪我についても同様に、回復していくのを感じた。

ああ、先程ワインを頭からかけたのは、血が通った右目を気付かれないようにするためか。

無駄のない彼女の動きに内心舌を巻いていると、ミランダは少し苦し気にザハドを睨み付けた。

「……案内役に、私を殺すよう命じたのはお前？」

傷が塞がりきっていないのだろうか。

それとも加護の力を使いすぎて、自身の治癒が疎《おろそ》かになっているのだろうか。

胸元からうっすらと染み出るミランダの血に気付き、急いで破片を拾おうと大きく身動ぐと、その動きを不審に思ったのか、後ろに立っていた兵士が近付き手を伸ばしてくる。

ここで気付かれては水の泡と青褪めたところで、ミランダが後方の扉に向かって瓶を投げつけた。

大きな音を立てて瓶が転がり、その場にいた全員の視線が一斉に扉口へと注がれる。

今だ……‼

一瞬大きく身体を斜め後ろに傾けると、すかさず後ろ手で破片を拾い上げ、気付かれないよう手の内にしまいこんだのを確認し、ミランダは声を発した。

「お前、その目はなに？」

目を眇め、頬を思い切り平手で打たれる。

こ、これはもしや……。

かのアルディリア王妃、ミランダの姉も味わったという『闘魂注入』……しかも追加の平手打ち。

手の平が頬に触れた瞬間、身体の中を温かいものが駆け巡り、先程治しきれなかった右目が完全に光を取り戻した。

とはいえ……満身創痍の状態である自分に、よくもまあ平手打ちを選んだものだと、文句の一つも言いたくなって抗議の目を向けると、無言で睨みつけ暗に脅してくる。

余計な口を利くなよ？

仮にも大国の宰相に向かって、平然と圧をかけてくる彼女は、このような緊急時でも通常運転である。

「……剣を」

その後剣を所望し、何をするつもりだと一瞬青褪めたが、あろうことか自分の足を貫いた時には、ショックのあまり心臓が止まりそうになった。

一体何のためにと慄《おのの》いていると、「私の痛みは幾倍にもなってお前を襲い、苦しめるだろう」とのたまい、物々しく手をかざしてくる。

ああ、なるほど。

自分に危害を加えたら最後、死の苦しみを味わわせてやると、反乱軍に示したいわけか。

……すぐに自身を傷つけるのは悪い癖なので、後で陛下に叱ってもらわなくてはならないが、ここは全力で乗っかってやろう。

そんなことを考えていると、ミランダが光に包まれながら、それとなく合図を送ってくる。

ここぞというタイミングで、「ぐわぁぁああっ！」と派手に叫び、痛みで七転八倒《しちてんばっとう》している様を表現したのだが、いまいちお気に召さなかったようである。

「……興が削がれたわ」

最後は嘲るような冷たい目を向けられたあげく、小さく溜息までつかれてしまった。

さらにガルージャの侵攻具合をそれとなく伝えてくれる。

拘束されているとはいえ、まだ動ける投降兵とともに大部屋で過ごせるようになったのは有難《ありがた》い。

大部屋の隅に座り、人差し指と中指で先程の破片を器用に挟むと、音を立てないよう慎重に、一本ずつ縄の繊維を切っていく。

ガルージャが国境に到達するまで、あと四日――。

暁の薄明かりが淡く窓を照らす中、赤黒く染まったワンピースのままベッドへと倒れ込み、深く長い溜息を吐きながらミランダは目を閉じる。

赤く腫れあがった胸元の傷から、灼熱感《しゃくねつかん》と疼《うず》くような痛みが絶えず襲い掛かり、声にならない声が唇から漏れるのを、必死に堪《こら》えて歯を食い縛った。

――やっと、今日が終わる。

疲れ切った身体は重怠《おもだる》く、無理を押して加護を使い過ぎた為、これ以上癒《いや》す余力も無く、身体中が燃えるように熱い。

東の空が薄《う》っすら赤らみ最早《もはや》夜明けなのだが、そんな事を考える余裕も無くベッドの上で赤ん坊のように丸くなる。

「疲れた……」

ミランダはそう呟《つぶや》くと、短い息を荒く吐きながら、そのまま泥のように眠ってしまった。

＊＊＊

「……殿下はまだ眠っているのか？」

反乱軍の指揮官、第四騎士団の副団長ワーナビーは苛立ったように声を上げる。

ミランダが貴賓室に籠もってから、実に一日半。

何かあったのではと危惧し、ワーナビーがこっそりと寝室に近付くが、一向に起きる気配が無い。

恐らく疲れて熟睡しているのだろうが……。

この状況で自由気儘《きまま》に振る舞い、さらには反乱軍の監視を気にも留めず熟睡するミランダの図太さに辟易《へきえき》しながら、ワーナビーは次々と運ばれてくる観葉植物に頬を引《ひ》き攣《つ》らせた。

「副団長、念のため確認をしましたが、毒性のある危険な植物は含まれておりません」

薬草園の使いから手渡された植物リストを確認し、問題ありませんと兵士が報告する。

『水晶宮に置こうと注文した観葉植物がそろそろ届く頃ね……届いたら、ここに持って来なさい。ガルージャが到着するまで時間があるというのに、目を楽しませる物が何もないじゃないの』

貴賓室へと戻る直前にワーナビーを一瞥し、不機嫌に言い放ったミランダを思い出す。

『どの国が来るにせよ、加護持ちの私はいずれにしても王族に召し上げられるわ。……私の機嫌を損ねたら最後、即座に首が飛ぶと思いなさい』

燃えるような黄金の瞳に射竦《いすく》められ、反射的に頷いてしまったが、幾ら何でもこの量は――。

夕刻過ぎ、王都の薬草園から五十にも及ぶ鉢植えが届いた。

命じられたとおりミランダのいる貴賓室へ運び入れたは良いが、なにぶん数が多い。

『葉からは芳香のある精油が採れ、また樹脂は薬にもなる事から、先日殿下よりご注文頂いた常緑低木です。観葉植物としても美しいため室内に置きたいとのご要望を頂き、今回は鉢植えでご用意しました。濡れると花が落ちるため、くれぐれも濡らさぬようご注意ください』

反乱軍が制圧した城門の見張りに、事も無げにそう告げた薬草園からの使いは、鍛え上げられた太い腕で荷馬車から次々に鉢植えを降ろし、颯爽《さっそう》と城を後にしたと聞いている。

葉を爪で擦《こす》ると、確かに爽やかな芳香がふわりと漂う。

「一体何がしたいんだ……」

もさもさとした鉢植えで森のようになった貴賓室を眺めながら、ワーナビーは溜息混じりに呟いたのである。

——貴賓室に籠もってから丸二日半、昏々《こんこん》と眠り続けたミランダがようやく目を覚ます頃。

技術者の街クルッセルから、最高級の宝飾品を携えた職人達が意気揚々と到着する。

ミランダからの依頼品と聞き、慌てて対応した見張りの門番に案内されて先頭を歩くのは、威厳溢《あふ》れる職人組合の組合長シヴァラク。

それに続く、四十前後の髭《ひげ》もじゃの男は、ミランダに秒で籠絡された土木チーム長のサモア。

さらに顔に大きな傷のある最年長強面《こわもて》のローガンと続き、最後尾は若手職人のホープ、ジェイコブである。

なお、ミランダは二、三名と伝えたはずだが、選考から漏れそうになったローガンとジェイコブで喧嘩になった為、勝手ながら定員を四名に増員した。

反乱軍で溢れる王宮内を堂々と歩く四名の職人達は、回廊を抜けミランダが待つ『王の間』へと到着したのである。

＊＊＊

どっぷりと日が暮れ、人通りが絶えたクルッセルの街。

一人の騎士が土砂降りの中、濡れるのも厭《いと》わず、騎馬で街中を駆け抜ける。

並外れた体軀《たいく》に、鋭い眼光……一目見て、名のある騎士だと分かる。

「ミランダ殿下の命により参りましたダリル・アビントンと申します……大至急、領主に取り次ぎを」

肩で息をしながら大至急だと告げるその騎士から簪《かんざし》を手渡され、門番は慌てて領主館へと駆け込んだ。

見る者が見れば、中央の継ぎ目から仕込み簪だと分かる——見覚えのある、銀製の玉簪。

何事かと領主がその騎士から話を聞いてみれば、土木チーム職人達の中から騎馬が出来る者を選出し、大至急王宮に派遣して欲しいという。

予断を許さない状況と聞き、領主は緊急時の鐘を鳴らして組合長のシヴァラクを呼びつけ、職人達を招集した。

「え——、先日設計現場の見学に訪れた男爵令嬢、『ミニャンダ・アニョル』を覚えているだろうか」

初更《しょこう》の招集命令に、何事かと騒《ざわ》めいていた職人達は、シヴァラクの言葉を受け一斉に頷いた。

それもそのはず……あの鮮烈な輝きは、目をつむれば今でも脳裏に蘇《よみがえ》る。

一方王家直属の騎士ダリルは、突然出てきた男爵令嬢『ミニャンダ・アニョル』の名に、訝《いぶか》し気に首を捻《ひね》った。

「実を言うと男爵令嬢『ミニャンダ・アニョル』は仮の姿で、本当はファゴル大公国の第二大公女『ミランダ・ファゴル』なのだが……」

もにょもにょと気まずそうに打ち明ける、職人組合の組合長シヴァラク。

でしょうね、あんな男爵令嬢がいたら引っ繰り返りますよと、頷く職人一同。

さてはクルッセルの街で何かやらかしたな……と、暗に察する騎士ダリル。

「詳しい状況は不明だが、帝国とガルージャが我が国への侵攻を開始した。さらに第四騎士団とヘイリー侯爵の裏切りにより、現在王都は騎士団が不在という非常に危険な状態に陥っている」

軍事大国による南北からの侵攻の知らせに、職人達は息を呑んだ。

「王都や王宮に反乱分子が潜んでいた場合、手薄になった王宮は既に制圧されている可能性もある。そのような危険な状況下で大変申し訳ないが、貴方《あなた》達の中から騎馬が出来る者を三名選出したい。最高級の宝飾品を携え、大至急王宮へ向かうよう殿下より仰せつかった」

組合長シヴァラクの傍らに立っていたダリルが、重ねるように言葉を放つ。

豪雨の中を必死に駆け抜けてきたのだろう……鎧《よろい》が泥に塗れ、濡れそぼった髪からは雫が滴っている。

「あの、殿下は今どちらに？」

心配そうに質問をするジェイコブへと目を向け、ダリルが「恐らく今は王宮に居《お》られる」と答えると、職人達は一斉にどよめいた。

「今説明があった通りだ。此度《こたび》の招集は、この内容を受けたものである。あまり時間も無いので、早速候補を選出したい。状況によっては命の危険が伴う事を覚悟の上、挙手してくれ」

様子を見守っていたクルッセルの領主はそう言うと一歩前に出て、居並ぶ職人達を見廻《みまわ》した。

「王宮行きを希望し、且《か》つ騎馬が出来る者」

平民出身の職人が過半数を超えるため、騎馬が出来る者はそう多くない。

互いに顔を見合わせた後、パラパラと手が挙がった。

「ふむ……十二？　いや、十三名か」

命の危険があると前置きしたにもかかわらず、騎馬が出来る全ての職人が手を挙げた。

このような状況下なので希望者が居らず、無理矢理連れていくことも覚悟していたダリルは、その数に驚く。

「思ったよりも多いな。もう少し絞るか。今回、宝飾品を携えよとのお達しなので……それでは、宝飾品に関する知識があり、尚且《なおか》つ加工が可能な者」

土木チームにもかかわらず三名の職人が残り、これで人数が揃《そろ》ったとダリルは安堵《あんど》の息を吐く。

だがふと横を見ると、組合長のシヴァラクも手を挙げている……最終的に条件を満たした希望者は、全部で四名。

権力におもねることのない、クルッセルの誇り高き職人達。

ダリルがミランダと接したのは『エトロワ』にいたわずかな時間だが、この様子を見るだけで、彼女が巷《ちまた》で耳にする噂《うわさ》通りの人間ではない事が窺《うかが》える。

「四名か……殿下が命ぜられたのは三名だ。手を挙げた者の中で、辞退する者はいないか？」

領主がそう問いかけるが、辞退する者はいなかった。

「わざわざ土木チームを呼び付けるという事は、何か特別にお願いしたい事があるのだろう。さらに宝飾品にかかわる知識も、となると街一番の腕利き職人シヴァラクは外せない。サモアもまた然りだ」

となるとローガンかジェイコブ、どちらを外すか……領主が呟くと、突然ジェイコブが前へ出た。

「あの領主様、騎馬で王宮まで行くんですよね？　ローガン先輩は最年長だし、体力的に厳しいと思います」

「なっ、なんだと⁉　お前調子に乗るなよ⁉　……領主様、コイツは減給処分を食らうような手の付けられない荒くれ者です。王宮に連れて行ったら最後、何をしでかすか分かったもんじゃありません」

「はぁああ⁉　こっちが下手《したて》に出りゃあ舐《な》めやがって！　いざとなりゃあ反乱軍なんざ、俺が一捻りしてやる」

「どこが下手《したて》だ！　ハッ、若造の分際で、お前なんぞに出来る訳が無いだろう。街の破落戸《ごろつき》を相手にするのがお似合いだ。お留守番しながら精々大人しくしておくことだな」

「畜生、ジジイ！　表に出ろ！　王宮に行くのは俺だ！」

老いも若きも体力に自信がある職人達。

領主やダリルがいることなど忘れ、いつもの調子で喧嘩を始めた二人に領主は溜息を吐き、呆れ顔で睨み付ける。

「おい、お前達。いいから落ち着け」

たしなめる領主の言葉など耳に入らず、今にも摑みかからんばかりにローガンへと詰め寄るジェイコブ。

「ぐほっ」

大股で歩み寄ったダリルがその襟首を摑み、事も無げに片腕を引くと、大柄なジェイコブの身体が一瞬宙に浮き、ふわりと後ろに倒れ込む。

「……それではこの四名で向かう。途中で遅れた者はその場で置いていく」

軽々と引き倒され、尻餅をつきながらポカンと口を開けるジェイコブと、同じく驚いて目を見開くローガンを順に見遣《みや》ると、ダリルはそう領主に告げた。

かくして定員オーバーの御一行様は、王宮へと向かったのである。

＊＊＊

国王不在の玉座でまたしてもふんぞり返りながら、ミランダは平伏する職人達に目を遣った。

「先日殿下よりご注文頂いた宝飾品だそうです。……道中の護衛がいたようですが、王宮に入れることは出来ないため、そちらはクルッセルへ帰しました」

反乱軍を指揮している第四騎士団の副団長、ワーナビーがミランダへと説明をした後、面を上げるよう平伏する四名へ声をかける。

そこには、見覚えのある顔が四つ。

クルッセルで過ごした楽しい時間を思い出し、ミランダは思わず頰が緩みそうになるのを堪えた。

ミランダが王宮に戻ってからまだ丸二日半しか経《た》っておらず、想定していたよりも一日以上、到着が早い。

『エトロワ』の騎士が、息もつかずにクルッセルへと駆けてくれたに違いない……そしてまた、この四名もそうなのだろう。

なお、このような状況下で美しく装うのは身の危険を引き起こしかねない為、ミランダは王宮に戻って以降湯浴《ゆあ》みも着替えもしていない。

薄汚れ、ボロ布のような血塗れの服を平然と身にまとうミランダに驚き、四名の職人達は目を見開いた。

「……最高級の宝飾品と言ったはずだけれど？」

持参した宝飾品はどれも素晴らしく、どの国に献上してもおかしくない程の出来栄えである。

だがミランダは一瞥しただけで手にも取らず、その言葉に驚き眉根を寄せたジェイコブを、蔑むように睨み付けた。

「お前達のような汚い労働者が作っていたとは」

はぁ、と呆れたように溜息を吐くと、思わずジェイコブが身動ぎ、隣にいたシヴァラクが慌てて頭を押さえつける。

「ですが殿下……！」

シヴァラクの下で今にも暴れ出しそうに叫んだジェイコブに、反乱軍の騎士がスラリと剣を抜き、それをミランダが手で制止し微笑《ほほえ》んだ。

「……なぁに？　もしかしてこの私に、不敬にも腹を立てたのかしら？」

お前達に許された言葉は、『ご尊顔を拝し、恐悦至極に存じます』だけでしょう？

「お前達如《ごと》きがいくら腹を立てたところで、何を為《な》せるとも思わないけれど……現に私が一つ頷けば、お前達の命は今すぐにでも消し飛ぶ砂粒程度の価値しかないのよ？」

ミランダはそう告げるなり、身も凍るような冷淡な眼差《まなざ》しを四名の職人達に向ける。

「まぁいいわ。この場でお前達の首を順に飛ばすのも楽しそうだけれど、今はそんな気分じゃないの。……私の心が大水の如く広いことに、感謝することね」

横柄な態度と小馬鹿にした言葉を投げかけられ、シヴァラクはピクリと頬を動かした。

「……仰せの通り、そのお心は、大水から流れ出《い》ずる水の如く澄みわたると聞き及んでいます。心より、感謝申し上げます」

シヴァラクの言葉に他の職人達が視線を交わし、再び平伏する。

ミランダは満足そうに微笑み、改めて職人達が持参した宝飾品へと目を向けた。

「レティーナが好きそうね。そういえば裏切り者のレティーナはどこにいるの？　ここへ連れていらっしゃい」

「レティーナ殿下は国外、恐らくガルージャへと向かわれました。王宮にはもう居りません」

すかさず答えたワーナビーへと身体の向きを変え、「それでは水晶宮は今どうなっているの？」と重ねて問いかける。

「水晶宮はレティーナ殿下の命令により、反乱軍が近付くことを禁じられています。その代わり怪我を負い敗走した、グランガルド兵の出入りを許可されました。また、使用人達による物品の略奪および逃走を許可された一方、残った側妃様方は水晶宮から出ることを禁じられました」

反乱軍が立ち入れない為、現状どうなっているかは誰にも分かりませんと、ワーナビーが述べると、あまりのことにミランダは感情を抑える事が出来ず、一瞬燃え上がるような怒りを瞳に灯《とも》した。

「……そう。ガルージャが国境に到達するのは、一日半後。辺境の砦《とりで》を攻め落とし、陛下の軍と衝突するとしても、王都までそれ程はかからないでしょうね。日も無いことだし、そのままで構わないわ」

ミランダに射竦められ、思わず身を固くしたワーナビーがホッと息を吐く。

「それにしても汚らしいわね……このような者達が王宮に出入りしたと知れたら、私の権威を疑われるわ」

そういうとミランダは嵌《は》めていた指輪を外し、シヴァラクの前に投げた。

「お前達にはこの程度で充分でしょう。……人目に付かないよう裏門から放り出しなさい」

何の装飾も無い、簡素な指輪。

「裏門の衛兵にでも渡せば、クルッセルまでの食料くらいは恵んでくれるかもしれないわね」

コロコロと転がる指輪を慎重に拾い上げたシヴァラクへと、蔑むような眼差しを向け、退屈そうに欠伸《あくび》をする。

「ああ、先程反抗的な態度を取った、その若い男は駄目よ？　見せしめに、地下牢《ろう》にでも放り込んでおきなさい」

ミランダの言葉を受け、すぐさま駆け寄った反乱軍に腕を捻り上げられ、ジェイコブは地下監獄へと連行される。

そして残った三名の職人達が、反乱軍に引っ立てられながら裏門に向かうのを確認した後、ミランダはじっとりと掻《か》いた汗を閉じ込めるように、強く手を握った。

あと、一日半……。

一つでも欠片《かけら》を嵌め間違えると、ガラガラと崩れ落ちてしまうような、そんな計略……でも、これ以外に方法は無かった。

砂上の楼閣で最後のトリガーを引くのは、ミランダ自身。

ドクドクと耳の奥で鳴り響く鼓動を鎮めるように、長く細く息を吐き、微かに震える腕で玉座に頬杖《ほおづえ》を突くと、そのまま静かに目を閉じた。

＊＊＊

（SIDE：クルッセルの技術者　職人組合長シヴァラク）

クルッセルの職人達は、ミランダの姿に絶句した。

目映《まばゆ》いばかりの輝きを放ち、柔らかく微笑む彼女と、クルッセルで言葉を交わしたのは何時《いつ》だったか……その髪はパサつき、ボロ布のような服を身に纏《まと》っている。

遅れたら置いていくと言われ、先導する騎士ダリルを見失わないよう昼夜馬に跨《また》がり、必死で駆けてきたが、まさかここまで酷い状況だとは思わなかった。

あの美貌だから敢《あ》えてだろうが、それにしてもあんまりである。

『クルッセルの職人を……しかも土木チームの職人達をわざわざ指名したのには、何か理由があるはずだ。以前お会いした事があるならば尚更《なおさら》、殿下が伝えたい事を汲《く》み取《と》れるよう、一言一句漏らさず細心の注意を払い耳を傾けて欲しい』

王宮へ向かう途中、ダリルが何度も何度も念押ししたのを思い出す。

「……最高級の宝飾品と言ったはずだけれど？」

クルッセルにいた時からは想像も出来ないほど、温度を感じさせない冷たい声に、ジェイコブが驚き眉根を寄せるのが視界の端に見える。

「お前達のような汚い労働者が作っていたとは」

はぁ、と呆れたように溜息を吐くミランダに向かってジェイコブが身動ぎしたため、「余計な事をするな」とシヴァラクが慌てて頭を押さえつけ、小声で告げる。

「ですが殿下……！」

注意されたにもかかわらず叫ぶジェイコブに、反乱軍の騎士がスラリと剣を抜き……まずいと思った瞬間、ミランダが手で制止した。

「……なぁに？　もしかしてこの私に、不敬にも腹を立てたのかしら？」

シヴァラクは、ミランダがクルッセルに来た時の事を思い出す。

誰にでも分け隔てなく接し、貴族であれば眉をひそめるような不遜な物言いにも気分を害さず、常に笑顔で嬉《うれ》しそうに話を聞いてくれた。

そしてシヴァラクの、皮膚が固くなり皺《しわ》だらけの指先にそっと口付けをし、「ありがとう」と礼を述べてくれた。

そんな彼女が、自分達の事を『汚い労働者』などと表現したのは何のためだ？

「お前達如きがいくら腹を立てたところで、何を為せるとも思わないけれど……」

――？　なんだ、俺達を怒らせたいのか？

二回も『腹を立てる』と言ったが、何かの暗喩か？

才気煥発《かんぱつ》な彼女がこの場面で無駄な台詞《せりふ》を吐くとは思えず、シヴァラクが考え込むと、隣でローガンもその意図を汲み取ろうと渋い顔をしている。

ミランダはさらに、身も凍るような冷淡な眼差しを四名の職人達に向けた。

「……私の心が大水の如く広いことに、感謝することね」

大水の如く？

何だ？　心が広い時に、そんな表現を使うか？

待てよ、大水――――？

ハッと気付いたシヴァラクの頰が、ピクリと動く。

「……仰せの通り、そのお心は、大水から流れ出ずる水の如く澄みわたると聞き及んでいます」

どうだ、正解か――――？

他の三人も気付いたのだろう、視線が交差する。

平伏《ひれふ》し上目遣いに確認すると、ミランダが満足そうに微笑むのが見えた。

なるほど、自分たちをここへ呼んだのはそういう事か。

ミランダは水晶宮の状況を確認し、一瞬燃え上がるような怒りを瞳に宿した後、さりげなくガルージャの到達経路とかかる日数をほのめかした。

「ガルージャが国境に到達するのは、一日半後……」

日が無いな、間に合うか⁉

シヴァラクは徒歩で向かった場合の必要日数を、必死で計算する。

だめだ、さすがに間に合わないのでは⁉

「……このような者達が王宮に出入りしたと知れたら、私の権威を疑われるわ」

思い悩むシヴァラクの前に投げたのは、嵌めていた何の装飾も無い簡素な指輪。

「お前達にはこの程度で充分でしょう。……人目に付かないよう裏門から放り出しなさい。裏門の衛兵にでも渡せば、クルッセルまでの食料くらいは恵んでくれるかもしれないわね」

また二回、『裏門』を繰り返した？

『裏門の衛兵』に、この指輪を渡せということか？

ミランダの言葉を受け慎重に指輪を拾うと、内側にヴァレンス公爵家の紋が入っている。

「……その若い男は駄目よ？　見せしめに、地下牢にでも放り込んでおきなさい」

そういえばダリルが言っていた。

『非戦闘員や投降兵が投獄されるとしたら、恐らく王宮内の地下監獄だろう。何かしら、現在の状況を伝える術があれば良いのだが』、と。

シヴァラク同様、その台詞を思い出したのだろう。

腕を捻り上げられ地下監獄へと連行される直前、ジェイコブが心得たように目を瞬《またた》き、シヴァラクは彼に向かって小さく頷いた。

そして残った三名の職人達もまた王の間を後にし、裏門へと連行される。

裏門の衛兵に引き渡され、連行した兵士がいなくなった事を確認し、シヴァラクはヴァレンス公爵家の紋が入った指輪をその衛兵に手渡した。

二人の衛兵は顔を見合わせた後、二頭の馬を引いてくる。

滅多にお目に掛かれない程の、飛び切りの軍馬。

これならば一番遠い場所であっても間に合いそうだ。

……だが、一頭足りない。

これからの工程と移動時間を必死に頭の中で計算していると、急に最年長のローガンが、しくしくと泣き始めた。

無愛想でいつも眉間に皺をよせ、冗談の一つすら滅多に言わない気難し屋のローガン。

突然泣き出して一体どうしたんだと、シヴァラクとサモアは仰天した。

「なんだ、どうしたローガン。何故泣いている？」

「……どうせ二人は俺に歩けと言うんだろう」

サモアの問いかけに、うっ、うっ、と悲し気に泣くローガン。

馬は二頭、おじさんは三名……そう、悩ましいかな、一頭足りないのだ。

普段の様子を知らない人間が見たら、シヴァラクとサモアがクルッセルまでの帰路を自分達だけ騎馬で行き、最年長のローガンに徒歩を強要しているようにも見える。

二人が何も言わず……と、言うよりはどうしたら良いか分からず黙っていた事に勘違いをしたのか、見兼ねた衛兵が処分待ちの馬で良ければと、少し痩せ細った老馬をくれた。

衛兵に見えないよう、ミランダに褒められた時と同様に、小さくサムズアップするローガン。

ミランダが絡むと急に茶目っ気を出す、土木チーム最年長、強面《こわもて》の腕利き職人である。

……馬は揃った。

工程と移動時間も計算した。

連日の土砂降りで足場が悪いが、これほどの軍馬であれば問題ない。

速度が出ない老馬は、一番距離が近い場所へと向かえば良いのだ。

三人は衛兵に礼を言い、門の外で互いに目的地と想定時刻を確認した後、騎馬で三方向へ散ると、あっという間にその姿を消した。

周りの景色が歪むほどの勢いで走る駿馬《しゅんめ》に跨りながら、シヴァラクはミランダの姿を思い出す。

クルッセルに来た、あの日。

『この辺りの屈曲部で土堤防が決壊したら、大規模な浸水被害があるのでは？』

『危ないのはここです。水位上昇により洗掘《せんくつ》が生じ、堤防が決壊しやすい場所ですが、上流にダムがありますので水門を閉めることである程度は調節可能です』

『なるほど……よく考えられていますね』

『はっはっは、まぁ三十年前はその仕組みが無くて、度々決壊していたんですがね』

ローガンは冗談めかして笑う。

俺を怒らせたら最後、水門を開いて辺り一面沼地にしてやりますよ！　と。

そして王の間で、ミランダはこう宣《のたま》った。

『お前達如きがいくら腹を立てたところで、何を為せるとも思わないけれど』

『私の心が大水の如く広いことに、感謝することね』

……大水には、二つの意味がある。

一つは、大きな河川。

そしてもう一つは、洪水――――。

『仰せの通り、そのお心は、大水から流れ出ずる水の如く澄みわたると聞き及んでいます』

先程から伝えたい事を二回ずつ繰り返していたミランダに向かい、同様の意味にとれる言葉を、敢えて違う表現で二回述べ暗に示すと、ミランダはまるで正解だとでも言うように微笑んだ。

ガルージャの侵攻に合わせ、叶《かな》う限り……出来ればガルージャ国境一帯に影響を及ぼす全ての水門を、一番効果的な順序で開いていく。

連日の土砂降りで最高水位を記録しているニルス大河川。

その水門が、全て開いたら――――？

決壊した堤防から溢れ出た水は、激流となってガルージャの大軍へと襲い掛かり、木っ端の如く押し流すだろう。

生き残ったガルージャの兵士達がどれ程いたとしても、沼地になった大地を前に、最早戦意を保てまい。

綿密に練られた計画は、技巧の限りを尽くし創り上げられた芸術品のように、精緻を極める。

この状況下で、よくもここまで。

腹の内から込み上げる、得も言われぬ高揚感に、身体が大きくぶるりと震える。

シヴァラクは前屈《まえかが》みになると、拳が白くなるほど力を込めて手綱を握りしめた。

ミランダが命を吹き込んだシヴァラクの手。

沸き立つように熱い血が滾《たぎ》る、その指先は。

――今、ここで、彼女の為に。

＊＊＊

クルッセルの職人達が連行された後、ミランダは、反乱軍の指揮官ワーナビーへと目を向けた。

反乱軍による死傷者は相当数に上るとワーナビー本人より聞き及んでいたが、王宮に戻ってからこの方、反乱軍に粗暴な言動は見られず、ミランダの言いつけを驚くほどよく守る。

地下監獄や薬草園、クルッセルの件についても、要求を通すのにもう少し手こずるかと思い様々な策を練っていたのだが、あっさりと従ったのには拍子抜けした。

王の間を出てバルコニーから庭園を見遣ると、昼に向け炊事をしている兵士達がいるが、その様子は穏やかで、反乱軍というよりはどこぞの村人のようである。

平民が入り混じる第四騎士団とはいえ、あまりにのんびりとした風景にミランダは首を傾げた。

「……お前達は何故、この反乱に加担したの？」

ふとワーナビーに問いかけると、何故か困ったように周囲の兵士達と視線を交わしている。

「貴賤《きせん》なく、実力ある者を採用するため設立されたはずの第四騎士団ですが、その実、問題を起こす貴族達の溜《た》まり場《ば》であり、平民出身の騎士達は命じられれば従うしかありません」

第四騎士団は大所帯のため、ワーナビーの他に副団長が二人いる。

一人は反乱時の指揮官を、もう一人はジョセフ騎士団長に随行したとワーナビーは答えた。

「今王宮に残っている者はすべて、平民出身の騎士や故郷で職を失い急造された兵士達です。平民出身者に発言権はなく、反乱の際に率先して殺傷していた者達は、すべて貴族出身者です」

「反乱時に指揮をしていた副団長と、貴族出身の兵士達は今どこへ？」

「レティーナ殿下に随従しガルージャへと向かったため、王宮には居りません」

成程そういう事かと、ミランダは得心する。

先達《せんだつ》ての軍事会議でジョセフが、『各領地にて強制的に徴兵』するよう要望を上げていた。

これにより、王都に屋敷を持つ諸侯達は、一旦各領地への帰還を余儀なくされる。

……王宮内で反乱軍が蜂起しても、即時に駆け付ける事が難しくなってしまった。

さらにガルージャの侵攻により、後追いで第三騎士団が出陣せざるを得ない状況を作り、そのタイミングで王宮を制圧する。

王宮に残っているザハドとヴァレンス公爵を拘束することで指揮系統を麻痺《まひ》させれば、諸侯達を纏《まと》め上《あ》げられる人材は、王国内にはもういない。

各領地からいくら徴兵しようと、所詮は烏合《うごう》の衆。

クラウス率いるグランガルド軍を孤立させ、ガルージャと挟撃する時間稼ぎには充分である。

すべてが計画通りに進み、離反した騎士団長ジョセフは今頃ほくそ笑んでいることだろう。

――だが。

王宮が反乱軍に制圧される直前、ヘイリー侯爵を追い、既にヴァレンス公爵とシェリルが王都を離れていた事を、きっとジョセフは知らない。

「……食料は十分にあるの?」

食料の備蓄が尽きかけているのだろうか、殆《ほとん》ど具の入っていないスープの様なものを作っている。

「いえ、もうあとわずかです。ただ我々はあくまで王宮を預かっているだけに過ぎません。ジョセフ騎士団長からも食料以外、王宮内の物品については一切手を触れないよう厳命が下っています」

そう、と一言呟き、ミランダはまた庭園へと目を向けた。

「……近隣の街へ行き、先程クルッセルの職人達が納めた宝飾品を売ってきなさい。すべて食料に換えて構いません」

ミランダの言葉に、その場にいた者達が驚き顔を見合わせる。

ワーナビーが目を輝かせたところを見ると、食料については相当頭を悩ませていたのだろう。

「第四騎士団内での身分差もあってのこと。それを免罪符に掲げる事は難しいけれど……反論など出来ようはずもなく、ただ従った結果が『今』なのでしょう？　……すぐに行きなさい」

その言葉を受け、ワーナビーの指示で数人の兵士が宝飾品を大事に抱え、王宮を後にする。

嬉しそうに走って行く兵士達を眺め、ミランダはワーナビーに命じた。

「余るようであれば地下監獄の捕虜にも何か持って行ってあげなさい」

本当は水晶宮にも人を遣って状況を確認したいが、今は我慢するしかない。

「そしてもし――、もしこの先何かしら状況が動き、旗色が変わる事があれば、その時は迷わず投降しなさい。無理に戦う必要はありません」

その言葉に、安堵の表情を浮かべる者、複雑な面持ちを返す者……様々だが、ミランダは重ねて告げた。

「覚えておきなさい。私は身の内に入れた者は守るけれど、そうでない者には指先一つ動かす気はないわ」

その言葉に、その場にいた者達は皆考え込むように押し黙った。

＊＊＊

（SIDE：護衛騎士ロン）


物々しい雰囲気が漂うヴァレンス公爵邸。

組紐《くみひも》で縛られたミランダの髪を門番に渡し言付けると、すぐに屋敷へと通された。

王都とガルージャ国境を結ぶ最短経路から、数時間ほど離れたヴァレンス公爵領。

少し遠回りになるが、一介の騎士であるロンが直接行くよりも、ヴァレンス公爵の正式な使者として伝令を送った方が信憑性《しんぴょうせい》が高く、確実にグランガルド軍に受け入れてもらえるだろう。

また領内に幾つも軍馬の生産拠点を有しているため、いずれにせよ中継地点とすべき、とのミランダからの指示だった。

ミランダの髪を縛っている組紐は、絹糸を組み上げたファゴル大公国の伝統的な工芸品……見れば間違いなくミランダからの使者であると分かるはずだ……と宣ったその言葉通り、思っていた以上にすんなりとヴァレンス公爵に会うことが出来た。

「ガルージャ及び各騎士団の件、承知したが……『ジャムルの丘に向かえ』とは、どういう意味だ？」

それはガルージャとの国境を見渡せる広大な丘。

だが国境自体からは少し離れた場所にあり、その意図するところが分からない。

「申し訳ありません。詳しくは伺えておりませんが、ただ時間が無いため、すぐにでも全軍を『ジヤムルの丘』に向かわせるようにと仰せです」

ロンの言葉に、ヴァレンス公爵は思案するように目を閉じる。

しばらく無言で腕を組み……そして、観念したように息を吐いた。

「……仕方ない。それでは三方向へと早馬を飛ばし、そのままの内容を陛下及び第三騎士団、国境を守る砦の兵士達に伝えよう。だが、伝言通りに動くか否かは、陛下のご判断に委ねる」

ファゴル大公国からの援軍のお陰で、帝国軍については現状差し迫った問題が無い旨も付け加えよう、と約束した後、血塗れの騎士服と疲労で今にも倒れそうなロンへと目を遣った。

「しっかり食べて少し休め。どうせ王宮へと戻るつもりだろう？　馬を用意してやる」

＊＊＊

（SIDE：ヴァレンス公爵）

護衛騎士に肩を借り、部屋へと下がるロンを横目に、ヴァレンス公爵は邸内の大広間へと足を踏み入れた。

剣呑な空気が取り巻く大広間で、捕縛され項垂《うなだ》れる騎士達の中に、一目見て高貴な者と分かる女性が混じっている。

水面下で反乱軍が動いていることはある程度把握していた為、反乱軍に与《くみ》していた『裏門の衛兵』を買収し、いつでも動ける準備をしていた。

また、ガルージャが動いた一件で逃亡先が明らかになったため、逃走ルートに予《あらかじ》め兵を配置し、計画通り捕縛に成功した。

「生きてこの国を出られると思うなよ」

目を血走らせ縄から逃れようと身動ぐレティーナ王女へ、ヴァレンス公爵は冷ややかに言い放つ。

今のグランガルド軍の兵力では、ガルージャの本軍には到底太刀打ち出来ない。

どちらにしろ手詰まりであるなら、その意図する処《ところ》は不明だが、賭ける価値はある。

「……『ジャムルの丘』へ、か」

ファゴル大公国に帰るよう伝えたにもかかわらず、結局ミランダは王宮へと戻って来てしまった。

「本当に、儘ならないお方だ」

命を大事にして、祖国へ逃げ帰れば良かったものを。

目をつむれば昨日の事のように、軍事会議でのミランダが思い起こされる。

何の恩も無いのに、必死で力を尽くそうとするミランダと比し、自分達の不甲斐なさが厭わしく、ヴァレンス公爵は渋い表情で下を向いた。

……ヴァレンス公爵家の精鋭達を率い、シェリルがヘイリー侯爵を追っている。

潜伏先も特定し、直《じき》に決着もつくだろう。

「各領地の兵を、ヴァレンス公爵領に召集する。至急、諸侯達へ伝令を。……集まり次第、私が指揮し、グランガルド軍と合流する」

＊＊＊

（SIDE：グランガルド国王クラウス）

進軍するクラウスの元へ、早馬によりヴァレンス公爵から書状が届く。

ミランダからの伝言、そしてガルージャの動向……判断するには情報が足りないが、これが精一杯だったのだろう。

「ここに来てガルージャか……」

天を仰いだクラウスの元へ、ワーグマン公爵が馬を横付けし、受け取った書状へと目を通した。

各領地から追加徴兵した軍をまとめ上げ次第、ヴァレンス公爵自ら率いて向かう、とある。

相手方に数の利がある以上、急造の軍であってもありがたい。

また、ヴァレンス公爵領までの街々に可能な限りの替え馬を用意するため、中継する際は使って欲しいとのことだった。

「陛下、どうされますか？」

ガルージャ侵攻の第一報が入った時点で国境周辺の街々へは避難勧告済みらしく、こちらも問題は無さそうだ。

残るは国境を守る砦の兵士達とグランガルド本軍……後追いで進軍している第三騎士団はクラウス達の動きに倣うはずなので、今のところは差し支えない。

「急ぎ『ジャムルの丘に向かえ』とあるが、何か特別な物でもあったか？」

「一面広大な丘だったと記憶しておりますが……ガルージャ絡みで何かあるのでしょうか」

離反した第四騎士団も間近に迫ってきており、ガルージャの前に交戦する可能性を考えると判断に悩みますね、とワーグマン公爵は眉根を寄せた。

「だがこのままガルージャとの戦闘に雪崩《なだ》れ込めば、勝てる見込みはあるまい」

後ろから第三騎士団が追い付いたところで、焼け石に水である。

クラウスが険しい顔で押し黙ると、ピリリと張り詰めたような緊張感がその場を支配した。

「……あれほど厳命したのだが」

結局グラングガルドに残ってしまった。

短く息を吐き、物憂げに王都の方角へと目を向ける。

王宮が反乱軍の手に落ちたとして、果たして無事でいてくれるだろうか。

激しく打ち付ける雨は疲弊した身体から熱を奪い、吹きすさぶ風が荒く心を凍《い》てつかせる。

何故だか震える指先を、ぐっと拳にしまい込んだ。

「現状、打開策が無いとなればミランダの案に乗るしかない……これより『ジャムルの丘』に向かう。急ぎ使いを出し、国境を守る砦の兵士達に伝えよ」

「第三騎士団はいかがなさいますか？」

「今から使いを出したところで間に合わないだろう。先んじて我らが向かえば、第四騎士団との交戦中に追いつくはずだ」

雨で視界が利かない中、クラウスが腕を上げて進行方向を指し示すと、雨を吸って重量の増した軍旗が重々しく上がる。

濡れそぼった軍旗がバサバサと鈍い音を立てて風にはためき、掲げる騎兵はその重さに歯を食い縛った。

王都に向け、国境沿いに北上していたグランガルド全軍は、東側……『ジャムルの丘』へと一斉に向きを変える。

ガルージャが国境に到達するまで、あと、十二時間――。

＊＊＊

（SIDE：クルッセルの技術者① 最年長強面のローガン）

常駐する土木チームの技術者から鍵を受け取り、ローガンは管理室へと足を運ぶ。

王都から一番近いとはいえ、老馬に跨り、休み休みで丸一日。

さすがに腰もお尻も限界である。

「いやいやまさか、洪水を起こす日が来るとは……」

手動での開閉操作が可能なローラーゲート。

このダムは比較的小さめだが、下流に控える二つの貯水量を加味すれば、充分過ぎる程だろう。

痛む腰をさすった後、ローガンは濡れそぼったシャツの袖を捲《まく》った。

……随所から至り、グランガルドとガルージャを縦断するニルス大河川。

その長さは数千キロにもわたり、二大国の国境近くを縦貫する。

「さぁ、上手くいってくれよ」

水門からの放水により行き付く先は、ガルージャとの国境付近――。

屈曲し、河道幅が一気に狭まる最警戒区域。

流速と共に高くなる水位に備え、数百メートルにも及ぶ堤防を建設したのは三十年も前のこと。

川の拡幅を行い、上流に複数のダムを設置してからここ数年は氾濫が起きていないが、それでもなお決壊が懸念され、毎年治水計画を見直している場所である。

ローガンは祈るように目を閉じ、一気にレバーを引き下げた。


（SIDE：クルッセルの技術者②　土木チーム長サモア）

流石《さすが》はヴァレンス公爵領の駿馬。

雨を物ともせず駆け抜け、予定時刻に余裕を持って到着した。

まだ少し時間があった為、クルッセルで一緒に働いた事がある常駐技術者に、パンとスープを分けてもらう。

一日ぶりの食事は喉に詰まりそうで、だが涙が出そうな程に美味《うま》かった。

「そういえば最近クルッセルはどうですか？　そろそろジェイコブあたりがまた、揉《も》め事《ごと》を起こしそうですが」

ああ確かにと、サモアは笑う。

定期的に問題を起こすジェイコブだが、短気なものの素直で情にもろく、何だかんだで年配の技術者達からは可愛《かわい》がられている。

「一昨日、王の間で捕縛されて、今は王宮の地下監獄にいるぞ」

「はぁっ⁉　ど、どういうことですか？　一体何をやらかしたんですか⁉」

驚き、慌てふためく様子を目に留め、サモアは数日ぶりに声を立てて笑った。

「今度暇になったら、酒《さけ》の肴《さかな》に話してやる」

降雨総量がピークに達した今、国内で二番目に大きなこのダムが放水を開始すれば、河川水位は瞬く間に上昇する。

今頃ローガンが役目を終え、そしてシヴァラクは国境に一番近いダムへと着いた頃だろうか。

サモアは意を決したように管理室へと向かう。

緊張で震える身体に、万感の思いを込めて――。


（SIDE：クルッセルの技術者③　職人組合長シヴァラク）

「シヴァラク組合長、本日はどうされましたか？」

突然姿を現したずぶ濡れのシヴァラクに驚き、夜番の技術者が姿勢を正す。

「あまり時間が無い。管理室の鍵を貸してくれ」

一体何をするつもりかと首を捻る夜番から鍵を受け取り、シヴァラクは階段を上がった。

水量を見るに、既に二つの水門は開いていた。

ここからは河床勾配が急なため、水門から放たれた水は速度を増しながら流下する。

ひとたび堤防浸食が始まれば短時間で破堤し、氾濫流は国境付近の河道から、地盤が低いガルージャ国内へと広く流れこむだろう。

油圧ユニット内のバルブを操作し、シヴァラクは開閉レバーを思い切り引く。

「頼んだぞ……」

——国内最大の貯水量を誇る当ダムの、水門を開いてからわずか一時間。

息を吞んで見守る中、吐出流量は最大に達した。

(SIDE：クルッセルの技術者④　若手職人のホープ、ジェイコブ)

さて、こちらは地下監獄に連行されたジェイコブ。

冷たい床の上で少し眠っていたら、思いもよらず美味《おい》しい食事が振る舞われ感激したものの、後ろ手に縛られているため上手に食事が食べられない。

「このままだと食べにくいので、前手で縛ってください」

皆が後ろ手に縛られている中、俺は非戦闘員だからと我儘を言うと、溜息を吐いた見張りが格子ごしに、前手へと変えてくれた。

もりもりとパンを食べ、他の捕虜たちにも食べさせながら、反乱軍の見張りへと声をかける。

「そういえばガルージャ軍が一日半後に国境へ着くと聞いたんですが、水晶宮の側妃様方って、この後どうなるんですか？」

元気一杯、ミランダからの伝言を堂々と話すジェイコブに、ザハドが呆れたように目を向ける。

「反乱軍以外は水晶宮で好き勝手出来ると聞いたんですが」

その言葉に驚き身を乗り出したザハド……だがこのマイペースなクルッセルの職人は、お腹《なか》一杯になるなりイビキを掻いて寝てしまった。

響く大男のイビキに、呆れる見張りの兵士達。

腰にぶら下げた錠前がジャラリと音を立てて揺れるのを、ザハドが目の端で確認する。

一見、縛られているかに見える手首の縄。

持ち帰ったガラスの破片は牢内を一周し、少し力を籠めれば皆すぐにでも切る事が出来る。

久しぶりに満足のいく食事を与えられ、元気を取り戻した彼らは、静かにその時を待つ。

＊＊＊

(SIDE：グランガルド国王クラウス)

陽《ひ》が沈む頃、国境を守る砦の兵士達が続々と『ジャムルの丘』に到着する。

あれだけ降っていた雨が嘘《うそ》のように止《や》み、空を見上げると久しぶりに星が見えた。

……ガルージャが到着した後に、緩々《ゆるゆる》と進軍するつもりなのだろう。

小高い丘から見下ろせば、『ジャムルの丘』と国境の真ん中に位置する、第四騎士団の野営地に灯がともる。

「陛下！　あちらを！」

ワーグマン公爵の声に、グランガルド軍の兵士達が国境へと目を向け――どよめきが起こった。

空《から》になった国境の砦に向かい、遠く揺れながら地平線と見紛《みまが》う程の松明が見える。

暗闇に浮かびあがり、どこまでも続く灯の線に、クラウスは微かに目を眇めた。

＊＊＊

高い水圧は川底の土を押し出し、時間をかけて静かに浸透しながら、地中に水の通り道を作っていく。

ついに堤防と同じ高さにまで水位が上昇し、水流内部の圧力が高まった今、その通り道へと一気に水が流れ込んだ。

底土を激しく巻き上げながら流れ込む水に、堤防から亀裂音が鳴り、ぶくぶくと水が漏れ出す。

雨が止み夜の帳《とばり》が下りる中、敵軍の戦意を削ぐため、油を染み込ませた松明を明々と燃やすガルージャの兵士達。

グランガルド国境の砦に向かい進軍していたが、轟々《ごうごう》と重く響く濁流音に不穏な気配を感じ、各々不安気にニルス大河川へと目を向けた。

亀裂から泡のように漏れ出た水は次第に勢いを増し、その水圧で堤防の一部が瓦解し始め、最後には下端をえぐるように土砂混じりの水が噴き出し始める。

堤防を乗り越えた水は外側の屈曲部をゴリゴリと削り取りながら、濁流となって溢れ出した。

「ドゴォォォ――――ンッッツ‼」

爆発したかのような凄《すさ》まじい音に続き、地鳴りを彷彿《ほうふつ》させる重低音。

足元へと伝わる大地の震えは遠く『ジャムルの丘』まで届く。

勢いを増した濁流は、陸側に向けて滝のように流れ込み、水が浸透し弱くなった堤防を数百メートルにもわたり破堤させた。

地響きと轟音が見渡す限りの空気を侵食し、濁流が木々をなぎ倒す。

大規模な破堤による流量は、大陸史上類を見ない程に膨れ上がり、その浸水域はガルージャ軍が位置する低地に向かって拡大する。

轟々と絶え間なく迫る濁流は、ガルージャ軍の背後を突く形で押し迫り、人の力が及ばぬ脅威は、愚かな戦いを嘲笑《あざわら》うかのように全てを呑み込んでいく。

地平線と見紛う程の、灯の線は。

瞬く間に色を失い、夜の闇に溶けていった――――。

＊＊＊

（SIDE：第四騎士団長ジョセフ）

ガルージャの大軍を背に、ジョセフは『ジャムルの丘』へと目を向ける。

国境沿いの進軍を一転し、ニルス大河川とは反対側に位置する『ジャムルの丘』へと方向転換した時は、クラウスらしくない戦い方に驚いたが、絶望的な状況で高台に上れば何かが変わるとでも思ったのだろうか。

あとはガルージャ軍の到着を待って緩々と進めば、勝利が手中に落ちてくる。

ジョセフは進軍を止め、早々に野営の準備に入った。

インヴェルノ帝国と手を組み、ガルージャと内通したヘイリー侯爵とも共謀し、四年を超える歳月をかけて準備したこの計画は、一点の曇りも無く完璧だったはずなのに。

なんだ⁉　何が起こっている⁉

逃げ惑う時間すら無く、押し寄せる濁流に呑み込まれていくガルージャの兵士達。

星空の下、夜目に見えるそれは、まるで地獄絵図のように凄惨を極めた。

砦の近くまで来ていた兵士達は難を逃れたが、それでも殆どが押し流されたため、多く見積もって残兵は四分の一。

どこだ……どこで計画が狂った⁉

グランガルド本軍だけならまだしも、後ろから第三騎士団も迫ってきている。

ガルージャと手を組んだところで既に数の利はなく、これでは挟撃されるのは我らのほうではないか。

この戦いが終わればインヴェルノ帝国で叙爵され、くだらない日々の雑務に追われる事も無く、莫大《ばくだい》な富と権力を約束されていたのに。

――そう、それは。

突如紛れ込んだ、たった一つの異分子によって、あっけなく崩れ落ちていった。

「……ッ」

強く握りしめた手の平に食い込む爪が皮膚を裂き、指先がジワリと赤く染まる。

「…………ミランダァァァアッ!!」

獣のような咆哮《ほうこう》をあげるなりジョセフが騎馬し踵《きびす》を返すと、第四騎士団の精鋭騎士、百余名が後に続く。

本隊から離脱したジョセフ達一行は瞬く星空の下、重い足場を物ともせず王宮へと駆けて行った。

こうなれば、クラウスはもう手が届かない。

だが最後にあいつは。

あいつ、あいつだけは、俺の手で、殺してやる――。

＊＊＊

（SIDE：グランガルド国王クラウス）

「…………」

言葉も無いとは、この事だろうか。

クラウスは小高い丘に佇《たたず》み、眼下に広がる光景をただ呆然と眺めていた。

地響きと共に決壊した堤防からは水が溢れ出し、ガルージャの大軍を押し流していく。

息を吐く暇もなく、その光景は脳内へ焼き付くように流れ込み、湧き上がる未知への恐怖にゾクリと身体を震わせる。

河川水位が落ち着くまで濁流音は続き、数時間ほど経った頃だろうか――濃褐色に濁る水面の上に、陽が赤々と昇って行く。

「……なんだ、これは」

低地に向かって拡大した浸水域は扇状に拡《ひろ》がり、辺り一帯を、巨大な沼地に変えていた。

「ガルージャの残兵は一万弱、といったところか」

生き残ったガルージャ軍の数を目算していると、隣で同様に、愕然《がくぜん》とした表情のワーグマン公爵が立ち尽くしている。

「陛下、これは……」

「何も言わなくていい……全てが終わったら、本人に直接聞くとしよう」

深く溜息を吐きながら、ふと中央に位置する第四騎士団に目を向けると、昨日より数が少ないのが気になった。

「……騎兵が減っていないか？」

嫌な予感がしてワーグマン公爵に問いかけると、険しい顔で頷いた。

「遠目なのではっきりとは分かりませんが、昨日野営地に張られたジョセフの物と思わしき天幕……繋《つな》いでいた馬がいないようです」

この状況で第四騎士団を離れ、ジョセフが向かう先は。

「……くそッ、王宮か！」

昨夜の洪水後すぐに動いたとすれば、既に六、七時間は経っている。

慎重な男の為、替え馬を連れているとしたら間に合わないかもしれない。

「陛下、ここは私が。第三騎士団と合流次第、ヴァレンス公爵領に向かい後退しながら交戦します」

そうすればヴァレンス公爵が率いる軍とも、早々に合流が可能です。

強い眼差しを向け、ワーグマン公爵がクラウスに告げる。

「あの男が単騎で向かうとは考えられないので、いつもの兵士達を連れて行ったのでしょう。ここにいる第一騎士団も精鋭揃い……お好きなだけお連れ下さい」

クラウスは再度、ガルージャの残兵に目を向ける。

確かヴァレンス公爵が自領までの街々に、可能な限りの替え馬を用意していると言っていたが。

だがそれ程、数は多くないだろう。

「すまない……それでは五十騎程借りていく。必ず勝って戻って来い」

「陛下も、お気を付けて」

クラウスが一つ頷き馬に跨ると、ワーグマン公爵はどこか嬉しそうに、柔らかく微笑んだ。

＊＊＊

王宮に戻ってから、六日目の夜。

計画通りなら、洪水によるガルージャの被害状況について、明日には反乱軍へと報告が届くはず。

つまり、決行するなら今夜である。

幸い、雨も小振り……約束通り合図の煙を上げられそうだ。

王都の薬草園から運ばれた五十にも及ぶ鉢植えは、貴賓室最奥の寝室内に移動させたため、今やちょっとした密林である。

精油が採れるほど油分を含むこの植物。

この油分に含まれる引火性物質は常温で気化するほど揮発性が高く、葉から放出され、濃度が高まると自然発火する事もある。

数日間ソファーで寝ていたので腰が痛いが、それも今日で終わり。

閉じられたままの寝室へとミランダは数日ぶりに足を運び、中の空気が出来るだけ漏れないようわずかに扉を開けた。

貴賓室入口に立つ兵士から貰《もら》った夜間用の小さな灯りをベッドの上に放り投げると、見る間に燃え広がっていく。

「雨が降っても燃えるよう、沢山取り寄せたけれど……」

広がる炎により、室温が一気に上昇する。

大気中に放出された引火性物質の濃度が更に高まり、大きな炎となって、ずらりと並んだ鉢植えに燃え移っていった。

「こ、こんなに燃えるとは思わなかったわ……」

燃えやすい樹皮からそれぞれに、火柱のような炎が立つ。

これはまずいと、ミランダは慌てて貴賓室の入口へと走った。

「誰か！　誰か扉をあけ、開けなさい！」

ミランダの声に大急ぎで扉を開ける兵士二人。

寝室から漏れ出た炎は勢いよく広がり、貴賓室の応接室にまで達した。

「殿下？　どうし……う、うわぁぁあああっ⁉」

「ちょっと、いいから早くどきなさ、あ、熱ッ！」

背後から熱気が迫り、扉口で大騒ぎをする三人を余所《よそ》に、炎は勢いを増していく。

内から迫る炎と外気の温度差に耐え切れず、寝室の窓ガラスが音を立てて割れ、灰がかった煙が雨空に負けじと猛然と立ち上る。

ミランダが引いた最後のトリガーは、合図を確認するため城の外に控えていた騎士ヴィンセントにより、十番街の宿屋『エトロワ』まで届いた。

＊＊＊

（SIDE：『エトロワ』の騎士ヴィンセント）

ヴィンセントとダリル、そしてミランダの護衛騎士ロンは、急遽《きゅうきょ》集めた退役騎士などを引き連れ、足早に地下通路を進む。

ロンに対しては多分に思うところがあるのだが、今は追及する時ではない。

ヴィンセントは素知らぬふりで戻ってきたロンを受け入れた。

「指揮官が大部屋にいて、且つ捕虜が拘束されていないこと……殿下がどこまで条件を満たせたのかが、気になるところだな」

ぽつりとヴィンセントが漏らすと、「まぁ何とかなるだろう」とダリルが笑った。

「俺とダリルが突入し鍵を奪う。ロンは牢の扉を開け、後ろの者達が牢内に剣を投げ入れてくれ」

ヴィンセントの言葉にロンが頷き、積まれた剣へと目を向ける。

「ダリル、どうだ？　破壊しないと開かなそうか？」

「しばらく使っていないからな。ロン、下に大きな鉄槌《てっつい》があるだろう？　そう、それだ」

人が一人入れるくらいの小さな扉……地下監獄への扉に触れると、予想通り閉まっている。

ロンはダリルに言われるがまま積まれた剣の下から鉄槌を引っ張り出し、ダリルへと手渡した。

「どうだ？　ダリル、いけるか？」

「……恐らくな。みんな少し下がってくれ」

指を滑らし打撃ポイントを確認した後、ダリルは肩をコキリと鳴らし、大きく鉄槌を振りかぶる。

「ドガァァアンッ!!」

鼓膜が破れそうな打撃音と共に、ひしゃげた扉が上に向かって吹っ飛んだ。

鉄槌を放り投げ、剣に持ち替えたダリルがそのまま地下監獄に突入する。

時を移さずヴィンセントが続き、後ろからロンと残りの者達が次々に飛び込んで行った。

「白髪の男だ！　腰の鍵を奪え！」

地下監獄の奥から聞こえた凄まじい打撃音に驚き、立ち尽くした見張りを斬り付けたところで、牢の中からザハドの声が聞こえる。

もう一人の見張りをダリルが斬り伏すのを目の端に捉えながら、白髪の男から奪った鍵を後方へと投げると、ロンがすぐさま鍵を開け、後の者達が牢内に剣を放り込んだ。

呼笛を吹かせる時間を与えず一瞬で決着を付けたが、地下通路からの入口を破壊した音で、地上の兵士達が中に雪崩れ込んでくる。

ヴィンセントとダリルは交戦しながら突破し、地上へと上がると、騒ぎを聞きつけた反乱軍の兵士達が遠くから駆けて来るのが見えた。

「急げ、ここからは手分けして王宮を奪還する」

捕虜たちは後ろ手の縄を引き千切り、戦える者から剣を拾い上げ、地上へと駆け上がる。

「私は捕虜を半分借りて水晶宮へ行く。すまないがヴィンセントはこちらに合流してくれ。……後の指揮はダリル、お前に一時任せられるか？」

ザハドの言葉に、ダリルがこくりと頷いたのを確認し、それぞれに走り出す。

霧雨《きりさめ》の中、夜空が朱に染まるほど火を噴き上げながら燃え盛る王宮が、嫌でも目に入って来る。

あ～～、多分殿下の仕業だな……。

主要メンバーは呆気《あっけ》に取《と》られながら、しばし視線を交差させ……だが言及すると何やら恐ろしい事になりそうで、皆一様に見えていないふりをしたのであった。

＊＊＊

（SIDE：宰相ザハド・グリニージ）

非戦闘員であるザハドに速度を合わせてくれているのだろう。

息も切らさず、向かって来る反乱軍を処理しながら、水晶宮へとひた走る。

ミランダのおかげで鮮明になった視界とともに、痛めつけられた身体も嘘のように軽快に動く。

襲い掛かる兵士達をヴィンセントが難なく捌《さば》き水晶宮に至ると、厳命を守っているのか反乱軍の追尾が止んだ。

牢に入ったクルッセルの職人からミランダの伝言を聞き、どんな惨状かと覚悟をしていたが、優しく灯りをともすそこは別世界のように温かく、静かに佇んでいる。

鍵すらかけていない扉は、訪れる者全てを受け入れる寛容さで、軽く押すだけで中へと誘《いざな》う。

「何ですか？　王宮の方が騒がしいと思ったら、随分と大所帯で」

訪問者に気付き、ミランダの専属侍女モニカが水の入った盥《たらい》を抱えながら声をかけた。

「……中の様子はどうだ？　大変な事になっているのではと心配していたのだが」

「グリニージ宰相閣下もご無事で何よりです。こちらは今のところ落ち着いています」

調度品は盗まれたのか、閑散とする広間に向かうと、ザハドに気付き負傷兵達が起き上がった。

「ああ、そのままでいい」

想像だにしない穏やかな空気に状況が呑み込めず首を傾げると、奥からドナテラが顔を覗《のぞ》かせる。

「まぁ閣下、お元気そうでなによりです」

「殿下こそ、よくぞご無事で……これはどういった状況ですか？」

「使用人達に全てを持ち出され広くなりましたので、反乱軍から逃走する兵士や怪我人を受け入れ治療に当たっていたのです。ここは比較的軽傷の者が集まっています」

ドナテラの言葉を受け見廻すと、確かにすぐにでも戦えそうな者ばかりだ。

「反乱軍が近寄れない上、ミランダ殿下の薬草園が本館にございましたので」

真《ま》っ直《す》ぐに視線を向け、にこやかに告げるドナテラに威厳すら感じ、ザハドは目を眇めた。

これほどに落ち着き払い、柔らかく微笑まれる方だっただろうか。

「王宮奪還のため、動ける者を借りたいのですが可能でしょうか」

遠慮がちにザハドが問うと、ドナテラは目を大きく見開き、堰《せき》を切ったように笑い出した。

「閣下ともあろうお方が何を申されますか。手伝いを申し出る程元気な者もおりますので、全館から呼び寄せましょう。お好きなだけお連れ下さい」

ドナテラがそう告げると、我こそはと動ける者から立ち上がる。

続々と兵が集まり広間は一転、物々しい空気に包まれた。

この短期間でこれ程の信頼関係を築かれたのかと驚き、ザハドが興味深く眺めていると、体力が有り余っているヴィンセントが一歩前へ出た。

ザハドの許可を得て、ヴィンセントは集まった軽傷者を鼓舞するように声をあげる。

「これより王宮奪還に向かう！　動ける者は私に続け!!」

先程駆けざまに切り伏せた反乱軍達を見る限り、戦い慣れていない者も数多く含まれている。

ザハドを水晶宮に残し、ヴィンセントはミランダのいる王宮へと走り出した。

＊＊＊

控えめに言っても、やり過ぎたわね……。

夜空を朱《あか》く照らす王宮を見上げながら、ミランダは難しい顔で腕組みをする。

王宮の資産を保全するよう命じられていた反乱軍は、必死で対応に当たるが、貴賓室から吹き出す炎に難航し、思うように消火が進まない。

更には地下監獄から捕虜が脱走した知らせまで入り、反乱軍の現指揮官ワーナビーが奔走するものの、燃え盛る王宮の消火に手を取られ、現場は混乱しとても指揮するどころではなかった。

「これは……怒られるわね」

外に避難し、ちょっぴり冷や汗を掻きながら眺めていると、傍らで立ち尽くしていた貴賓室の見張り兵が大きく声を上げた。

雨で緩くなった地面へ向かい、王宮の一角がぐらりと傾く。

血に塗れ、数多《あまた》の死屍《しし》を礎に権勢を誇ったグランガルド王国……王の住まう宮殿が、瓦礫《がれき》の様にガラガラと、音を立てて崩れ落ちる。

「殿下、ご無事ですかッ⁉」

聞きなれた懐かしい声に振り返ると、護衛騎士のロンがミランダのもとへと駆けて来た。

「……無駄に死ぬ必要は無いわ。止《や》めておきなさい」

慌てて戦闘態勢に入った反乱軍の兵士達を制すると、気付いたダリルもまたミランダの方へと歩み寄る。

制圧の体を為すためだけに留め置かれた反乱軍は、平民の騎士達に続き、戦い慣れていない急造の兵士達で構成されている。

ミランダの元に集まった騎士達との、実力差は歴然。

反乱軍の被害状況が摑めないほど混乱を来しているこの状況で、これ以上続ける意味が果たしてあるのかと、ミランダはワーナビーに視線を向ける。

そうこうするうち水晶宮の方角が騒がしくなり、あちこちで交戦する音が聞こえた。

睨み合いを続ける一団に目を留め、ヴィンセントもまたミランダの元へと駆けて来る。

「地下監獄の捕虜達……それに追加で投入した兵士達により、ほぼ制圧が完了しました」

ヴィンセントの言葉に、ワーナビーは目を伏せた。

それもそのはず、王宮制圧時の主力メンバーは、皆レティーナと共に去ってしまったのだから。

「旗色が変わる事があれば、その時は迷わず投降しなさいと命じたはずよ」

ワーナビーの葛藤を見透かすようにミランダは告げた。

「身の内に入れた者は守ると約束します。無駄な血を流す必要はないわ」

揺らめく炎に照らされて、ミランダの金の瞳が宵闇に妖しく浮かび上がる。

突風が吹き、流れるようにふわりと舞い上がった髪をミランダがそっと耳にかけると、先程崩落した部屋の両壁が、再び音を立てて地に崩れ落ちた。

燃え盛る王宮を背に、暗闇に浮かび上がるが如く佇むミランダを前にして、戦意を喪失し呆然と立ち尽くす兵士達。

ワーナビーは諦めたように自らの剣を地に置き、徐に口を開いた。

「……反乱軍に告ぐ！　全て武器を捨て、投降せよ！」

立場が逆転し、捕縛され、地下監獄へと連行されていく。

次第に強まる雨脚は、崩れ落ちた王宮内部を洗い流すように降り注ぎ、プスプスと音を立てながら熱の断面へと沁《し》み込《こ》んでいった。

＊＊＊

「殿下！　ご無事だったのですね！」

水晶宮を心配するあまり、取るものも取り敢《あ》えず向かったミランダを出迎えたのは、カナン王国のドナテラ王女と、ミランダの専属侍女二名。

間違いがあってはいけないと、ずっと着ていた血塗れのワンピースに目を留め、しばし絶句していた彼女らだったが、「すぐに湯浴《ゆあ》みの準備を！」と、我に返ったルエラが叫んだ。

「……アナベル様は？」

裏切り者、ヘイリー侯爵の娘アナベル。

恨まれている立場でどのように過ごしているのか、酷い目にあってはいないか、ずっと気になっていた。

ドナテラに案内され二階へ上がると、こちらは重傷者だろうか。

各部屋から呻《うめ》き声《ごえ》が聞こえ、中には痛みで叫ぶ者もいる。

「ここから先は取り分け容態が不安定な重傷者が収容されています。もしご気分が優れない場合は、すぐに仰ってください」

入口に立つ兵士が扉を開けると、使用人の共同部屋だろうか。

幾つも並ぶベッドの上に、包帯代わりの布を巻いた兵士達が乱雑に転がっている。

こんなところに、あのアナベルが？

ミランダが眉をひそめていると、さらに奥、物置のような小さな部屋に案内される。

ゴリゴリと何かを擦るような低い音。

仄《ほの》かな灯りに照らされて、座っていたのはアナベルと、その脇で困ったように佇むザハド。

「運ばれてくる重傷者達が、何人も水晶宮で亡くなりました。それを目にして以来ずっと……寝食以外、ずっとあの調子です」

机の上には薬草園のサンプルを作製するため、ミランダがザハドを通じ取り寄せた石製の薬研《やげん》。その軸を両手で掴み、アナベルはゴリゴリと前後に動かしていた。

「……アナベル様」

ミランダの声にビクリと肩を震わせ、それでも振り返らずに薬研車を回し続けるアナベル。

「アナベル様」

傷を負った兵士達のため乾燥させた薬草を押し砕き、粉末状にする回転軸……掴む両手に粗末な布が巻かれている。

もう一度声をかけ、ミランダが自分の手を重ねても、アナベルはその手を止めなかった。

「……っ、……うっ」

何度も何度も泣いたのだろう。

最後に見た時はあれほど美しく装っていたというのに、素顔のまま乾いた涙で目元を赤く腫らし、ただ一心に挽《ひ》き続《つづ》ける。

どれほど繰り返したのだろうか、マメが潰れ、手に巻いた布には血が滲んでいる。

「ごっ……、ごめんなさ……ッ」

「……もう、いいのです」

丸い目からポロポロと雫《しずく》をこぼすアナベルにそう言って、ミランダはそっと抱き締めた。

「もう、いいのですよ」

貴女《あなた》のせいではないのです。

ミランダの腕にしがみつき、泣き出したアナベルの背中を摩《さす》りながらもう一度優しく告げた後、入口に佇むドナテラ達へと元気一杯に宣った。

「さぁ、みんなよく頑張ったわ！　ドナテラ様にお預けした水晶宮、ここからは私が引き受けましょう！」

ミランダに褒められ、嬉しそうに笑い合うドナテラと侍女達。

「くれぐれもやり過ぎないでくださいよ……」

そもそも、その血塗れの服は一体何なんですかとブツブツ言うザハドを一睨みすると、鼻水と涙でグシャグシャのアナベルが、腕の中でクスリと笑う声が聞こえた。

「……そういえば、うっかり王宮を燃やしてしまったのだけれど」

その言葉に固まる水晶宮女性陣。

「今夜はどこで寝ようかしら？」

にっこりと微笑むミランダに、燃え盛る王宮を目にしたばかりのザハドは溜息を吐き、半ば諦めたように目を伏せるのだった――。

湯浴みをし、泥のように眠ったミランダは、久しぶりの心地好《よ》い目覚めに大きく伸びをした。

室内には侍女長のルルエラが待機しており、私物だろうか、「粗末な櫛《くし》ですが」と前置きした後、ミランダの髪を丁寧に櫛梳《くしけず》る。

服に染みた血や雑に切られた横髪……何も聞かず、ただ労《いた》わるように触れるその手が心地好く、されるがままに目を閉じていると、モニカとドナテラが少し遅い朝食を持って来た。

「本日のメニューはミランダ殿下の薬草園で採取した、栄養たっぷり『草スープ』です！」

く、草スープ⁉

聞き慣れない料理名にギョッとして視線を落とすと、どろりとした液体の中に、薬草の切れ端が入っている。

経口薬になる葉が片っぱしから突っ込まれた特製『草スープ』。

匙《さじ》で一掬《ひとすく》いすると、ねばりと細長い糸を引いた。

「……この葉先が丸い薬草は、煎じてお茶にするのよ？　こちらは粉状に挽いて、胃薬にします」

呆れ顔でひとつひとつ説明するミランダの言葉を、ドナテラが一生懸命書き留めていく。

「食用であっても加工を要する場合があり、注意が必要なの。塗り貼りはできても経口摂取が出来ない物もあるので、迷ったらすぐ私に聞いて下さい」

あと……と、言いにくそうにミランダは続ける。

「工夫を凝らしてくれた中で申し訳無いのだけれど、購入した食材が王宮の食糧庫に溢れているから、それを好きに使って構わないわ」

その言葉に、扉口からこっそり覗いていたジェイコブがミランダの傍《そば》へと駆け寄った。

「ありがとうございます！　草スープはすぐにお腹が空《す》いてしまい困っていました！」

無遠慮な態度……眉をひそめる侍女達を余所にミランダは微笑み、ジェイコブの手を取った。

「ジェイコブ、元気そうで良かった。あの時はありがとう」

「いえ、そ、そんな！　殿下にもう一度お会い出来ただけで光栄です」

「私こそ、また会えて嬉しいわ。ロン、ここはいいからジェイコブと食糧庫に行ってらっしゃい」

両手を握られ、顔を真っ赤にして狼狽え始めたジェイコブを、ロンが部屋から引きずり出す。

「そうそう、ダリルが壊した地下監獄の出入口を塞ぎがてら、捕虜達にも持って行ってあげなさい」

次々と流れる様に指示を出すミランダに、ドナテラが目を潤ませた。

「毎日不安で仕方なく、侍女達と一緒に泣いてしまう事も幾度かあったのですが……ミランダ様は凄《すご》いですね」

思わずといった様子で漏れ出た言葉に、ミランダはどこか力無く微笑んだ。

「それでは益々《ますます》頑張らないと……食事が終わったら、重傷者の部屋を回りましょう。午後からは騎士達を連れ、王宮の被害状況を確認しに行きます」

食材が届くので、昼は思いきり贅沢《ぜいたく》に食べましょうね！

ゆっくりと厚みを増す曇天へと視線を移し、嬉しそうに頷くドナテラに微笑みを浮かべた。

第八章　邂逅《かいこう》

（SIDE：『エトロワ』の騎士ヴィンセント）

引き続き残党を警戒し、なるべく複数人で行動の上、各自帯剣するように。

火災の被害状況を確認する為《ため》、王宮へ向かう騎士達《たち》だけでなく、水晶宮の者達へも同様に指示を出したミランダ。

反乱軍から王宮を奪還した今、一体何の危険があるのかと皆首を傾《かし》げたが、指示通り帯剣し呼笛《よびこ》を身に付け、常時辺りへ気を配る。

王宮に着くと、広範囲に焼失したその姿を目の当たりにし、騎士達は絶句した。

「貴賓室を中心に西側の上階が焼失しましたが、『王の間』は無事です」

騎士達の報告を逐一確認し、ザハドが被害状況を書き留めていく。

一通り確認し終わり、陽《ひ》が西空に傾く頃、ミランダは王の間から続くバルコニーへと目を向けた。

「そういえば殿下、以前花言葉を伺ったのですが……アレにはどのような意味があったのですか？」

地下通路から王宮へと戻る直前に、告げられた花言葉。

貴賓室に運ばれた植物は昨夜全て燃えてしまったが、その意図するところをヴィンセントが問うと、ミランダは無言でバルコニーへと歩を進めた。

「もうすぐ分かるわ」

ぽつりと呟《つぶや》き、バルコニーから門の方角へと目を向ける。

微《かす》かに聞こえる蹄《ひづめ》の音に、ミランダは「ああ、来たわね」と独《ひと》り言《ご》ち、ヴィンセントは険しい表情でバルコニーへと駆け寄った。

「ロン！　ヴィンセント！　ダリル！　呼笛を鳴らし、王の間へと兵士達を集めなさい！」

ミランダが声を張り上げるのと同時に、ピィ――――ッと甲高い笛音が、宮内を廻《まわ》るように木霊する。

王の間には、扉が二つ。

扉の両脇にそれぞれ騎士達が潜み、ダリルがザハドの傍らに付く。

ミランダの両脇をロンとヴィンセントが固め、剣の柄《つか》に手をかけながら表情を強張《こわば》らせた。

「第四騎士団⁉　殿下はご存知だったのですか？」

「……少し考えれば分かるでしょう」

事も無げにミランダが告げると、走る足音が大きく近付いてくる。

左側の扉を蹴破り、ジョセフを先頭に第四騎士団の精鋭達が雪崩《なだ》れ込《こ》んで来た。

「ミランダァァアアアッ！」

平常心を失い、目を血走らせて叫ぶジョセフへと騎士達が斬りかかるが、まるで相手にならず、真《ま》っ直《す》ぐミランダの元へと向かって来る。

ロンが飛び出しジョセフの剣を受け止めたものの、元々の体格差に加え、相手は第四騎士団を束ね上げる騎士団長。

その剣の重さにズシリと膝が落ちる。

震える腕で剣を弾《はじ》くが、連続する第二第三の剣撃に耐え切れず、押される様にジリジリと後退していく。

数度打ち合った後、ミランダを逃がす間も無くその剣を弾き飛ばされ、振り下ろされた剣先が肩にめり込み、ぐしゃりと膝をついた。

「ぐぅっ……ッ！」

痛みに顔を歪《ゆが》ませたロンを邪魔だとばかりに蹴り飛ばしたジョセフは、ヴィンセントに庇《かば》われながら、もう一方の扉に近付くミランダへと、咆哮《ほうこう》を上げながら駆けて来る。

……第二陣だろうか。

新たな蹄の音がまたしてもバルコニーの方から聞こえ、ヴィンセントは忌々《いまいま》し気に舌打ちをした。

第四騎士団の精鋭達に切り崩され、一人、また一人と倒れていく。

飛び掛かるジョセフの剣を受け止め、腕に響くその衝撃に歯嚙《はが》みする。

ダリルはと目を向けると、ザハドを守りながら第四騎士団の副団長を相手にしており、とても手を貸す余裕は無さそうだ。

ヴィンセントの体格を以《もっ》てしても尚《なお》、大柄なジョセフが振るう剣は、まるで鈍器のように重く、打ち合うたびに腕が痺《しび》れ、剣を取りこぼしそうになる。

これ程の剣撃によくもあれだけ耐えたものだとロンを見遣《みや》ると、懸命に立ち上がろうとはするものの、出血量が多く意識を保てないのかそのままその場に蹲《うずくま》ってしまった。

圧倒的に不利なこの状況でミランダをどう逃がすか、必死で考えるヴィンセントに向かい、ジョセフが横一線に剣を薙《な》ぐ。

縦に構えた剣で受け、わき腹に伝う衝撃に胃液を吐きそうになりながら耐えると、間を置かず、今度は反対側からジョセフの剣が閃《ひらめ》いた。

圧《お》し潰すように角度を付けて入った剣は、肋骨《ろっこつ》を砕き、肺を圧し潰す。

「……ッ………‼」

肺から空気が漏れ、ふらついたヴィンセントの肩口をジョセフが摑《つか》み腕を振るうと、ヴィンセントは壊れた人形のように床に打ち付けられた。

「哀れだなミランダ。お前を守る者は、いなくなったぞ？」

扉を背にするミランダを玩《もてあそ》ぶように、だが逃げる隙を与えず、ジョセフは歪んだ笑みを浮かべる。

「諦めるんだな……俺に敵《かな》う者などいない‼」

声高に叫び笑うジョセフの声が、王宮内に響き渡る。

「大事な戦場を放り出して、騎士団長自らお出ましとは……思った以上に戦局が傾いたようね？」

その様子を意にも介さず、うっそりと微笑《ほほえ》んだミランダの言葉に、ジョセフの笑いが止まった。

グラリと身体《からだ》を傾かせ、憎悪に濁った眼《め》をミランダへと向ける。

「お前がこの王宮で何をしたところで、陛下の勝利は揺るがないわ」

憤怒《ふんぬ》の表情で震えるジョセフを蔑むように見下《みくだ》し、ミランダは言葉を重ねた。

「――勝ったのは、私よ」

垂直に振り下ろす剣が、まるでスローモーションのようにヴィンセントの目に映る。

ああ、あの時彼女は告げたのだ。

その植物の花言葉は、『私は明日、死ぬだろう』――なのだと。

どれ程までに、先が見えていたのか。

貴女《あなた》が死ぬ必要はないんだと、叫ぶ声は潰れた肺の中で滞るように掻《か》き消える。

すべてを覚悟し、ミランダが目を瞑《つぶ》った次の瞬間、扉から飛び込むように乱入した大きな背中が、その視界を塞ぐように割って入った。

鋭い金属音が空気を震わせ、火花を散らすように剣が交差する。

縦一直線に振り下ろされた剣を、ぐぐ……と押し上げ、力任せにジョセフの剣を弾き飛ばした。

「……お前如《ごと》きに、敵う者がいないだと?」

ミランダを背に庇うように、剣を構える青灰色の瞳。

双眸《そうぼう》に燃え上がるような怒りを滲《にじ》ませ、見る者全てを圧し潰すような威圧感に、思わず後退《あとずさ》ったジョセフの瞳が揺れる。

遠目にも分かるほど肩で息を吐き、返り血の付いた頬を腕で拭うその男は、嘲るような微笑を口端《くちのは》に浮かべた。

「残念だったな。――ここに、いる」

＊＊＊

（SIDE：グランガルド国王クラウス）

声高に叫び笑うジョセフの声が、王宮内へと響き渡る。

その声だけを頼りに階段を駆け上がり、第四騎士団がいないであろう裏側の通路を抜けて『王の間』の扉を蹴破ると、ミランダの小さな背中——そして彼女に向かい、憎悪を滲ませ凶刃を振り下ろす、ジョセフの姿が目に飛び込んだ。

一足飛びに二人の間へ身体を割り込ませ、落ちて来る剣を受け止めると、空気を裂くような鋭い金属音が鼓膜に突き刺さる。

必死で駆けてきた身体は既に限界へと近付き、全身の筋肉が軋《きし》むように悲鳴を上げた。

電流のように走る痛みは脳を焼き切るように熱を持ち、一瞬でも気を抜けば、腕ごと持っていかれそうなプレッシャーがクラウスを襲う。

——だが、間に合った。

昼夜手綱を握り続け、握力を失いつつある手に、再度渾身《こんしん》の力を籠めて交差する剣を押し上げると、そのまま力任せに弾き飛ばした。

「……お前如きに、敵う者がいないだと？」

ミランダを背に庇いながら、後に続いて飛び込んだ第一騎士団の精鋭達が、彼女を取り囲むように守るのを目の端で確認し、剣を構える。

双眸を燃え上がらせ、沸き立つ怒りをそのままに、見る者全てを圧し潰すような威圧感を発すると、後退ったジョセフの瞳が揺れた。

「残念だったな。――ここにいる」

剣柄を握るクラウスの指先が、小刻みに震える。

感覚を失いつつあるその指先は、まるで自分の身体かと疑うほどに力が入らない。

重たい腕を持ち上げ、ジョセフに向かって剣先を突き付けると、激憤で目を血走らせたジョセフは横一線、全てを薙ぎ払うかのような勢いで剣を振り抜いた。

剣身で払い、その切っ先を喉元ギリギリで躱《かわ》したクラウスへとジョセフの剣が翻り、すぐさま抉《えぐ》りこむような角度で打ち下ろされる。

クラウスは下から掬《すく》い上《あ》げる様に鋭い剣尖《けんせん》を叩《たた》きつけ、一撃で弾くと、爆《は》ぜるような金属音が天井を突き抜け離散した。

「弾くだけとは、陛下らしくもない」

激しく肩で息をするクラウスの腕が、微かに震える事に気が付いたのか、歪んだ笑いを頬に浮かべる。

「……その状態で勝てるとでも？」

引《ひ》き攣《つ》ったように嗤《わら》うジョセフを一瞥《いちべつ》すると、クラウスは剣を持ち直した。

最前線で血に塗《まみ》れながら士気を鼓舞し、どれ程の凶刃に晒《さら》されても倒れず剣を振るい続けたクラウスを、『狂王』と呼んだのは誰だったか。

「愚かだなジョセフ。騎士の誇りと共に、分別すら失ったか？　一生足掻《あが》いても、お前は俺に勝てない」

口元を嘲笑が掠《かす》め、それを忌々し気にジョセフが睨《にら》み付《つ》けた次の瞬間、クラウスの手元から一閃《いっせん》が走り、防ぐ間もなく赤い飛沫《ひまつ》が床を鮮やかに染め上げる。

握力を失い、指からこぼれ落ちそうになる剣を気力だけで握《にぎ》ると、クラウスはさらに踏み込み、グラリと傾く自らの体軸を勢いに任せ軌道修正しながら、無防備に晒されたジョセフの脇腹へと切っ先を突き立てた。

「ああ、違うな。お前は、俺達に勝てない。……背負うものの重さが違うからだ」

ずぶずぶと音を立て、めり込む剣身。

一気に柄近くまで呑《の》み込《こ》ませると、その深さに目を見開くジョセフの耳元で、クラウスは告げた。

「これで、終わりだ」

両手で剣柄を握り直し、抉り捻《ひね》ると、ジョセフの身体を突き放すように足で蹴り付け、勢いよく剣を引き抜く。

身体の中央を深紅に染め上げ、床に伏したジョセフの手を踏みつけると、休む間を与えず垂直にかざした剣でその甲を一気に貫いた。

「ぐあッ……！」

ジョセフは堪《たま》らず苦悶《くもん》に満ちた表情を浮かべ、地を這《は》うように頭をもたげる。

おびただしい出血に呼吸も儘《まま》ならず、濁った目で睨みつけるその姿を嘲るかのように見下ろしながら、クラウスは刺した剣を引き抜いた。

利き手の甲を血に染め、獰猛《どうもう》な獣を思わせる低い声を喉の奥から発するジョセフを視界の端に残し、周囲の状況を確認する。

今のところ数は均衡しているが、第一騎士団が多少優勢、といったところか。

ザハドを背に庇い、第四騎士団の副団長を降したダリルは、次の騎士を相手取り交戦中である。

後方を見遣ると、ロンの治療を終え、眉間に皺《しわ》を寄せながらヴィンセントの身体に手を当てるミランダが目に入った。

後は決着を待つばかりかと息を吐くと、短時間で酷使し過ぎたせいだろうか。

剣を握る腕の筋肉が、痙攣《けいれん》を始める。

「殺……し、……てや、る……」

クラウスが最早《もはや》、剣を握ることすら難しいと気が付いたのだろう。

満身創痍《そうい》のはずなのに、この状況でまだ望みを失わないジョセフの眼は、湧き上がる憎悪で醜く歪む。

死を待つだけの身体。

第四騎士団の騎士達が次々と地に伏していくこの状況で、一体何の望みがあるのかと、クラウスが訝《いぶか》し気に視線を送る。

「……こ、の傷、さえ、……無け、れ、ば……」

ブルブルと震える血塗れの手を胸元に差し入れ、ジョセフは何かを取り出した。

赤く染まる彼の手には、見覚えのある黒い小瓶。

最後の力を振り絞り、口元に寄せた小瓶を傾けると、ミランダをして「あと一回分」と告げしめた全ての中身が彼の内へと流れ込んでいく。

——そう、第四騎士団を率い出立する日。

王宮医モーガスを殺し奪った、その黒い小瓶は。

「あ！」

クラウスが思わず声を上げる。

「ああっ⁉」

クラウスの視線の先へと目を向け、思わず間抜けな声が漏れるザハド。

二人の声に気付き、ミランダもクラウスの視線の先……ジョセフの手元へと目を向けた。

「……あぁ」

パチリと目を丸くし、そういえば、と頷《うなず》くミランダ。

黒い小瓶の中身を知る三人は顔を見合わせ——そしてミランダが、してやったりと微笑んだ。

水晶宮から駆け付けた兵士による加勢もあり、ミランダによって死なない程度に応急処置を施されたジョセフを残し、第四騎士団の精鋭達は、ほぼ息絶えた。

危うく一命を取り留めたロンを労《ねぎら》い、数日間は静養するよう告げたミランダは、同じく意識を取り戻したヴィンセントの元へと歩み寄る。

「これが終わったら、お前も私の騎士にしようと思っていたのに！　こんな所で死んだら許さないわよ！」

腕組みをして怒りを露《あら》わにするミランダに、ぐったりと床に横たわるヴィンセントは思わず笑みをこぼした。

「それは……命がいくらあっても足りません。ダリルに譲ります」

「まぁっ！　本当にお前は生意気ね。……さっさと治して私の所に戻ってらっしゃい」

戻るも何も、そもそもミランダの騎士ですらないのだが、鼻息荒く怒るミランダが何やら可笑《おか》しかったらしく、笑いを噛み殺しながらヴィンセントは担架で運ばれて行った。

負傷者と遺体が次々と運び出され、人がまばらになった『王の間』で、やっと人心地が付いたのかミランダは俯《うつむ》き、ゆっくりと目をつむる。

「ミランダ」

指示を出し終えたクラウスが少し離れた場所から呼びかけるが、聞こえていないかのように俯き、動かない。

クラウスは『王の間』に残っていた者達へ退出するよう命ずると、そのままミランダの元へと歩み寄った。

「ミランダ？」

すべての者が退出し、二人きりになった『王の間』。

すぐ近くで呼びかけたのに、聞こえていないふりをしているらしい。

「……どうした？」

柔らかく声をかけると、先程まであんなに元気だったミランダの肩が、小さく震える。

クラウスはその小さな身体にそっと腕を回し、頬を寄せるようにして抱きしめた。

「……すまなかった」

そう告げると、しゃくり上げるようにミランダから息が漏れる。

「っ、……ぅう、ッ」

「お前の、おかげだ」

「う、うぅぅ……ッ、ふぇ……」

何かを堪《こら》えるように強く拳を握り締め、小さく小さく震える身体。

クラウスは抱きしめた腕を一度解き、ミランダの顔を覗《のぞ》き込《こ》むようにして屈《かが》みこんだ。

「よく頑張ったな。ありがとう……もう、大丈夫だ」

「……うぅ、う、うわぁあああん」

堪え切れなくなったのだろう。

子どものように腕を伸ばし、クラウスの大きな身体に顔を押し付け、嗚咽《おえつ》を漏らす。

いつ切れるかも分からない細い糸を、ピンと張り詰めっぱなしだったに違いない。

クラウスに優しく抱き寄せられ、声を上げて泣きじゃくる。

必死にしがみつくミランダの背をふわりと撫《な》でると、まるでむずかる子どもの様に、ぐずぐずとベソをかいた。

「お前がいてくれて、良かった」

伝わる鼓動と、温かな体温。

安堵《あんど》し、クラウスの声音がわずかに揺れる。

「……無事で、良かった」

泣きじゃくるミランダの声が、小さな寝息へと変わるまで。

クラウスは震える腕で、優しく優しく、ミランダを抱きしめ続けた――。

＊＊＊

国境の砦《とりで》近くで難を逃れた兵士以外は全て押し流された先の洪水直後、ガルージャ軍はわずか一万弱までその数を減らしていた。

兵站《へいたん》部隊もほぼ壊滅状態となり、振り返ると背にしていた筈《はず》の大地は、巨大な沼地となって眼前に広がっている。

沼地を迂回《うかい》し自国へ逃げ帰ればまだ被害を抑えられたのだが、彼らは厳しい軍規により、前に進む事しか許されなかった。

「ガルージャ軍はまだ指揮官が残っているから良《い》いが、第四騎士団は……無秩序に動く、ただの寄せ集めに成り果てているな」

クラウスが王宮へ向かってから、早三日目。

呆《あき》れたようにワーグマン公爵が呟き、大きく変化した戦況を見守る。

戦意を半ば喪失しつつも国境を越え、朝の内にグランガルド国内に侵攻したガルージャ軍。

途中で合流した第四騎士団は、団長と副団長、さらに騎士団を内から支える精鋭達が夜のうちに離脱してしまった為、全く統率が取れていない状態であった。

「旗色が悪くなったからとはいえ、団を捨てるとは……」

「だがしかし、お陰でこちらもやりやすい」

苦言を呈するヨアヒム侯爵をなだめるように、ワーグマン公爵が口を開く。

「ヴァレンスのことだ。必死で掻き集めた兵を束ね、そろそろ我らに追い付く頃であろうよ」

陽が昇り、次第に色付く景色に目を向けながら、疲労の溜《た》まり切ったワーグマン公爵が期待を込めて嘆息する。

と、その時、見張りの騎士が二人のいる天幕へと駆けこんで来た。

「後方にヴァレンス公爵率いるグランガルド軍を確認！　その数およそ……！」

時宜を得たりとは、まさにこの事。

「さすがヴァレンス……外さないな」

「では、今日中に決着を付けるとしますか」

思わず二人は顔を見合わせ、その報告に、笑みをこぼした。

兵站部隊が洪水で流され、満足に食料を補給出来ない上に戦意を喪失したガルージャ軍と、統率が取れない第四騎士団……対して、ヴァレンス公爵の援軍で士気が上がったグランガルド軍。

数の利が無くなった今、最早グランガルド軍の敵ではなく、総攻撃をかけ国境まで押し戻す形で敵軍の数を減らし、奪われた砦の奪還に成功する。

グランガルド軍の猛攻にほぼ壊滅状態となったガルージャ軍と第四騎士団は、最後は散り散りになって逃げ、戦争捕虜として捕らえたのは武器を捨て投降したわずか百余人だった。

ようやく終結したガルージャ戦に、グランガルド軍から勝鬨《かちどき》が上がる。

至る所から凱歌《がいか》が聞こえ、三人の指揮官は改めて『ジャムルの丘』に立った。

「これは……実際に目の当たりにすると、言葉も無いな」

事前にワーグマン公爵から話は聞いていたが、その広大な沼地を目の前に、ヴァレンス公爵は絶句する。

「なんとも凄《すさ》まじい。劇薬どころの話ではなかった」

先の軍事会議後ザハドに忠告したが、よもやここまでとは思わなかった、と放心したように呟く。

「あの時、『身の内から逃がさぬよう閉じ込めておけ』とは言ったものの、これはさすがに……大人しく閉じ込めるなど、土台無理な話だったたな」

ゆっくりと腕を組み、ヴァレンス公爵はそのまま天を仰いだ。

「従属国に力関係を知らしめるための人質だった筈が、わずか数分で陛下を籠絡し、その日のうちに側妃にまで成り上がるなど、貴公らは想像できたか？」

ヨアヒム侯爵が溜息《ためいき》混じりに問いかけると、他の二人が半ば諦めたように首を横に振った。

「無理だな。水晶宮の件といい、ジャゴニへの戦略やファゴル大公国辺境からの援軍、そしてこの洪水……どれを取っても全てが規格外だ。一体どういう育て方をしたら、あのようになるのか、是非ともファゴル大公に伺ってみたい」

特に子育ての秘訣《ひけつ》は無く、ファゴル大公も手を焼いてばかりなのだが、強いて言うならば自己責任で、ある程度の裁量を与えている事くらいである。

「あの殿下の事だ。もしかしたら自力で王宮を奪還してしまったかもしれんぞ」

ヴァレンス公爵の言葉に、他の二人が「殿下ならやりかねない」と同時に呟き、三人の間にさざめくような笑いが起こった。

「しかし、今回は疲れた」

ジャゴニ首長国に出陣したと思ったらトンボ返りでグランガルドへと戻り、さらにはガルージャと戦う羽目になったワーグマン公爵が、グッタリとして口を開く。

「だが何の偶然か……グランガルドが瀕《ひん》した危機に、最後に手を取り合い戦ったのが、長年あれ程仲違《なかたが》いを続けていた三派の筆頭とは」

ジャゴニ首長国に出陣した革新派の筆頭、ワーグマン公爵。

第四騎士団を挟撃するため、第三騎士団を率いた中立派の筆頭、ヨアヒム侯爵。

そして最後に、必死で掻き集めた兵を束ね指揮し、二人のもとへと駆けつけた保守派の筆頭、ヴアレンス公爵。

偶然にしては出来過ぎているこの結末に、三人は顔を見合わせ……最早笑うしかなかった。

「殿下は我らに、手を携え仲良くせよと仰せだ」

だがしかし、暫《しばら》くはゆっくり休みたい。

ヴァレンス公爵の切実な願いに、またしても「違いない」と同時に相槌《あいづち》を打つ二人。

若かりし頃は同じ戦場を幾度も駆けた、かつての戦友同士。

あの頃は忌憚《きたん》なく意見し合い、派閥の事など何も考えず、ただひたすらに祖国の為に戦い、気安く杯を交わす仲だった。

「……王都に戻ったら、どうだ、久しぶりに飲まないか」

美味《うま》い酒があるんだとヨアヒム侯爵が少し遠慮がちに提案すると、「それはいいな！　三人で飲むのは何十年ぶりか」とワーグマン公爵が嬉《うれ》しそうに応諾した。

「この一件で殿下の行動範囲も広がるだろうから……、是非殿下とも一献交えたいものだ」

我が公爵家自慢の美味《おい》しいケーキで釣れば、嬉々《きき》として来るのではとヴァレンス公爵が冗談混じりに口にすると、「それでは是非陛下に対する思いの丈を、朝まで伺うとしよう！」と身を乗り出し、ミランダを飲みに誘う為の作戦を、楽しげに練り始める三派筆頭。

この数日後、ゆったりと凱旋《がいせん》した三名は、広範囲にわたり焼失した王宮を目の当たりにして愕然《がくぜん》とするのだが――それはまた、少し先のお話。

＊＊＊

祖国であるファゴル大公国が、グランガルドの従属国になった時も。

人質として赴いた時も、謁見早々クラウスの側妃に召し上げられた時も、ミランダなら大丈夫だろうと思ってはいたのだが。

女人禁制のはずの軍事会議でひと暴れしたという報せ《しら》に、のびのびと人質生活を楽しんでいるらしい妹の姿を想像し、アルディリア王妃アリーシェは声を上げて笑ったのである。

「あの偏屈な男が、よくミランダのようなじゃじゃ馬を身の内に入れたものだ」

四大国のひとつ、アルディリアの国王が探るようにアリーシェへと目を向けると、「何か信じるに足る事があったのでしょう」と微笑むばかり。

「……ミランダの自白剤か？」

呆れたように問いかけると、アリーシェは輝くような笑顔を返した。

帝国軍の動きが活発化し、暗殺の危険性が高まる昨今。

アリーシェが侍女達に自白剤を飲ませ、炙《あぶ》り出《だ》したのがグランガルド、ヨアヒム侯爵の諜報員《ちょうほういん》。

ちょうどミランダのグランガルド行きも決まり、これを使わない手はないと諜報員を通して働きかけた。

正しい情報を得たいヨアヒム侯爵と、陰ながらミランダの力になりたい王妃アリーシェとで利害が一致し、両国の国王の許可の元に双方連絡を取り合ったのである。

疑《うたぐ》り深《ぶか》い狂王のこと、どうせ報告書をまとめたところで信じまい。

それであれば、諜報員が服用し、既に効果が実証済みの自白剤を渡したほうが話が早い。

そしてミランダ特製自白剤は、諜報員からヨアヒム侯爵を通じ、グランガルド国王クラウスの手へ——。

「よりによって、グランガルドとはなぁ……」

相当な身内贔屓《びいき》はあるにせよ、彼女の魅力と危険性は重々承知している。

「ときに陛下、グランガルドから援軍要請があったようで、我が祖国ファゴル大公国が帝国軍と交戦するそうなのですが」

何かお願い事がある時は、決まって子犬のような潤んだ瞳で見上げるアリーシェ。

そしてアルディリア国王はこの目で見つめられると、嫌とは言えないのである。

「まったくお前達は姉妹揃《そろ》って困ったものだ」

一体どんな育て方をしたらこんな娘達が育つんだと、深い溜息を吐いた。

＊＊＊

ガルージャの大軍を退けたとの報に続き、第五王子率いる第二騎士団により、ジャゴニ戦もまた無事終結したとの報せが届く。

残る帝国軍はファゴル大公国軍と戦力が拮抗《きっこう》していたが、直接の同盟国ではないにもかかわらず大国アルディリアが動き、圧倒的な戦力を以てこの戦いも終結した。

逃亡したアサドラ王国の王女レティーナも捕らえ、後は主犯格のホレス・ヘイリー侯爵を残すのみである。

「聞けば、ヘイリー侯爵はシェリル様が追っていらっしゃるとのこと。後は時間の問題ですね」

微笑むミランダを小脇に抱え、クラウスは険しい顔で水晶宮本館――調度品が奪われ、閑散としたミランダの私室に乱暴に押し入ると、ベッドの上へとポンと放り投げた。

小さな悲鳴を上げて、ぽふりと沈み込んだミランダに向かい、クラウスは一枚のワンピースを投げつける。

「これがどういう事なのか、お前の口から詳しく説明してもらおうか」

そこには数日前にミランダが着ていた、血塗れのワンピース。

胸元には、見る人が見れば剣で刺された跡だと、すぐに分かる切れ込みが入っている。

捨てておけと言ったのに、わざわざ取っておいた挙げ句、よりによって陛下に渡すとは……腹黒宰相ザハドの仕業に違いないとミランダは歯嚙みした。

「これは全てお前の血か？」

「……はい。ですが必要と判断し、自ら剣に身を沈めました。何の問題もございません」

震える両手で剣柄を握り、ロンの剣に自らの身を沈めたのはミランダ自身だ。

決して嘘《うそ》ではない。

クラウスは憤怒の表情で歩み寄ると、ミランダの腕をぐいと引き寄せ、乱暴にミランダの胸元をはだけた。

「ちょっ、一体何を……!?」

突然の事に、かあっと耳まで赤く染め、両手で思い切りクラウスを押して突っぱねると、ミランダの滑らかな胸元を凝視していたクラウスは、長く長く安堵の息を吐く。

「……だから、祖国へ帰れと言ったのだ」

ミランダの腕を離し、傷が完治していることに安心したのか、力が抜けたようにベッドへと腰掛け俯いた。

「でもお役に立ちましたでしょう？」

「お前の言う通りだ……感謝している。だが同じ轍《てつ》を二度踏む気はない」

クラウスに抱き寄せられるがまま身を預けたミランダの額に口付けを落とし、クラウスは強い口調で告げる。

「居並ぶ諸侯達がお前に興味を示す中、安全とは言い難《がた》い居留地に置くのは危険と判断し、早急に側妃という身分を与えたが……結局は実態が伴わない張りぼてに過ぎない」

あ――……まぁ、そうですね。

色々手を尽くし、回避した経緯もございますから実態は伴っていないですねと、クラウスの腕の中で目を泳がせるミランダ。

「お前の気持ちは嬉しいが、前にも言った通り、俺は与えた立場以上の職責を負わせる気はない」

「ですが、時と場合によるのでは？」

「そうではなく、実を伴わない不安定な立ち位置のお前は、本来であれば今回のように表立って動くべきではないんだ」

「……それでは私が余計な事をしたとでも、仰《おっしゃ》りたいのですか⁉」

「違う、そうじゃなく……くそッ、上手《うま》く伝えられないな」

苛立《いらだ》ったように空を握り、クラウスは小さく舌打ちをする。

「何度も言うが感謝しているし、お前がいなければグランガルドの今はなかった。それは分かっている」

何が大国だ、揃いも揃って情けないと、クラウスは歯噛みし目を伏せた。

「言いたかったのは要するに、危ない目に遭わせたくない、という事だ。この服を見た時、俺がどれだけ驚いたかお前に分かるか？」

ん？　と顔を覗き込まれると、吐息が混じるほどの近さに思わずミランダは目を逸《そ》らす。

心配してくれたのだろう。

逆の立場なら、ミランダだって背筋が凍り付きそうに驚くはずだ。

「……今回お前の功績を鑑み、従属国ではなく同盟国として、ファゴル大公国とは改めて条約を締結するつもりでいる」

つまり、人質はもう必要ないという事だ。

「前々から求められていたが、今回の一件でなおのこと、正妃を娶《めと》り後継者を、と重臣どもが騒ぎ出すだろうな」

気鬱な話だとクラウスは溜息を吐き、ミランダの頭に頬を寄せた。

「前にも伝えたが――俺は、お前を望む」

そもそも夜の役目を拒否したお前を、側妃と言えるのかは甚だ疑問だが、とチクリと付け足し、クラウスは手の平をミランダの頬に添わせ、そっと上向かせる。

「ファゴル大公国に帰るか、グランガルドの正妃となるか――決めるのは、お前だ」

クラウスの双眸が熱を帯び、優しく包み込むようにミランダを捉えて離さない。

「……私が決めても、宜《よろ》しいのですか？」

同盟国になったとしても、国力は間違いなくグランガルド優位……ファゴル大公国の立場では、正式に要請があれば断る事は出来ない。

だというのに、ミランダに選択権を与えると言う。

「なぜ――――？」

驚くミランダに目を留《とど》め、クラウスは少し困ったように眉尻を下げた。

「……何故《なぜ》だろうな。俺にもよく分からん」

呟く言葉は珍しく歯切れが悪く、自嘲するように息を吐く。

「だが傍らに置くのであれば、お前の意思を汲《く》もうと……その身を以て示したお前の気持ちに報いたいと、そう、思っただけだ」

物憂げな眼差《まなざ》しが柔らかに形を変え、徐々に甘く歪む。

「無理矢理にコトを推し進めたところで、意に沿わねば、お前はどんな手を使ってでも逃げ出そう

とするだろう？　そしてそれを為《な》し得るだけの才気がある事は、嫌というほど見せてもらった」

真っ直ぐに向けられたその双眸を、ミランダは信じられない思いで見つめていた。

……否応無《いやおうな》しに命じられるがまま、正妃に担ぎあげられると思っていたのに。

眉間に皺を寄せ、抑揚のない冷ややかな声音で、抜き身の剣尖を喉元へ突き付けられた日が脳裏に蘇《よみがえ》る。

出陣前夜、『おもねるだけの、人形のような正妃は必要ない』と告げた、彼の姿を。

こんな顔をする人だっただろうか。

この男《ひと》の、どこが『狂王』だというのか。

取り巻く状況がそれを許さなかっただけで、これが本来の姿なのかもしれない。

多くを背負ってもなおミランダの意思を尊重し、誠実であろうとするその姿に驚き——そして、何故だか涙が出そうになった。

「少しだけ、考えさせてください」

即答を避けたミランダを咎《とが》めることもなく、クラウスは静かに頷く。

包み込む腕の中で、広い胸板にもたれるようにミランダは身体を寄せた。

規則的な拍動が心地好く耳に響き、ゆっくりと目を閉じる。

祖国に帰るという選択肢が出来た今、幼い妹しか後継がいないファゴル大公国の行く末も気掛かりである。

布越しにじわりと伝わる体温が温かく、いつしかウトウトし出したミランダがお気に召さなかったのか、クラウスはその鼻をきゅっと摘《つ》まんだ。

「ミランダ」

「ぷあっ」

「……ミランダ、寝るな」

息苦しさにパチリと目を開け、大きく息を吸って上目遣いにギリリと睨むと、何やら顔を逸らし、笑いを堪える姿が目に映る。

「この俺が一世一代の告白をしたというのに寝入るとは……相変わらず緊張感の無い奴《やつ》だ」

不敬にも程があるな、と睨み付ける目は温かく、ミランダはふわりと笑みをこぼした。

「ふふふ、一世一代の告白だったのですね……」

小さく震えながら笑い出したミランダを咎めるように、抱き込む腕の力が強まっていく。

「く、くるし……」

逃れようと上を向いた拍子に、優しく触れるような口付けが落ちて来て、ミランダの耳がほんのりと紅《あか》く染まった。

「そ、側妃の役目は今を以て、おおおお役御免となった、は、はずですがっ！」

思わず叫んだミランダに、「ん？」と惚《とぼ》けた様子で首を捻るクラウス。

「こんなものが側妃の役目……？」

お子様にも程があるだろうと目を眇《すが》めると、抱き込んだままミランダを押し倒し、肩口にゆっくりと唇を寄せた。

「きゃあぁぁっ、なっ、何をしているんですか⁉」

「ん――……まぁ、ある種のふれあいだな。判断材料が足りないようなので、まずは互いを知ることから始めようと、思い立ったところだ」

「不要ですっ！　もう充分存じ上げておりますっ‼」

ミランダはジタバタと本気で暴れているのだが、クラウスからすれば子犬がじゃれる程度でしかない。

腕の中に閉じ込め覆《おお》い被《かぶ》さるようにしながら、頰に、額に、矢継ぎ早に唇を落としていく。

ミランダが林檎《りんご》のように赤い顔をフルフルと振って逃れようとする姿が可愛《かわい》らしく、我慢が出来なくなったのか、クラウスはついに声を上げて笑い出してしまった。

「クッ、あははは！」

「……揶揄《からか》っていますね⁉」

「いや、くっ、すまない……揶揄うつもりではなかったんだ」

ギリギリと涙を浮かべ睨みつけてはみたものの、なおも楽しそうに破顔するクラウスに、ミランダは毒気を抜かれてしまう。

「逃れようとする様子があまりに可愛らしくて、つい、な」

「かわっ……⁉」

ファゴル大公国、継承権第一位であるこのわたくしに向かって、あろうことか可愛いですって⁉

女神もかくやの美貌をまったく活《い》かせないまま十八歳を迎えた、人質兼側妃兼大公女。

いつも手腕を称賛されるばかりで、男性からこのように褒められる事など無かった気がする。特にグランガルドに来てからというもの、謁見日に魔女呼ばわりされ、男だらけの軍事会議では嘲笑され、護衛騎士には刺され、騎士団長に殺されかけ……まったくもって散々である。

「すべては求めないから、お前の結論が出るまで。……それまで、これくらいは許せ」

まったく悪びれない様子でそうミランダに告げると、何かを思いついたように笑みを浮かべた。

「ああ、そういえばお前が腕の中にいると、よく眠れる気がするな。俺の母は別室を賜ったが、実は王と王妃の私室は続き部屋になっている。……どうだ？　結論を出す前に、良ければ居心地を試してみないか？」

どさくさに紛れてとんでもない事を言い出したクラウスへ、ミランダは呆れ混じりの目を向ける。

「そうやって周りからじわじわと、包囲網を狭める気ではございませんか？」

「いやいやまさか、どうしたミランダ。疑り深いぞ？」

本当かなぁと疑いの眼差しを向けたミランダの頬を、揶揄うようにプニッと摘まみ、その柔らかさを楽しんでいたクラウスは、しばし押し黙り……再びぎゅうっとミランダを抱き締めた。

「……近日中に同盟国の申し入れをし、来月にはファゴル大公国と条約を締結するつもりでいる。それまでに、答えを聞かせて欲しい」

――残陽が窓から差し込み、寄り添う二人を仄赤《ほのあか》く染める。

考えるように目を伏せ、コクリと小さく頷いたミランダを愛《いと》おしむように、クラウスは優しく優しく、頭を撫でた――。

はじめましての読者さま、こんにちは！　作者の六花《りっか》きいと申します。

そしてWEBからの読者さま、またお会いできて嬉しいです！

このたびは、『傾国悪女のはかりごと　～初夜に自白剤を盛るとは何事か！』をお手に取ってくださり、誠にありがとうございます。

「小説家になろう」で公開した本作を多くの方が見てくださり、そして背中を押してくださったおかげで、大好きなお話をこうして一冊の本としてお届けすることができました。

WEB版とは一部の物語や登場人物が異なり、書籍にしかない新規ストーリーも追加され、より魅力的な内容になっています。なお、一巻での作者の推しは、クルッセルの職人達です。

普段は表に出てこない、陰の立役者的な方々が大好きです。もちろん宰相のザハドも、ですね。

ヒロインのミランダも、狂王クラウスも……そして彼女達をとりまく謎の令嬢シェリルや悪役達も、そうならざるを得なかった理由があり、それぞれが必死に藻掻いています。

日々様々なことがあり、思うようにいかず落ち込むことも多いのですが、誰しも『きっかけ』と『少しの後押し』さえあれば、世界はきっと素敵に彩られる。そんな願いを込めて書きました。

この物語を読んで、一人でも元気になってくださる方がいたら幸せです。

奥付に宛先などもございますので、ぜひ感想をお寄せいただけますと嬉しいです。読んだよ！ っていう一言報告でも感激です。宝物にしますね。

最後に、謝辞を。

はじめに読者の皆さまへ。読んでくださり、本当にありがとうございました。皆さまの応援や感想が何よりの励みになり、書き続けることができました。

そして書籍化にあたり、いつも円滑に進行をサポートしてくださり、的確なアドバイスで作品をより良いものへと導いてくださった、編集の長堀様。コミカライズにあたり、私が伝えたかったことを余すところなく汲み取り、支えてくださった編集の土井下様。心より感謝申し上げます。

イラストは、昔から大ファンだった藤未都也《ふじみつや》先生です。憧れの藤先生に描いていただけることになり、感激して泣きました。出来上がったイラストを見て、嬉しくてまた涙ぐみました。幸せです。

また、コミカライズは浅黄春佳《あさぎはるか》先生です。小説で表現しきれなかった部分も見事に形にしてくださり、話を重ねるごとに素晴らしくなるので、もうもう皆さまに見て欲しい……。

ミランダの活躍シーンなど、心躍るような満足感あふれる内容に仕上げてくださいました。連載がスタートし、コミカライズ限定シーンもございますので、こちらも是非お楽しみくださ
い。

編集部の皆さま、校正者さま、印刷・製本会社の皆さま、書店の皆さま……たくさんの方々の手を経て、こうして形になりました。関わってくださった全ての方に、深くお礼申し上げます。

またどこかで、皆さまとお会いできることを楽しみにしております。

六花きい

Kラノベブックスf

傾《けい》国《こく》悪《あく》女《じょ》のはかりごと
初夜《しょや》に自白剤《じはくざい》を盛《も》るとは何事《なにごと》か！

六花《りっか》きい

2025年4月30日第1刷発行

発行者	安永尚人
発行所	株式会社 講談社 〒112-8001　東京都文京区音羽2-12-21
電　話	出版　(03)5395-3715 販売　(03)5395-3608 業務　(03)5395-3603
デザイン	モンマ蚕（ムシカゴグラフィクス）
本文データ制作	講談社デジタル製作
印刷所	株式会社ＫＰＳプロダクツ
製本所	株式会社フォーネット社

KODANSHA

ISBN978-4-06-536354-6　N.D.C.913　313p　19cm
定価はカバーに表示してあります

ファンレター、
作品のご感想を
お待ちしています。

あて先
〒112-8001　東京都文京区音羽2-12-21
（株）講談社　ライトノベル出版部 気付
「六花きい先生」係
「藤未都也先生」係

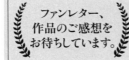

Kラノベブックスf

王弟殿下の恋姫
〜王子と婚約を破棄したら、美麗な王弟に囚われました〜

著:神山りお　イラスト:早瀬ジュン

侯爵家の令嬢メリッサは、幼い頃から王太子妃見習いとして教育を受けてきた。
しかし、その相手たる王太子アレクには堂々と浮気をされていた——。
この婚約は白紙になる——うつむくメリッサに手を差し伸べてきたのは若き王弟。
王族で一番の人望もある王弟殿下、アーシュレイは、ある提案をしてきた。
「ならば、少しの時間と自由をキミにあげようか？」
侯爵令嬢と王弟殿下の甘い物語が始まる——。

Kラノベブックス

戦場の聖女
～妹の代わりに公爵騎士に嫁ぐことになりましたが、今は幸せです～

著:鬱沢色素　イラスト:呱々唄七つ

いくつもの命が散る戦場。フィーネは軍医として、その過酷な環境下で働いていた。
そんなある日、公爵騎士のレオンが戦場で負傷し、運び込まれる。
それに対応したのは、教会から派遣された聖女コリンナ。
彼女はフィーネの実の妹であり、家族からの寵愛も受けていた。
しかしコリンナは、レオンの惨状に悲鳴を上げて逃げ出してしまう。
そこで代わりに対応したフィーネは、顔色一つ変えずにレオンを見事に治癒した。
すると数日後、フィーネはレオンから結婚を申し込まれ……!?